镬气

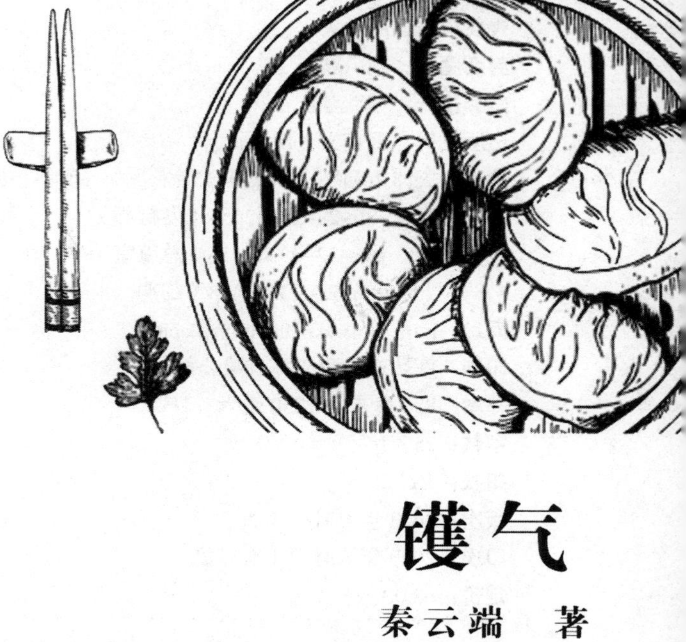

镬气

秦云端 著

天津出版传媒集团
百花文艺出版社

图书在版编目（CIP）数据

镬气 / 秦云端著 . -- 天津： 百花文艺出版社，2023.6
ISBN 978-7-5306-8585-3

Ⅰ . ①镬… Ⅱ . ①秦… Ⅲ . ①散文集 – 中国 – 当代 Ⅳ . ① I267

中国国家版本馆 CIP 数据核字 (2023) 第 090760 号

镬气
HUOQI
秦云端　著

出 版 人： 薛印胜
责任编辑： 郑　爽
封面题字： 施　展
装帧设计： 百悦兰棠 [BAIYUE LANTANG]
出版发行： 百花文艺出版社
地址： 天津市和平区西康路 35 号　　**邮编：** 300051
电话传真： +86-22-23332651（发行部）
+86-22-23332656（总编室）
+86-22-23332478（邮购部）
网址： http：//www.baihuawenyi.com
印刷： 廊坊市海涛印刷有限公司
开本： 880 毫米 ×1230 毫米　1/32
字数： 255 千字
印张： 10.75
版次： 2023 年 6 月第 1 版
印次： 2023 年 6 月第 1 次印刷
定价： 68.00 元

如有印装质量问题，请与廊坊市海涛印刷有限公司联系调换
地址：河北省廊坊市安次区码头镇金官屯村海涛印刷有限公司
电话：（0316）2516002　邮编：065000

何为镬气

和很多零零后的小孩一样，我的童年里没有邻里之间的寒暄，没有院子里可以乘凉的大树，没有听着蛙鸣与蟋蟀清唱的水边夏夜，没有一起蹲在鞋盒大小的黑白电视机前目不转睛的小伙伴。从小陪伴我长大的，是各种各样的补习班、兴趣班，是见过一面可能就不会再见的同学，是永不倒下的奥特曼、喜羊羊与灰太狼、大头儿子和小头爸爸。

我无法理解母亲跟我说的，那些关于她童年以及小镇里的种种，无法理解为了买一条裙子，需要跟大人软磨硬泡几个月甚至更久，无法理解为了几毛钱的差价，站在小商品摊位前讨价还价一整个下午，直至两脚僵硬无法行走。我总觉得她讲的那些，大凡是夸张过了头。

于是她写，倔强又孤独地写。小学二年级后我家再也没开过电视机。我上夜自修，她写作，常到深夜。她的第一本书《素年锦食》出版后，我开始觉得，母亲书里写的那些，也许真的就是那个时代所特有的印记，里面的人间烟火气，其实是挺温馨，挺有人情味儿的。

小时候的我，尚且还有除夕可以盼望。在这一年唯一一次可以熬夜的晚上，和哥哥弟弟凑在电脑前玩平时玩不到的游戏，等待奶奶把饺子一个个下锅，一个个捞出，听他们夸母亲包的饺子好漂亮；再晚些，我们便开始在亲戚朋友闹哄哄的声音里打瞌睡，直到被午夜烟花爆竹的噼里啪啦声惊醒……但好像连这些仅剩的人情味儿都被禁锢在了昨天，生活的节奏和社会发展的速度一样，拼命地赶路。不知道是我长大了，看东西的视角变了，还是社会变了？总觉得，身边的人开始疲于奔命，被生活里的鸡零狗碎折磨得歇斯底里，无法停下。

踏上了大学的跑道，原以为可以不用再那么紧张拼命，原以为终于可以放飞自我了，然而生活节奏也变得不稳定，终于空闲下来时，听舍友笑意盎然地讲儿时跟长辈学方言，骑着三轮车满村子贴对联的故事；听好友绘声绘色地讲着小时候在田里捉迷藏，夜里被黄狗咬掉裤子的糗事……过年的时候，班长也会发来他们在小河边放窜天猴的视频，见着那璀璨的烟火融入星光——你懂的，在屏幕里。

我们是否终有一天，会在钢筋水泥里抹去了童年的色彩？是否终有一天，在机器的运转声里忘记了鞭炮的声音？在蓝色的屏幕前挥斥方遒，却在深夜空荡荡的房间里独自泪流？手及之处，是冰冷的屏幕、枯燥的数据，而不是温暖有力的相握？我不知道，也不敢想。

在母亲的文字里，我品味着春日的鼠曲、松花的清香和货真价实的仙居八大碗；想象着荠菜的声音、漫山开不败的柴爿花以及江南娇俏欲滴的小昂珠……母亲对她自己祖母的思念，贯穿在所有文字之中，以至于我虽然与先辈从未谋面，却能感受得到其中深沉的爱与痛，这种情感既滋养着我，也激励着我，后来我明白了一点：只有在爱的厚实土壤里，一朵花才能开得更加灿美。

我问母亲，镬气是什么？

她说，镬，锅也。经常炒菜做饭的锅是有灵魂的。有镬气的菜肴也有灵魂，它带着食材的本身特性，却又融进铁锅的阅历和故事以及厨师的性格和脾气。花草岩石虽不语，也是有灵魂的，它们接触和陪伴的是什么人，就会有什么样的诠释和展现。这些气，是人情味。

我相信总会有一群人，即便很艰难，也用他们异于常人的毅力，义无反顾地去延续这人间之气，把过去和将来细细缝合起来，让这珍贵的人间气息得以传承延续，不让它在冰凉的数据面前，烟消云散。

施　展

2023.5.14

目　录

台州的黄酒

台州虽小，也有自己的酒。

承载两千多年酒香的台州府酒坊，仍然坐落在临海西门街，酒坊对面是咱老秦家祖宗秦鸣雷的状元第。这座酒坊的建筑似为中西合璧设计，拱形门，拱形窗，砖头墙上有绵延的花纹，石头窗上有镂空的雕花，颇具明清和民国遗风。外墙面布满青黑、土黄斑迹，更是为它的古老和庄重抹上浓浓一笔。站在它面前，你嗅到的不仅是藏在历史里的酒香，还有台州酒文化的浓重气息。

紧挨着台州府酒坊的是台州酒厂的酒坛堆场，数不清的酒坛子依次叠放，密密麻麻，远望如蜂巢，又如远古贝壳遗址。我见过一些摄影爱好者以此酒场作为背景，一袭红衫的画中人，与背景的古老沧桑形成鲜明对比，历史与现实，沉寂与鲜活，强烈碰撞，形成视觉上的反差之美。

宋人所著的《嘉定赤城志》里，记载了台州临海的两种名酒：蒙泉酒与灵江风月酒。赤城即临海。临海在历史上用过好几个别称：有赤城、鹿城，清朝乾隆年间还用过霞城的美称。但后来这几个别称渐渐不用了，原因是易跟其他地方的地名引起混淆：赤城山位于天台境内，而鹿城又是温州的别称，所以临海只得将这两个人气别称忍痛割爱。作为老临海人，我对赤城、鹿城这两个别称怀有深厚的感情，小时候特别喜欢去中心公园大转盘，有一头代表鹿城的灵鹿雕塑，那条路朝左通向熙熙攘攘、人气旺盛的小商品市场，朝右通向大桥头。心里一直觉得这富有灵气的小鹿，真的跟临海这个小城蛮搭的。

蒙泉酒，顾名思义是用蒙泉之水酿制，而灵江风月酒则用灵江之水酿制。灵江，台州人的母亲河，今天仍然悠悠流淌在这片灵秀土地上，守护和滋养着一代又一代台州人，而“蒙泉”，至今已无从考证，只依据《嘉定赤城志》记载“州有蒙泉”，而今不知此泉身在何处。

台州人对黄酒情有独钟。台州独有的“橄枣酒”，其实就是黑枣浸黄酒，被认为是一种滋补身子的养生好酒。黑枣浸泡出来的黄酒微甜，在颜色上呈现出清透的淡枣红色，仿佛女子绯红的容颜之色。寒冷的冬天暖一壶橄枣酒，温酒入口，便感觉到热流进入体内，散发蔓延至血管末梢，四肢皆暖。

台州人称呼酒为“老酒”，寓意酒越老越好，越陈越香。能干的人自己酿黄酒，秋收之后酿起来，是为家酿，被封实的酒坛子一个个摆起来，其实也是经济实力的一个侧面反映。南宋时期台州临海的酿酒业达到历史高峰，酒业极其繁荣，官府开放酿酒行业，民间也可以私自酿酒，在紫阳街上留下了许多私营酒坊的身影。台州人喝酒不说喝，说吃，“吃酒去”，“吃吃老酒”（方言发音为啜啜老酒），我倒是觉得这“啜”字别有一番意趣，比如临海人喝酒，绝不是捧起海碗豪放干掉那种，更推崇的是当下的心情和环境，来一小杯黄酒，噘起嘴唇啜几口啜几口，凉风习习，小菜一碟，自得其乐。周遭的嘈杂，生活的琐事，全在这杯小酒里被过滤掉了，快活自在堪比陆地神仙。

小时候每到端午，一定是要依着大人的安排，乖乖地在额头上用雄黄酒写“王”字。长辈在黄酒里调进雄黄，酒色变得颜料般浓酽，奶奶用手指蘸了雄黄酒，在我额头正中认真地写了一个“王”字，一边写嘴里一边说着“泼消泼消”（台州方言，意思是蛇虺等毒物都死光光或者避而远之），有时还会在耳廓里或者手心涂一点儿，然后让我用舌头舔一舔雄黄酒。那是个仪式感特别强的一天，作为小孩子的我便一整天有了一种莫名的兴奋与骚动。

我曾经不止一次写到过台州的鸡子酒，正宗的鸡子酒其实是要去除掉蛋清，只用蛋黄加黄酒和红糖隔水蒸熟，而且正宗的吃法是要将整个鸡蛋囫囵吞下肚里去，一口一个，不可嚼碎。这个要求的难度比较高，至少我自己做不到，且不说这种吃法是否科学，整个鸡蛋要是被噎在喉咙里，也是要命的。古板的老人会特别强调要将整个鸡蛋囫囵吞下，只是鸡蛋进了我们口中，怎么吃也由不得他人了！

在台州饮食文化里，红糖是黄酒的忠实伴侣，这俩常常出双入对，合作炮制台州式美食。比如本地特别有名的黄酒炖田蟹，这用红糖酒煮螃蟹，外地人恐怕是想不到的。如果还不够来劲，那就加上姜汁，必须是本地老姜挤榨出来的汁，浓得像化不开的雄黄。姜汁也是台州美食里的红角儿，可甜可咸，咸的代表是姜汤面，甜的代表是姜汁核桃蛋，里面也必须有大量黄酒和红糖。我母亲的绝招是将剁碎的猪肉糜调在姜汁蛋液里，猪肉糜与核桃的存在，让喝变成了嚼，这一碗姜汁蛋就不算流质美食了。

玉环人更来劲，他们用黄酒蒸糯米饭，说这是助大力的一道饮食，越陈的黄酒助力效果越明显。用黄酒代替水蒸糯米饭，上面还要铺上五花肉片、红糖、红枣、核桃等养生食材，这一碗糯米饭吃下去，难道是要上山去打虎？温岭人则制作豇豆酒，天然的本地乌豇豆，泡好后颜色会褪掉一点儿，变成暗红，加入黄酒和红糖，焖烂熟，在寒气饱满的秋冬季节，也是一道补气养血的甜品。

黄酒之利，在于其暖身祛湿作用，台州地处东南沿海，空气相对潮湿。长久以来，台州人民依据独特的饮食文化，对黄酒的运用可谓达到极致。东南沿海的湿冷冬季里，暖一壶黄酒，或独酌，或会友，或阖家聚餐。觥筹交错，既有情怀，又能保健，两全其美。

也难怪台州人对黄酒有如此特别的情感与依赖！

2019.1.8

植物的数学比我好

我这人，最擅长的科目是语文，其次历史和英文。最差科目是物理，其次化学和数学。不用猜都能看出我是文科生。上语文课，很多同学会无精打采，而我像打了鸡血似的精神抖擞，老师的话金科玉律般动听，遇上好的语文老师，口吐珠玑，每一句话都被我密密麻麻地记录在笔记本和课本的角角落落里。因为历史死记硬背的内容比较多，只要花工夫背，差不到哪里去，偏是我和几个要好的同学之间展开趣味性竞争，把历史课本旮旯儿里的注释都搜出来背得滚瓜烂熟，不放过任何芝麻大小的备注，别人觉得不堪其苦的背诵，被我们玩得其乐无穷。

理科就惨了，最惨的是物理，大考小考经常不及格，最惨的一次测试，竟然只得了六分！偏我父亲又是一位物理老师，你可以想象那种日子简直就是水深火热。好在我父亲为人极其佛系，从来不会因此责骂于我，倒是母亲心急如焚，家里很多的争吵也因此产生。父亲在技工学校教物理，技工学校的课本似乎跟普通中学课本不太一样。总之，我有解不出来的题目让父亲给我讲，并没有得到很好的效果，他说的我似懂非懂，或者根本听不懂。化学课我也是很不喜欢上的，化学实验课是大部分学生都喜欢的，轻松活泼无压力。一到实验课大伙儿一片欢欣雀跃，可以摆弄瓶瓶罐罐、各色溶液，比坐在课堂上听枯燥的说教来得有趣多了，偏我就是愁眉苦脸，而且笨手笨脚，记得一次硫酸不小心溅到丝袜上，把我的长筒丝袜腐蚀出许多小洞洞，那丝袜是自己省了许多次早餐钱买的，从此便更加嫌恶实验课了。

第三差的是数学，比物理和化学来得稍好一点儿，主要是成绩不稳定，间歇性地时好时坏。数学是主课，如果再“烂惰吞”（临海方言，差到极点），基本上可以自己识相点回家算了，所以我拼了老命也要给自己压力，不至于让数学成绩落到全班倒数第一。说到这里，想起我们高中时的数学老师老蔡，他特别幽默，形象特征是头顶寸草不生，一旦讲到兴起，必定习惯性做出用手往后捋头发的动作，但你知道那头上是没有头发的，所以头顶就被摸得加倍精光锃亮。蔡老师上课有用不完的激情，常常是上蹿下跳，动作和表情的幅度极大，引得同学们哈哈大笑，我那时候觉得他像齐天大圣孙悟空转世，成年之后明白他的苦心，上一节课要花那么大力气，无非是要引起我们的兴趣和注意力，如果轻轻松松应付了事，一节课45分钟也一样过去。唉，可惜我这个木鱼脑瓜是枉费了蔡老师的一片苦心！他在黑板上画抛物线，我在下面看着看着：这些抛物线怎么就像一对对丰乳肥臀呢？他在黑板上画圆圈，我在下面看着看着：这是孙悟空在用金箍棒给唐三藏画地为牢吧？

所以无论老师怎么苦口婆心地讲，我的数学仍然是学不好。可以说，在学习上我是个瘸子，偏科太厉害，文科那只脚特别强壮，理科那只脚得了小儿麻痹症。高考我的数学成绩仍然是不及格，选择题基本靠蒙，后面大题没有一道彻底做出来的，记得后面第二题要求求证A等于B，解来解去，好像一团毛线乱了套，于是沿袭古人的“快刀斩乱麻”法，断然总结道：“因为……所以A等于B！”，是存着忽悠和侥幸心理的，大概判卷的老师生了同情之心，居然还给我最初的几个步骤施舍了几分。高考卷最后一题是几何题，连看题目的时间都没有，这样我居然还能考上大学，可想而知，当时我的文科有多厉害。

对数学有感而发是因为最近见到几种特别奇葩的植物。

一是泽漆，民间又称五朵云，这名字好听，简要，朴素，特别容易记住，且具备想象力空间，是个辨识度高的好名字。

最初见到泽漆是在先生老家的院子里，那时候老房子还没拆，公公给院子搭了一圈白墙黑瓦的围墙，倒也有些江南小园林的风范，婆婆在房前屋后养花种菜，院子里也有各式各样的杂草，有一次在院子里闲逛，发现石板路边的草地上突兀地长着这么一株植物，有点孤零零的，靠近一看，大为惊讶：这植物真是奇了怪了，好像懂数学似的，从一根主茎上长出五支分茎，每支分茎上长出三朵小伞，每个小伞里又长出两朵嫩黄绿的花苞……人们叫它五朵云，把它想象成五朵绿色的云悬浮在半空，没想到每一片云里，还有那么多玄机！

我赶紧叫了在院子里玩耍的小孩儿过来看。村里的小孩儿，也不知道是哪个邻里或亲戚家的孩子，见了我比较害羞，不敢开口用普通话交流，只说着当地方言，说了几句，见我茫然听不懂，就掐下泽漆的茎，去点石板上的蚂蚁。我问：“你干什么呢？”他给我看茎被折断处溢出的白色浆汁，然后又叫我看那只被点过的蚂蚁已经缩着身子在地上抽搐，不得爬行。

从此我便觉得这个别称叫五朵云的泽漆，就是植物界里的数学学霸。

泽漆在我心目中占据了数学学霸地位长达十年之久，但去年被另外一种植物打落神坛。

去年回临海老家时，发现母亲在阳台上养了一盆多肉植物，其叶硕大如芦荟，边缘齿状，神奇的是，每个齿里爆出的新芽，又是一朵迷你型植株，芽朵底下冒出脆嫩的须根，在空气中寻找依托之地，这些密密排列的小芽朵，远远看去，像是给大叶边缘镶上了卷苏花边。赶紧用识花软件识别，原来此物名叫“落地生根”，这些带着根须的小芽朵一旦掉落到地上，即长成另外独立的一株。我细数了一下一片大叶上的芽朵，多者竟达百来个！那么一整株“落地生根”上的芽朵一共有多少呢？就算有一千多个，也不足为奇吧！

原来这植物不仅数学好，繁衍能力也让人细思极恐啊，一盆花里能孕育出上千个子孙，这要是都落地生根了的话……岂不是整个宇宙都要被它们占领？

我虽然数学不好，但也知道倍数的恐怖。有个著名的故事曾经讲过这个问题：一臣子立了功，国王问臣子要什么奖赏？臣子说我只要大王粮仓里的一粒米，放在棋盘上，第二年翻一倍，直到把棋盘格子填满。国王一听心里笑开了花，心想这算什么，立马答应。按照国际象棋棋盘64个格子算，倍数在第28格时冲过一亿，算到第64格的时候，国王把整个国家的粮食搬来都不够呢！

所以当仁不让，在我心目中，“落地生根”打败了“五朵云”，登上数学学霸宝座。

其实还有一个可以跟“落地生根”媲美的数学学霸，不过人家是蔬菜，而且擅长的是几何学，那就是长得像如来佛祖发型一样的罗马花椰菜，又称“宝塔菜”。

我看到罗马花椰菜是要犯晕的，那些无限重复的小宝塔层层叠叠，呈螺旋形，组成一整个大宝塔，就像无限制的复制粘贴，由大到小，由粗至细，遵循着简单的递推，如果由着它生长且无条件限制的话，可以绵绵不绝，无穷无尽……

不过罗马花椰菜来自地中海中部，跟来自印度的佛陀并没有关系，只是外形上碰巧相似而已。

我们在看《西游记》时，如来头顶的肉髻最大，在必要时能够发出万道光芒，涌出千叶宝莲，将自己的身形幻化其中来感化众人，别看这小小肉髻，里面蕴藏着的，是佛教里的智慧和宇宙。有些菩萨的头顶也有这突起，但都没有如来佛祖的肉髻大。《西游记》里，在狮驼国收复金翅大鹏鸟的章节里，如来将头顶一晃，变出块鲜红的血肉来，引大鹏鸟过来啄，跟往海里扔血腥鱼肉吸引鲨鱼一样，把十分强悍的金翅大鹏鸟引过来收服了。幽默的吴承恩老先生把如来这发型形容为“鹊巢贯顶之头”，意思是头上像盖了个喜鹊窝似的。

不过数学不好的我，看到这些深通数学和宇宙奥秘的植物，有时候是要头昏目眩的，更不用说将其奉上餐桌做食腹之享，那么做，仿佛时刻都在提醒和嘲笑我的蹩脚数学似的！

大自然的奥秘，在它面前，真的是感受得到人类的智慧，也不过是尔尔如蚁呀！

2019.1.16

临窗而食

在很小很小的时候，小到我说不清自己的年龄，应该是从有记忆的时候起，我记得自己曾经在九曲巷的院子里度过一段短暂的时光。那个院子，除了天井里的一块四方天空，时常上演着云行雨落、光影明暗，其他地方的采光都不是很好，在我脑海中一直是暗沉沉的存在。天井里的地面是石板地，正中央有一口井，奶奶从不让我靠近，井外围的一米之内是禁区。台阶以上都是硬泥地，坚实，被鞋底磨得光亮。潮湿天里，木头柱子边会长出白色或褐色的小蘑菇。这些片断细节我倒是记得十分清楚。有一次在墙角里发现了一只天牛，我们台州方言中称“摇头摇叉”，皎皎发亮的盔甲，两根黑白相间的长触角慢悠悠晃动，虽是一只昆虫，但神态极其威武。我兴奋得不行，让大人捉来，在其颈上系了丝线，拽着它来回地飞——着实是一个原生态的小飞行器！这个场景深深地印在我的脑海里。

奶奶家的窗是木格子花窗，窗下靠墙边放着四脚脸盆架，表面的朱红色油漆因老旧而显得偏暗，这脸盆架也是雕花的，描了金边，油漆略有脱落，除了放脸盆还可以挂毛巾，跟后来我在望天台静芝姑娘房间里看到的脸盆架差不多，但静芝姑娘那个显得更新更豪华些。脸盆架旁边是木椅，因为有扶手，我们称为“太师椅”，太师椅上绑了个四方的绣花坐垫。太师椅旁边就是书桌了，比一般书桌宽度大些，我们称作“写字台”。我常跪在太师椅的绣花垫子上，趴在书桌上搞事情，看小人书，涂鸦，玩一些不是玩具的玩具……吃饭也在书桌上吃。我们门外堂间中央有八仙桌，是几家公用的吃饭桌，但我鲜少去那个八仙桌吃饭，因为坐着不够高，跪在窄窄的长条凳上又容易摔着，而且跪久了膝盖生疼，疼爱我的奶奶便将饭菜端到书桌上，她站在一旁喂我吃。

小孩吃饭的时候心不在焉，也不管大人有没有吃过、肚子饿不饿，我常常趴在木格子花窗边往外看，不肯好好吃饭。阳光从窗格里透进来，照在饭菜上，那些花纹让我很着迷，但就是吃不下饭，没一会儿饭菜便凉了。奶奶为了让我多吃几口，跑到窗子外头，从窗格子里伸进一勺喂给我吃，像喂笼子里的鸟儿似的，这个情景我也记忆深刻。

坐在窗边吃饭是一件让我很放松的事情，眼睛、舌头和肠胃，都能找到着落。我非常反感在吃饭这件事上的粗俗与紧张，自古有良言：催工不催食，吃饭是做人的底线，如果连饭都吃不好，拼命赚钱还有意思吗？人累死累活不就是为了“混口饭吃”？所以一个习惯性狼吞虎咽或者不择食的人，跟我绝对合不上拍子。

后来，不管是住在望天台，还是住在技工学校，还是在外公外婆家暂住，如果我端起碗到窗边的桌子上一个人吃饭，一定是为了想得到一种情绪上的宁静和暂时的逃离，譬如躲开没眼缘的来访客，或山雨欲来风满楼的家庭战争，或大人喋喋不休的批评和告诫……坐在窗边一个人吃饭，让我内心有一种奇特的安宁与依靠。

但在大学的时候出了问题。大学时很不懂事，仗着年轻，完全不珍惜自己身体，饮食无律，宽裕时暴饮暴食，拮据时三月不闻肉味。记得有个国庆节集体计划辟谷式减肥，放假三天，在床上躺了三天，除了喝水，粒米不进，支撑自己的是古龙的小说，靠看小说转移对饥饿的关注。其他人在第三天午饭时分坚持不下去了，而我在晚饭时终于也熬不住，缴械投降。好好的胃就这么被折腾坏了。

坐在窗边进食，其实是一个很好的对待自己的方式。舌尝美食，眼观美景，心生宁静。可思考、可放空，静静享受属于自己的品食时光，那种状态下，味蕾也会变得更加敏锐，思维变得更加清晰，情绪变得更加淡定，口中有食物，心中有念想，这应该是人最好的状态。

所以现在在单位食堂里，我也常常择窗而食，还要挑选窗外景致好的位置，有阳光照射的位置。我们食堂窗外最美的季节是银杏叶泛黄的时候，每一个窗口，都是一帧美妙的油画。静静地坐着，看金黄的银杏叶或飘落，或旋转，或落地，在地上渐渐积累了一层黄色的绒毯。隔着窗，外面的景致是无声的，但你仿佛能听到它们落在草地上时，那轻微的“窸窣”声。有阳光的日子更是美妙无比，你看得见食材上面那些条理分明的纹路，看得见在蔬菜茎上纤维的交错，看得见自己手上那些沟壑与细纹……眼睛让你变得明察秋毫，舌尖的敏锐度比平常大大提升，尝出了酸中的微甜、苦中的回甘，那些丰富的味道在舌尖盘旋后填充了空落落的胃，那时就明白了一个道理：我为什么会在这里？因为这里有安全感。

人之大美为心静。临窗而食，让我找到了这种感觉。

2019.1.18

哈当厄尔大桥

我们是由哥本哈根坐轮渡过卡特加特海峡去哥德堡，向北再去奥斯陆而进入挪威的。哥德堡是个工业城市，没什么特别好看的地方，大教堂也古板得引不起我们兴趣，心想着赶紧离开这儿，奔去向往已久的峡湾。

峡湾是挪威的灵魂。打开世界地图仔细观察挪威，觉得真不可思议，这个国家就像瑞典的一层菠萝皮似的，简直占了瑞典面朝北冰洋的全部海岸线。不知当时，国与国之间是怎么划分的。瑞典失去了最优越的北冰洋海洋资源，一点点好处都没占到。这层“菠萝皮”的表面坑坑洼洼，被海水和冰川侵蚀得支离破碎，然而，这却成就了闻名遐迩的峡湾特色风貌。

到奥斯陆第一天去了维尔兰雕像公园，因为要写峡湾，维尔兰雕像公园就不赘述了。

第二天一早起来，在酒店里吃了一个挪威式早餐，荷包蛋、烤土豆、蛋黄糜、培根、有奶酪盖的半个红番茄、各种沙拉酱和奶油、西瓜、香蕉等，跟国内高档西餐厅里提供的差不多，不同的是，各种冷食的硬奶酪和香肠品种繁多，俱切成薄片，颜色红白相间，由浅至深，琳琅满目，让人感觉自己眼大肚小，无法一一品尝个遍。这些奶酪和香肠是我这个中国胃很难消化的，所以，看看就好。

早餐完毕赶紧上路，朝着峡湾进发，一路上，简而言之就是油画中行，大片黄绿相间的牧草地，比作厚实温暖的绒毯都不为夸张，已经收割的牧草被打成白色齐整的包，堆叠在路边，远远望去，一排牧草包像白色的省略号，顺着小路蜿蜒逶迤，通向红白相间或红褐相间的小木屋，那会儿仿佛到了白雪公主的乡间小筑。山坡宽广平缓，在远处与低压的云层几乎连成一体，只在天际处，露出一线蓝灰的天光。挪威人似乎特别偏爱红色，乡间的小木屋或别墅，外墙都被油漆涂成各种红，大红、赤红、砖红、赭红、铁锈红……与灰色白边的坡形屋顶搭配，颇有谐趣与童心。一路上的风光，如同一绵延不绝的长卷油画，没有一丝杂乱与败笔，因之前几日旅行而困顿的我，在车上其实很想睡觉，眼皮沉重如山却又舍不得闭上一刻，怕错过了如此完美的映画！

去峡湾的路程较远，大约要五个多小时的车程。中途我们在一个路边小超市停下来，买了一些干粮和水。挪威的食材优质，在国内偏于高冷的鳕鱼、龙虾、奶酪、火腿等，此地随处可见，即使在一个偏僻地段的小超市里，这些优质食材也应有尽有，可选性极大。一只即食大龙虾约150~200克朗，被包装在黑色的吸塑壳里，红通通的背壳壮实吸睛。超市里也有不少进口水果，如来自荷兰的覆盆子、哥伦比亚的酸浆果（即我们这里说的红姑娘果、洛神珠）。挪威的矿泉水，水资源来自北冰洋，清凉爽口。

补给完毕，继续赶路，一路上依然阳光明媚、景色如画，直至到了一个叫盖洛（GEILO）的小镇，天象发生了奇特的变化：原本蓝天白云、透亮而旷远的天空，突然变成乌压压灰沉沉，厚重的阴云密布，低低地笼罩着小镇，见不到一点儿阳光，也没有一丝天光从云层之间透射出来，整个小镇灰蒙蒙的，阴郁，压抑。看着远处乌云与蓝天的交界处，转变是如此突兀而让人猝不及防，好像要发生什么大事似的，让我感觉自己误入了《暮光之城》吸血鬼的老家，浑身不自在起来。小镇里种植着许多高大的醋栗树，枝丫上结满一串串鲜红色的醋栗小果。这浓暗绿叶中的鲜红，衬着天空的阴灰，十分诡异。我们躲进一家比萨店里。

离开盖洛小镇继续上路，穿过一条公路隧道，全长24公里，隧道内，左右两壁上荧蓝色的灯管如同看不见尽头的虚线，飞快往后退去，直至25分钟之后，我们才重见天日。

哈当厄尔峡湾是挪威的第二大峡湾。峡湾老大是松恩峡湾，之后我们也去看了，是坐游轮去的。哈当厄尔峡湾里有著名的“山妖舌”，也有称它“恶魔之舌”的，其实就是一块状如尖舌凸出的石头，国际摄影展上经常会看到它的身影，胆大的人用手攀着“山妖舌尖”，身子挂在悬崖外拍照，算是“勇敢者的游戏”。挪威人口中的“山妖”，并不是山中的妖怪，他们把山里的动物称为精灵、山妖，譬如驯鹿、狐狸、狗熊……都可以成为他们口中的山妖，在途中休息站见到一只大狗熊塑像，狗熊就是林中最大的山妖了。

前往哈当厄尔峡湾两岸的田园风光自是美不胜收，在卑尔根西海岸疾驰，欣赏着葱茏多变的山坡林地，散布在坡上的彩色小木屋，远处雪山上缭绕的云雾……那些云，白得像被撕碎的棉花絮，纹丝不动，让我感觉整个世界里，只有我们这辆车在动态疾驰，其他的一切，都像停止了的时间，这么安静淡定的云也真是少见！

驶进海岸，峡湾宽阔的水面更大限度地在眼前铺开，湾水是淡蓝灰色的，但闪着水晶般的光，这些北冰洋涌入的海水，在峡湾里平静了下来，纵有波浪，也是微漾，碎钻般冷冷地漾动着。一些大海鸥在空旷的水面上滑翔，展示着它们娴熟的水面翱翔技巧。这些大海鸥叫银鸥，它们滑翔速度很快，在天空中画一条抛物线，便倏尔从你眼前掠过，等你反应过来时，它们早已在几十米之外。海鸥的叫声忽远忽近又忽远，更显出峡湾的旷阔，海鸥的身影也是忽近忽远，它们不知疲倦地在空中画着抛物线，仿佛作为这里的主人，在宣示自己的领地主权。

我们下车后往峡湾里走，越接近水岸，林木越矮小，空气清冷纯洌得像吸氧一样。接近卑尔根西海岸水线时，我的眼界突然被打开：一座气势无比恢宏的钢索桥，横亘在两岸的山壁上，穿云锁雾，庞大如巨兽，敏捷如蛟龙，优美的抛物线在天地之间画出一个性格鲜明的符号，即便相当不喜欢数学的我，也瞬间爱上了这完美的抛物线！

“这是你们中国为我们造的大桥”，当地导游一句话，又让我震惊，他的语气里，是真切地充满感恩与感激之情的，否则，也不会用上“为我们”这个定语去修饰。“这是你们中国造的大桥”和“这是你们中国为我们造的大桥”，语气是不一样的，后者语气中，分明充满了感激与认可。我赶紧掏出手机搜索，果然，这大桥确实是我国振华重工承建的，是哈当厄尔峡湾的地标。那一瞬，我的脊梁突地一直，骄傲感和自豪感充溢了胸腔。

峡湾的云很有特色。对岸的崇山峻岭上，被三层平行的锯齿状云层缭绕着，如同三条雪白的裘毛镶带。哈当厄尔大桥铁锁柱的最高点，与最底层的白云连接在了一起。由于冰川侵蚀、断岸深流等特殊地理环境，在这里造桥成了一个难度极高的挑战，但中国人不仅有胆识接下这个项目，还创造了奇迹，把它造成了世界上先进的钢索桥，从此峡湾天堑变通途，奥斯陆与卑尔根之间，再无通行障碍！

我远远地望着它，如果它是一个人，那就是一个值得我们尊敬的同胞，在这异国他乡，这寒冷遥远的北冰洋上，代表着中国精神，孤独静默地坚守着。如果它是一个人，它一定也会思念故乡，思念那些亲手创造了它的人，但为了肩挑的责任，它孤独地横亘在这北冰洋冷冷的水面上。

我突然觉得这桥也有了情感！

天地时光，此时变得如此纯净而肃穆。应该加诸于人身上的情感，我竟然让它落在了一座桥上。它是一堆钢铁，却凝聚了那么多人类才应该具备的精神：自信、强大、傲视群雄；无畏、信仰、牺牲精神……这是一座崇高的，令人尊敬的桥。

2019.1.23

芥菜株头

今天胃口不好，特别想念老家的芥菜株头。

芥菜株头是一种腌菜，与腌冬瓜、呛萝卜一起，堪称我母亲的三大腌菜绝活儿。当然，这是我自己评选出来的，她还会腌花梗股（凤仙花梗），但我不喜欢吃花梗股，凤仙花梗容易腌过头，一腌过头便空了心，吃的时候，变成吮吸一根有点臭臭的植物秆子。

芥菜株头是临海人夏季常见的桌上小菜，不过现在也是很少见到了。为啥渐渐淡出了呢？个中原因我亦不明。偶尔遇见街上卖的芥菜株头，明显比以前的芥菜株头硬，取的是生脆口感，是现代人的牙口更好了吗？以前的芥菜株头不脆，微微发软，酸度也更高。

芥菜株头的原料是芥菜。芥菜这种蔬菜，品种实在太多，以至于我常常分辨不出它们，误认成生菜、雪菜或青菜。现在菜场里有种鸡心芥菜，脆嫩得很，跟印象中粗糙硬苦的芥菜大相径庭，是当前来自广东的红角儿。

根据用途不同，芥菜分为芽用芥菜、叶用芥菜、茎用芥菜和根用榨菜。如雷贯耳的涪陵榨菜是茎用芥菜。北方人的腌菜疙瘩、我们这里说的大头菜，是根用芥菜，而做咸齑、倒笃菜、梅干菜的，是叶用芥菜。

临海人爱吃的芥菜株头，又叫芥菜心，取的是芥菜的梗（秆子），浸在盐卤水里腌制，没有什么特别诀窍，想要什么口感就在什么时候取出食用，像我这样喜欢吃软一点口感的，可以多腌几天。芥菜株头那种微微的酸味十分清新爽口，在炎热的夏季是个讨喜的开胃小菜，最妙的晚餐是一碗稠稠的白米粥外加红心出油咸鸭蛋和芥菜株头，夜宵时间再来一碗敲梆馄饨，这个夏季真的没有白过。

临海的芥菜，跟外地的芥菜却不大一样，离开家乡外出求学后，我再也没有见过咱们临海的芥菜。老家的芥菜，叶子外翻，皱而起泡，那种密集的沟壑般的褶皱，很像我中学时穿的泡泡纱游泳衣，叶柄也特别粗壮，跟大蒲扇的柄有得一比。这芥菜，我从小不喜欢吃，因为苦味大，带着辛辣，农村里用来喂猪或制成梅干菜。有几年经济情况特别不好时，这菜就频频出现在我们餐桌上了，母亲用菜柄子汤年糕。这菜生炒难下咽，一是因为极粗的纤维，二是因为大的苦味，所以母亲将它们汤在年糕里，心想着粗硬的梗被软化了，苦味被稀释了，或许就不是那么难以接受了。年关的糟羹里，也会出现芥菜叶子的身影，因为被剁得细碎细碎，在整整一大锅糟羹里，苦得不是那么明显。

如果只吃嫩茎嫩叶，倒也没什么可抱怨的，我奶奶的祖籍地仙居，每年二月二龙抬头时有吃芥菜饭传统。二月二龙抬头，一直冬眠的蛇虫也抬头了，在春天的温暖里苏醒过来，爬出洞来重见天日，这叫惊蛰。人难免被蛇虫毒物骚扰，应该吃清毒或解毒的食物，芥菜的苦味，同苦瓜一样，被认为是有此功能的，可以预防疥疮毒肿。人们将芥菜的嫩叶嫩茎切碎，和着过年囤的咸肉腊肉，炒一碗应时的芥菜饭，似乎宣告自己这一年将不畏困难与阻碍的信心。腊肉的红，芥菜的绿，米饭的白，鲜明得很，春日的气息，新鲜的情绪，便都这样炒出来了。

听说缙云人也吃芥菜饭，他们的芥菜饭怎么做法，我不是太了解，应该跟咱们临海老家的区别不是很大。缙云有名气极大的缙云烧饼，饼香传四海，这饼香靠的就是里面的梅干菜。梅干菜是用芥菜做的，多为浙江的九头芥，经过数次反复踩踏出卤、晒干压制而成。缙云烧饼为缙云的美食文化的一部分，所以缙云人对芥菜的喜爱，是不难理解的。

杭州著名的雪里蕻，也来自芥菜家族，属叶用型芥菜。芥菜发黄的老叶不值钱，不是用来喂猪就是做成咸菜或干菜，经过咱们中国人神奇的腌制大法，能化腐朽为神奇，创造一种全新的美食。腌咸菜时，这些发黄的老叶不要完全去掉，留一些在那里，腌出来的咸菜反而特别“正”，这个“正”代表的是味道上的鲜和一种独特的咸菜香。杭州人最心仪的倒笃菜，冬天将雪里蕻压在倒扣罐里，等到明年开春开坛，一开坛子，倒笃菜的醇香瞬间散发出来，激活人冬眠已久的对味道的敏锐感，倒笃菜炒春笋、炒豆板、炒蕨菜，那活色生香，便全是春天的味道！而且腌咸菜像造老酒一样，越陈越香，有耐心的话，坛子放一年不开封，咸菜腌得好，色金黄，所以《荆楚岁时记》中将腌得好的咸菜比喻成色如金钗：“菹既甜脆，汁亦酸美，其茎为金钗股，醒酒所宜也。”

想不到腌菜还有醒酒的功能，这倒是第一次听说呢。不过想想老家芥菜株头的味道，那种清新的微酸，确实是能让人在炎热的夏季平心静气，神清气爽，还有那种隐隐约约的微辣，通肺腑，通七窍，对保持头脑清醒，确实大有裨益。

2019.1.29

傅濂故居

精巧的江南园林，满月般的圆拱门，白墙上的雕花窗后面，湘妃竹隐逸着它的身姿……墙角数枝梅，凌寒独自开，灵动的太湖石在小池中倒映出清癯身影，水面上零散漂浮着数片不慎掉落的梅花瓣……

在我想象中，大画家傅濂号称“梅花老屋”的故居，应该是这个样子的。

傅濂，临海人，清代著名画家、书法家、篆刻家和诗人，《台州府志》和《临海县志》里有关于他的记载，赞其“诗笔清超”“色色精妙”“有大家风范”。傅濂的山水和花卉，着色偏于疏淡清萧，画中称“浅绛山水”，虽然现在我们对傅濂了解不深，在那个时代，他可是当时的浙东三大才子之一，作品被世人争相收藏，“以至宝蓄之”。据说傅濂也像诗仙李白一样，擅于豪饮，好酒下肚后即酝酿灵感，产出好诗好画，在醺醺醉意中泼墨挥毫，笔走龙蛇，一气呵成，这些神来之笔成就浑然天成的佳作。醉意打破思维上的拘束，这倒也有一定的道理！

我们在九曲巷中寻找38号，穿过九曲十八弯般的巷道，颇费了一番周折。它隐蔽在一处内敛的宅院里。台门前有一块青石，上面是临海市政府印的“傅濂故居”四字，才给人那么一点点文史遗迹的感觉。

傅濂曾经在自己的诗中说“故园也有梅千树”，大概只是形容梅花的茂盛，推开半掩着的台门，院子的局促出乎我意料。中间一条石板路，左右各一个小天井，大约也是种不了几棵梅花树的，用“别致”来形容这个四合院里的道台里（天井），倒是蛮适合的。

院子里拉满了晾衣服的铁丝，有人在晒衣服，居然还有人住在这里，这让我颇感意外。一个老人坐在堂前晒太阳，倚在一把歪斜的竹椅上，眯着眼睛闭目养神。母亲上去跟他搭讪，他含含糊糊地说了一些话，我也没听得十分清楚，大致意思是傅濂的后代早就把房子卖给别人了，除此之外就是答非所问。堂前檐下正中高悬着一块匾额，很醒目，上书篆体的“梅花老屋”四字，落款是“啸生自题”。傅濂先是号少岩，后改号为啸生，所以这“梅花老屋”四字就是他自己写的。但匾额看起来不像几百年前的旧物，屋子上的木板大多已经呈现出白斑或炭黑，与匾额形成明显对比，所以这匾额有可能是后人补制的。

穿过中堂，发现后院里别有天地。这九曲巷的“九曲”二字，不是空穴来风啊！院子里有院子，院子连着院子，迷宫一般，如果用航拍，不知拍出来是怎样一幅奇妙的布局图呢？当然，这种布局也有它的缺点，想当年恐怖的九曲巷大火，烧掉多少人家，如果不是因为这迷宫一般曲曲折折的布局，火势也不会失控，损失也不会那么大了，这样的地方一旦发生火灾，救火和出逃都是难题。那么为何古人要造这种复杂的布局呢？除了群居的习惯之外，据说古人认为鬼魂是走直线的，弯弯曲曲的巷子，鬼进不来，安全。对于盗贼来说也是，进了九曲巷仿佛误入迷宫，进去容易出来难，搞不好偷鸡不着反蚀一把米，变成自投罗网，所以防贼也是安全考量的一部分。另外还有一种说法是防风，台州地处海边，海风比较猛，如果巷子直来直去，冷风长驱直入，在取暖条件有限的冬天，似乎把巷子布局得曲曲折折是比较聪明的规划。

我惊奇地发现，傅濂故居的后院里，居然还住着不少人家，有些人家把老屋子进行了改造，用上铁门、塑钢门窗等。后院小天井里有古井，沿着台阶蜿蜒的水渠勾起了我的回忆。小时候住过的院子里，都有这种水渠，下雨天，檐头落下的雨滴滴答答，汇入渠中，流向我们不知何处的远方。我童年的梦便在这一湾细流中发酵了：自己折成的小纸船，让它顺着流水漂走，船里载满的，都是幼稚的幻想，轻轻的纸船也变得沉甸甸的，似乎它会代表着我，去一个遥远的地方，下意识里便是想要飞出四合院这方天空的梦。梦想是实现了，几十年后回头看看，这些水渠，这方天空，原来都是那么狭窄，想当年它在我的心里，可都是江河大川一般波澜壮阔啊！

这就叫“物是人非”。

物仍然是那些物，人长大了，阅历多了，心也大了，看问题的高度不一样了，再看那些物时，自然不可同日而语。所以我在想，当傅濂回忆“故园也有梅千树”的时候，那只是故园在他记忆中的老影像，这么小的天井里，怎么可能种下那么多梅花树呢？当年他在故园里仰望梅花，后来他在记忆中俯视梅花，就像当初我在天井里仰望天空，如今我在园外的天空中翱翔，一切变化，从来都是相对而言。

曲径通幽处，庭院草木深，故园梅千树，已是后来人。

2019.1.31

合欢

合欢是一种特别有梦幻色彩的树。

我在小区里发现了一株极其高大的合欢树，不开花的时候，从未注意到它，因为小区里的树太多了。注意到时，正值它的花期，华盖一般的树冠上，点缀着无数粉红色绒球，那花的颜色不是单纯的粉红，而是由白渐变成粉红，远远望去，好似天边的绯红云朵。

我呆立在树下良久……花儿是如此唯美，却高挂在天边，可望而不可即，我只有等几朵绒花偶尔飘零落地，才有机会把它们捡起来。仔细端详，不禁被造物主的神奇思维深深震撼：这异想天开的设计灵感从何而来啊？

原来那些粉红和绵白，是由无数纤长的花丝集簇而成，故而看起来毛茸茸的，制造出朦胧感觉，很像女人梳妆台上刷腮红的小刷子，轻柔细密，刷头上均匀地晕染了一些胭脂颜色。

那时候刚刚看了一部风靡世界的电影《阿凡达》，还没从震撼的3D特效中回过神来，那部电影，颠覆了我们常规的视觉习惯，打开了一扇大门，让我们从此看到一个更立体更多维的世界。我站在合欢树的华盖之下，竟然也突然有了一种进入阿凡达世界的错觉。合欢花粉红花丝的顶端，有一抹黄黄的色调，仿佛花儿们约好了似的齐齐发出荧光，那些不计其数的粉色绒花，如悬浮在空中的荧光小灯，轻轻飘浮着，微微漾动着，影影绰绰，晔晔灼灼，古人云“自在飞花轻似梦”，体会到这种意境时，我早已身陷梦之囹圄。

后来我去海南，在海边也遇到了无比高大的合欢树，见着便是如此眼熟和亲切了。但海南遇到合欢时，那合欢花已经过了最美花期，部分花丝开始枯萎焦黄，显得疏疏落落。那些花，是禁不得淋雨的，一旦落一场雨，便有许多合欢花零落在地上。那些绒花，本是娇柔的，精致的，完美得无懈可击，托一朵在掌心中，我见犹怜，被风雨摧残后，全变成不堪模样，不忍相看。

合欢名字取得好。中国人历来喜欢讨口彩，得了个好名字，便也得了好运气，成了吉祥和讨喜的角色。合欢叶子有点像含羞草，不过是含羞草的放大版。含羞草被碰触后收起叶子，合欢树的叶子则在入夜后主动收起来，也是非常奇特的习性。西晋周处说合欢是“夜合，叶晨舒而暮合。一名合昏。”合昏的名字糙耳，哪及合欢来得既有美感又有内涵？我原以为合欢的绒花入夜后也是闭合的，晚上经过树下时用手电照着一看，合欢的叶子已经进入休眠状态，神奇地紧紧闭合起来，沉沉地垂向地面，仿佛睡得正酣呢！而那些花儿还是分分明明地清醒着，守在夜色中，像亮度调到最暗的小夜灯。它们似乎感觉到我在照着它们、偷窥它们，簌簌地抖动起来，倒让我不好意思起来。

因为有这优秀的名字，合欢树和合欢花自古以来便被当作好物事来对待，纵然有相思和悲情寄寓在内，大多时候还是把它当作忘忧和欢喜的象征。嵇康《养生论》云“合欢蠲愤”，蠲为蠲除、清除、祛除的意思，嵇康说合欢有祛除不良情绪、使心态平和的作用。确实，我们的中药学上把合欢作为解郁和安神的药材使用，它还可以帮助睡眠。想当初我在写《蟹八件》时，最后两段里曾经写到大观园里的蟹宴和斗诗盛事，大观园里的才子佳人们吃完了螃蟹，“还烫了金合欢花酒来暖胃，并用菊花叶儿桂花蕊薰的绿豆面子洗手。”这里就讲到用合欢花泡的酒有暖胃的功效，因螃蟹性寒，吃多了会引起气滞，譬如弱不禁风的林妹妹立刻就出现了症状，吃螃蟹后心口微痛起来。像林妹妹这样的身子，也好比是“自在飞花轻似梦”，纸片人一个，一点儿禁不起折腾，平日里睡眠也很不好，深思浅睡，心力劳损，吃螃蟹都消受不了。于是宝哥哥立即令人烫了一盏合欢花酒，这真是暖心又暖胃呀！可惜林妹妹也只能小小地啜饮一口，倒不是说装模作样，她那体质呀，也真像一朵合欢花般轻柔和脆弱！

合欢合欢，和合而欢，小夫妻俩吵架了，一般应该是床头吵，床脚合，可也有脾气倔的，自尊心强，互不相让，开始打冷战，那就很难熬了，自己难熬不说，把家里其他人看得直发急。直接劝不奏效，当事人脸面拉不下来承认错误，那怎么办呢？这时候，晋代的崔豹有个好主意：“欲蠲人之愤，则赠之青棠。”青棠是什么？他解释说：“青棠，一名合欢，合欢则忘愤。”摘一支合欢花，借其代言，传情达意，既含蓄风雅又不失颜面，含蓄地认个错，又可以重新卿卿我我，多好！“合欢则忘愤”，这句话本身就是个隐喻，小夫妻不就是这样吗？

当然，碰上犟人对犟人，连含蓄认错的勇气都没有，只让家人看着干着急，亲家母实在看不下去，自己去摘了合欢花塞在小夫妻床头或枕头底下，一边像我们临海人一样唠叨着“泼消泼消”……这样做的大人也是操碎了心。要是碰上这样针尖对麦芒的夫妻俩，人生路漫漫，还真说不准他们还能过多久日子！

夫妻过日子，年轻气盛时常常互不相让，总想压住对方，年纪大了渐渐明白，这又何必呢？与天斗，与地斗，也不要与自己的人生伴侣斗，那还不是跟自己斗？过日子一是要学会忘，二是要有好念想，万事秉持乐观态度，朝着好的方向去想。你一定会说那是自欺欺人，我也没办法。举个例子，唐代有个杜羔，是名门之后，说起他的兄弟，可能知道的人更多——人称“小李杜”中的杜牧。杜羔的妻子刘氏也是当时的才女，所以这对夫妻当时还是有些名气在外的。刘氏不仅有才，驭夫术还真有一套，老公情绪不佳时，她就泡一杯合欢花酒给他喝，到了端午，摘些合欢花晒干了填进枕头里。一个女人若是心里想着“合欢”，她一定是充满爱意的，这种爱的能量和暗示，能影响她的伴侣。仔细揣摩刘氏做过的一些事，这个女人还是挺让人佩服的：对人生是一种不疾不徐、处变不惊的态度，独立，自信，但又懂得放正姿态，既不亢不卑又能进能退，永远掌握着自己命运的主动权。这是一个有着睿智和才气的女子，怪不得当时的女性尊她为楷模，竞相仿效她的所作所为。

我觉得对待合欢花最搞笑的是李渔。他在著名的《闲情偶寄》里写到过合欢花。文段的前半部分说："凡见此花者，无不解愠成欢，破涕为笑。"这也正常，毕竟合欢花美得如此梦幻、唯美，我见犹怜，看着它朦朦胧胧的模样，如轻云出岫，暖玉生烟，让人心情大好，也是在理。接着李渔说合欢应靠近内室种植，"合欢之花宜置合欢之地"，因为"人开而树亦开，树合而人亦合"，这就变得非常香艳了，想来李老先生此时的幻想已经张开翅膀，收不住手了！他的理论是，这种植物跟人一样，有生理需求，人合欢之后心情愉悦，容光焕发，树合欢之后长得更加茂盛壮硕。然后他就发现了一个天大的秘密："常以男女同浴之水，隔一宿而浇其根，则花之芳妍，较常加倍。"这闲情偶得，来得有些唐突啊，过分香艳不说，用男女同浴之水浇合欢树能使其长得更加壮硕茂盛，是什么科学道理？李渔老先生好像看出了我的心思，知道我们不相信，于是在文中最后一句特别解释说："如其不信，请同觅二本，一植庭外，一植闺中，一浇肥水，不浇浴汤，验其孰盛孰衰，即知予言谬不谬矣！"意思是说，你不相信的话可以自己去做个实验，一株合欢种庭外，另一株种闺房里，一株用肥水浇灌，另一株用男女同浴的水浇灌，到时候看结果，就知道我不是在胡诌了。看来李老先生一定是亲测有效，才会有如此底气断语呀！

诚然，这种实验，我们是不可能去做的，故而其是否可信，也不是那么重要，就留给李渔老先生自己去意淫吧。我喜欢合欢，喜欢它的花形、意境，当然也喜欢它的寓意。每次经过那株高大的开满粉色绒花的合欢树时，就好像突然走进一个唯美的镜像世界里，带着荧光的粉色绒花在身边的半空中悬浮，旋转，轻轻下坠。它们柔柔地落在掌心，娇羞、腼腆、淑静、恬淡。团簇的花丝新鲜而顺滑，像少女脸上轻轻浮起的红晕，还有那迷离的神情，每次都让我舍不得看它们最终被碾碎在水泥地上。

一树合欢，多重相思，浅意若若，情深切切。我喜欢合欢，它的恬淡和温柔，真的让人觉得自己正在被生活温柔以待着。

2019.2.1

天罗丝

温岭人如此形容贫富分化："有个人羚羊犀角，无个人天罗丝壳"，这句话里的"个"，不是量词，相当于"的"。"有"指有财产的、有家底的。羚羊犀角代表珍稀物品，天罗丝壳代表家无长物。有家底的人，用的是玉石翡翠、玳瑁犀角，吃的是燕窝鱼翅、参茸虫草。没家底的人，赤条条来去，一贫如洗，跟天罗丝壳一样，干枯中空，两头通风；或者也可以说，穷得只能吃天罗丝壳了，一点儿油水和肉都尝不到。

其实天罗丝壳并不是一点儿无用，以前老人们喜欢用它来擦锅洗碗筷，灵光得很，天罗丝壳比铁丝球柔软、环保、吸水、透气，清洗完油腻的碗筷后，清清爽爽。铁丝球则容易划伤餐具的釉面。天罗丝是我们老家的方言，天罗丝壳的正规名字叫丝瓜络，这么一讲，就明白了，原来所谓天罗就是丝瓜。

种天罗，收天罗，一架天罗丝是不能摘完的，得留几个为来年做种。为人做事也一样，要有规划，不能光顾着眼前惬意，不为将来打算。秋后，几个硕大的天罗丝会被留在藤上，大者状如粗大的棒球球棒，小者状如面槌。霜打之后的老天罗丝枯死在藤上，泛黄了，逐渐变成枯涩的淡褐色。剥开天罗丝壳，黝黑发亮的小籽儿扑簌簌地掉出来，像一只只硬壳的小虫般利落，而天罗丝壳里的经络，细致得就像手工精心编织出来的蜂巢，上品者，白而蓬松且柔软，像发得极其充分的面包。老天罗丝剥掉外壳便是一个完整的丝瓜络，是洗碗洗澡的好物件，也能做垫子或滤芯，此时我已经完全认不出它就是当年那个悠悠晃荡在竹架子下的青皮小丝瓜了。

荡在竹架下的丝瓜，是很美的，无论是在清晨大地的吐息之间，还是黄昏穹宇的薄冥之中。荡在竹架下的丝瓜，清丽、宁静、恬淡、平和，它的剪影，仿佛成了世界与我们唯一的对话，在静默中暗自生长，顺应着新陈代谢、万物相生的规律，与自然共生，与天地契合，过往不究，将来不惧，帮我们参透自己在宇宙中这种渺小而又伟大的存在。

青皮者，称青罗，身材颀长，表皮上有纵向脉络，底端还连着一朵鹅黄色剪剪小花，特别养眼。这朵鹅黄的绢状小花，是在菜场里买天罗丝时，判断其新鲜不新鲜的主要依据，也是很多画匠的灵感所在。由花至果，它的存在，是一莞青瓜身处绿叶丛中的灿然，是生命形式转换时的展示，是植物界审美观的表达，是对瓜田意趣的美好诠释。

白皮者，称白罗，挂在藤上，青白相间，黄花点缀其间，依然养眼。白罗的皮极薄，稍稍用刀刃刮一下即可入菜。白罗比青罗上市早，外形更加粗短浑圆，状如小儿臂。肉脆嫩，易断，味道鲜嫩但偏于寡淡，并肉丝素炒不错。

表皮上有八条棱的是八角天罗，外形硬朗，虽然削皮有些费劲，那瓜肉的味道，却是极其鲜美，胜过前两者。我们台州的姜汤面，用的是当地的水磨细粉干，有时浇头里会用上八角天罗、豆腐皮、金针菜等，要是再加蛤蜊肉，一定是行家吃货，这蔬之鲜与海之鲜相结合，简直可以说是双鲜合璧了！

天罗形美，味美，意亦美。最有心思的是天罗藤儿，你仔细观察，发现它们竟然好像是有思想似的。这些细细的触须、小手，好像是一架天罗的探路先锋，它这边探探，那边探探，探准了稳妥地段，便伸出触手紧紧抓住不放。在不确定或者没有依托的半空中，它们缩成具有弹性的螺旋形，可屈可伸，随机应变。一旦发现可以抓取的固定物，小藤须好像长了眼睛似的朝着那个方向拼了命地伸展，袅袅而上，直到抓住为止，我常常无法相信，这竟然是一株植物！

最喜欢看天罗丝茎端的小藤须，还有那些迷你嫩叶，厚厚的，皱皱的，覆着一层白白柔柔的茸毛，像女儿刚出生时娇嫩的小巴掌，看到便让人心生无限欢喜。小藤须渐渐长大，有了更多的表现欲，在空中画出圆圈、螺旋、一撇、一捺，都那么恣意舒展，心无挂碍，每一笔都独一无二，绝不雷同，原来，我们真是忽视了天罗丝骨子里的艺术气息！

我常常好奇地想：这没法说话的天罗丝，好像在用它的藤须在空气中书写着什么，它是不是想告诉我自然界里的秘密呢？

2019.2.20

铜火坛

九曲巷大火是由一个邻居家的烟蒂头引发的，据说这家子的亲朋好友聚在一起搓麻将牌，无意间将烟蒂头扔在棉被上，导致最后火烧连城。曲折蜿蜒又狭窄的九曲巷不利于救援人员进出，火势失控后烧红了半片天。

那天我和爷爷奶奶住在一起，父亲母亲住在北固山上的望天台尼姑庵里。爷爷久卧病床，自身难保，无力参与抢险，抱了自己的枕头逃出来，躺在垃圾桶边的石板地上起不来，捡了一条命。奶奶让我站在安全地带，自己冲进院子里抢救财物。各家各户搬出来的皮箱排成长龙。奶奶抢救出几只皮箱，让我看管，我眼睁睁看着邻居把我家的皮箱搬走，后来解放军来帮助救火了，奶奶才又抢救出几个箱子。

第二天众人扛着锄头和铁锹去灰烬里挖东西，金银器和金属制品是烧不掉的，这时候谁也不管邻居不邻居了，挖到什么就归自己所有，为了减少损失，也顾不得什么情面了。铜火坛就是奶奶从灰烬里挖回来的。

奶奶说我们家铜火坛不止一个，有大有小，小的叫手炉，可以塞在冬天的棉袄和袖管里，玲珑精致。但最后从大火灰烬中，只挖回一只铜火坛。

铜火坛是用黄铜做的，样式比较普通，直径约15至20厘米，重量约2至3斤。铜火坛的盖子微微隆起，整体造型显得饱满浑厚。盖子上有无数小洞，看似杂乱，实则完全对称，无论从哪一个角度看过去，这些洞孔都是有规律地排列的。铜火坛有一条扁带形提手，称为提梁，提梁形状恰恰就是铜火坛的半个圆，提梁放下后跟火坛边缘完美契合。有些精品火坛，在提梁上也雕镂着精致花纹。铜火坛的盖子跟坛身契合完美，不紧不松，恰如其分，做工的精细便在这里体现出来了。

冬天有没有这铜火坛，生活质量完全不一样。入冬雪后寒，化雪的日子更让人冻得瑟瑟发抖，以前的旧棉袄保暖效果并不好，七件八件旧毛衣加旧棉袄，箍得人像个水桶似的，动弹不得。旧棉被则又硬又重，压得人晚上做噩梦，那时候我就老梦见地震，梦见万丈高楼在我鼻子前面轰然坍塌，而我的腿却像灌了重重的铅，迈不开步子逃跑，吓得我双腿发绵，在梦里哭爹叫娘，醒来却发现原来是因为被子太重，压在胸口喘不过气来。厚重的被子让人做噩梦，保暖效果却不好，一个晚上下来，两只脚还是冰冰凉的，像两块冰坨子。

有铜火坛就舒服多了。铜火坛比热水袋好使，热水袋冷得快，让人脚心出汗后，不久就变成了湿冷湿冷的状态。铜火坛保暖时间长，神奇的是，铜虽然是金属，却能蓄人体温，铜火坛表面被磨得光光滑滑，包浆般油光锃亮，即便里面的灰里没有火种了，脚底板盖在上面还是很舒服，不觉得冰冷。

深冬寒夜，奶奶把晚饭后缸灶里留有余火的炭块，埋在铜火坛的灰里。缸灶是本地的炉膛，是用破缸改造成的一种简易炉灶。灰，也是事先从缸灶里取出来灌在火坛里。这铜火坛很神奇，它传热性好，却似乎又能调节温度，炭火放进去后，并非我们想象中那样会把手烤伤、烤焦，那传出来的热是暖烘烘的、温柔的、小心的、呵护的，仿佛是个带了心思要对我们好的老人，舍不得把我们烫伤一点点。

盛了炭火的铜火坛放进被窝后，被窝就产生了强大吸引力，让人只想早点钻进去睡觉，把自己捂成一条冬眠的蚕宝宝。各个被窝轮番焐热后，铜火坛又回到我这里。暖暖的被窝里充满了安全感与满足感，外面的寒冷成了另外一个世界的事情，再艰苦的生活也感觉不到艰苦了，只觉得自己的生活竟是如此优渥与幸福。

可惜铜火坛不能带到学校里使用。上课坐着不能动，手脚冰冷发麻，我就常常开小差想念被窝。早在民国之前，贵族学校里的孩子会带手炉上学，衣着齐整，头发梳得一丝不苟，油光发亮，苍蝇停在上面肯定也会打滑。手炉炉体娇小，小不盈掌，贵族小孩可以把它塞在袖子里。除了保暖之外还拼档次，这跟现在的把玩之物一样，精致程度有差别，品牌名号有差别，大师打造的跟普通工匠打造的有差别，这种分层消费问题上，古今是相通的。北方严寒，手炉风行尤盛，除了取暖，也是身份的象征，有钱人家小孩上学去带一个手炉，手可以随时搁在上面取暖，惬意得很，穷人家的孩子只能眼睁睁地看着、羡慕着。

当然穷人家也可以置办一个简陋的火坛取暖，不是火坛本身置办不起，关键问题是木炭用不起。木炭是耗材，保持木炭的供应是一笔不小的开支，就像你买得起打印机却买不起耗材的道理一样。贵族铜火坛里用的还不是一般炉膛里掏出来的木炭和灰，一不小心吹口气会引得粉尘飞扬，极其不雅观。他们用的是经过二次加工的炭块，原生木炭被打成粉末后调入米浆模压成各种形状，无粉尘飞扬之忧，加入香料模压成花形又有闻香赏鉴的雅趣，没事时拨弄着炭灰玩玩，显出仪态万方的样子，刘姥姥见到王熙凤时，她不就是那个模样吗——端正坐着，手里正拿着根小铜火箸儿拨着手炉内的灰。解读："端正坐着"——优雅、大户人家气质；"小铜火箸儿"——精致的玩意儿；"拨手炉内的灰"——极其悠闲。换成刘姥姥能那样做吗？拨灰能产出什么劳动价值？总而言之，这里的意思就是：人家那是"有钱、有闲、有腔调"。

后来我们家的铜火坛不知怎么的，不知去向了，这大概是在祖父母去世后，很多东西没了去向，随着社会发展出现了新的取暖替代品，家里也没有刻意用心保存过去的老物件，唯有那些留在脑海里的记忆，当今天我把它们写出来的时候，一如掸去覆盖在它们上面厚厚的时间灰尘，它们才又重见天日，让过去和现在重逢。

2019.2.25

洪园捉鱼记

洪园在西溪湿地内，为洪氏宗族文化之园，近年来，那里的民俗文化活动搞得很热闹。洪氏是钱塘望族，据说宗族里出过三个宰相、五个尚书，家族旺势能延续八百多年不断，确实非同一般！做官的洪氏我不是很了解，但洪氏后裔——清代戏曲家洪昇，凭借《长生殿》，与《西厢记》《牡丹亭》《桃花扇》的作者并称中国四大古典名剧鼻祖，应该都知道吧！

洪园内有诸多景点：花海、荆源古村、东关荷塘、火柿映波、蒹葭泛月……我在《九月十九柿叶红》里，曾经描写过秋熟时的西溪盛景：灯笼般的火柿挂满枝头，白鸟在秋水荻芦上滑翔，蒹葭苍苍，芦花飘荡……乘兴而来的人们收获的不仅是舌尖上的秋天，还有视觉上的盛宴。

我们这次去参加的，是东关荷塘的年关捉鱼活动，确切地说，是东关荷塘中一个池塘里的放水捉鱼。东关荷塘总体有百亩之大，分成大小、形状各异的小池塘。夏天时，这里有莲叶何田田的盛景，睡莲、鸢尾、香蒲、美人蕉……各种姿态婀娜的水生植物或临溪照影，或端坐水中央，一个个都是诗经中的窈窕佳人。

我们到达时，一台大电泵正在工作，荷塘里的水已经被抽得差不多了，鱼儿们在塘底藏不住青灰色的脊背，东溜西窜。下塘捉鱼的勇士们换上连体橡胶裤，肩背鱼篓，手持捞网，步履笨重地踏进鱼塘。塘里淤泥有一至两尺深，但最深处，水也仅没过膝盖。满塘的鱼儿似乎知道有危险来临，甩着尾巴，扭着身子，拼命往泥坑里钻去。

“四大家鱼”在这里一应俱全：青鱼个头最大，杭州人叫“螺蛳青”，此鱼专吃螺蛳，大的能吃下大田螺，没螺蛳就吃黄蚬儿，总之喜欢带壳的食物，也是个对饮食有要求的主儿，怪不得吃得体形硕大，长得比人长也不罕见。浙江人年底腌晒青鱼干，将大青鱼开膛破肚去内脏，但鱼鳞不刮，与盐压在大缸中，一周过后取出晾晒风干。过年时挂一条大青鱼干在窗口，如旗如帜，年味就特别的浓。然后是草鱼和鲢鱼，既然螺蛳青专吃螺蛳，那么草鱼是否专吃水草呢？这么说好像也没问题，草鱼是食草性鱼种。但鲢鱼比它更自律，是典型的素食主义者。最后一个鳙鱼，模样特别容易辨识，这家伙眼睛似乎长错了位置，长到嘴角下边去了，看起来总是一副瘪着嘴的苦情脸，颜值不高。鳙鱼头大，几乎占身体的一半，又被称为大头鱼、包头鱼、胖头鱼，浙江著名的千岛湖鱼头煲大都以鳙鱼来制作，菜场买回个大鱼头，劈成两半，一餐也不一定吃得完一半。一条鳙鱼，最有价值的是它的大头，以炖汤或煮豆腐为佳；其次是鱼身，可加剁椒清蒸；最次鱼尾巴，一般红烧了事。

除四大家鱼之外，荷塘里还有常见的鲤鱼、鲫鱼、鳊鱼等。众所周知的鲤鱼怎么没进入四大家鱼行列呢？说起来挺有意思，鲤鱼在唐朝时候被禁止捕杀，只因为“鲤”音同大唐国姓“李”，所以唐朝的鲤鱼成皇亲国戚了，免去血光之灾，不上餐桌，只跳龙门，身价百倍。

我先生最机灵，拿了一把捞网，站在水边一块石头上捞小鲫鱼，一捞一条，一捞一条，这捡漏也来得太容易，不到半小时居然装了半水桶！

“晚上回家可以油炸着吃。”
“买块豆腐炖奶汤鲫鱼，鲜死了嘞！”
“还是油炸好吃，骨头都炸得酥酥的!”
“弄点青花椒，撒姜片老酒，很入味。”
…………

鱼塘的工人们七嘴八舌建议着，仿佛已经闻到了晚餐的香味！

捞上来的大鱼浑身裹满塘泥，黑不溜秋，被倾倒在草地上，工人们拿来高压水龙头，将它们冲洗干净，众鱼便现出了亮闪闪的银鳞，配上洪园广播里放的民族音乐，整个一派喜气洋洋的氛围。捞上来的大鱼中有好几条通体金黄的“锦鲤”，其中最大的一条成了合影明星，每个人都过来捧着它留影，起先它还不服地挣扎一番，到后来，连挣扎的脾气都没了，乖乖地任由你们捧着，抱着，亲着，咔嚓咔嚓，而它早已万念俱灰，大概是也明白了自己终将走上餐桌的命运。

半小时之后捞鱼的工作全部收工，工人们又打起电泵，重新给荷塘充水。这时候，一群白鹭飞将过来，瞅准这个时机，开始啄食鱼塘里的小鱼。这动物也真是聪明，刚才人们在塘里捞鱼时，鸟儿们不敢过来抢食，在岸边的林里藏着，等人走了，塘里还没开始放水，恰是它们捕鱼的最佳时机，于是它们趁着这个间隙，呼朋引伴过来抢食，大快朵颐。生存的智慧真是无处不在啊！

2019.2.26

一个人的下午茶

女儿周末下午有培训课，有时候由我送她去上课。上课时间两个小时，不长不短，我就懒得回家再折回来接她，把时间花在疲于奔命的折腾上，不如找个附近的面包坊或咖啡馆，点上一杯饮料和一块甜点，伴着手机，两个小时也能轻易打发过去。

像我这样一个人坐在咖啡馆里发呆的人不多，一般人至少有一两个同伴陪着，也绝不会相对无言地呆坐着，常常是你一言我一语，似有说不完的话。大约是平时见面机会少，见了面便急着要把酝酿多日的情感和信息迫不及待分享，甚至没有意识到声音分贝很高，干扰到周遭人等。有一次遇到两位年轻女子面对面坐着交流，主要探讨怎么驾驭男人或者男友方面的心得，结合星座学，越讲越兴奋，声音非常大，兴起处豪放大笑，周围人都是空气。所以咖啡馆里其实并不能很清静，也不是思考问题的好所在，遇到与这类人同处一室是比较懊恼的事情，你又不能用胶布封了人家的嘴，任何反应都可能挑起一场不必要的战争，只好默默承受或者选择离开。这类人有个问题是他们不太尊重周围人的感受，到了一地，仿佛这个地方就得为他们清场，专供他们表演，这个时代的特征是每个人心里的EGO（自我）在复苏，但是要学习怎么把EGO的控制在合理范围之内，超出限度，就容易膨胀得让人认不出来。

因为一个人，我就不好意思占据醒目或宽敞的位置，角落里的位置，在我看来是最令人放松的地方。有墙角靠着背，还能给人一种安全感，而四面悬空意味着四处无依，就算在风水学里，也是很差劲的状态。坐在角落里，觉得自己仿佛可以跳出种种混沌，能够以第三者的视角和姿态，做个世界的观察者，便更多了一份冷静和清醒。

观察每个来客的姿态，是优雅的还是粗鲁的，沉稳的还是急躁的，精致的还是粗糙的，浮躁的还是淡定的……于我来说，观察是一种极具价值的行为，在观察中，练就自己对人对物的判断力，在观察中，参照自己的判断与真相之间的差距，进而不断进行微调，使之越来越精确……十多年前，我经常去上海，特别喜欢坐的一个地方是南京路海伦宾馆的咖啡吧。那里有一面落地玻璃，外面是繁华南京路，透过清澈的玻璃，看东来西往的陌生人匆匆而过，无数张不同的脸频繁切换，幸福的、悠闲的、兴奋的、无聊的、忧虑的、焦灼的……这些脸后面，有我们不知道的无数个故事。当然，在这条繁华步行街上，最多的自然是结伴来旅游的情侣，有长得美的，也有颜值欠费的，土气的，时尚的，偶尔有几张特征尤其明显的脸庞会引起我注意，但那印象在大脑皮质上也不过是停顿几秒钟，连金鱼的七秒记忆都不及。看着那些情侣们边轧马路边卿卿我我，缠缠绵绵，感觉全世界的烟花都在为他们绽放，老实说，我并没有那么羡慕，毕竟，时间终将会改变一切，当下的卿卿我我、你侬我侬，将来还指不定是刀光剑影抑或没有硝烟的战争。绝大多数人成不了童话里的王子和公主，那是肯定的，到时候别让心碎得拼不回去，就已经算是很幸运的了！

我这人不算悲观主义者，只是看问题的时间跨度大了些。作为消费者，自认为忠诚度还是比较高的，喜欢一个地方，就认了这个地方去，我也曾带着同事或朋友们在那里喝下午茶，当然也送走过不少人，从此各自天涯，未再谋面。上海是一个国际化大都市，每天发生着无数的交集与离别，我的那些往事，或许连一朵浪花都没有激起。

但现在，心境已经不同。

年轻时以为自己聪明，然而得到的那些认识现在竟觉得没有价值，甚至是浪费了时间和生命。在没有找到“自己”之前的那些认知和尝试，只能称为阅历，当然，也不能全盘否定它们，正是那些大大小小的阅历，积聚起来，帮助和引导我们最终找到“自己”（如果够幸运的话）。从前坐在咖啡馆里喝下午茶，喝的是品尝的过程，用来打发时间，若是无人聊天，便按捺不住烦躁不安，现在坐在咖啡馆里喝下午茶，知道自己要去干什么了，知道自己等的是谁，每一分钟都变得有意义，独享这些珍贵的分分秒秒，再好不过。这种等待不再是茫然的，它在爱的基础上变得如此充盈，跟我握在手里的那只小手一样真实而有温度。我反而常常祈祷：时间你走得慢一点儿，再慢一点儿，让我能够用最细致的味觉，最敏感的味蕾，去细细咀嚼和享受这等待中的每一秒钟，它们是如此地令人甘之如饴！

不爱点咖啡，我会点一杯热牛奶，或加了雪顶的奶茶。咖啡味苦，它能够提神，敦促人保持头脑的条理性和清醒。但我不需要那种清醒，至少在这种状态下不需要。这由分秒堆积起来的两小时等候时间，共计120分钟，是极其美好的下午茶时间。它使我有了独处的平和，却没有独处的孤寂；有等待的暗喜，却没有等待的焦灼。如果恰逢午后的阳光不吝啬它的暖意，在桌子上投下宽容仁慈的光影，那就更是完美无比。

人变了，下午茶的意义也就变了。

2019.2.27

拾荒者

我们小区里收废品原有专门的人，是一对夫妇，我听人说，他俩生了六个小孩，至于是否真的生了六个小孩，未经考证，总之传言的意思是他们生了许多小孩，是现实中的“超生游击队”！

这事不稀奇，我原先住在文三路与丰潭路交界处的时候，楼下有对卖塑钢门窗的夫妇，一个小小店面就是他们24小时生活的地方，在那里他们制造出了三胎、四胎，一年年我就看着这女人的肚子大了又大！

以前我家的废品、报纸、纸板等，是由这对夫妇负责上门回收，男的跟我说，小区这一片是他负责的，意思是我不能找别的人来回收，当然这也是没有经过考证的。

近来我发现情况渐渐发生了变化，这对夫妇上门回收不是那么积极了，打电话给他们，常常会有这样那样的托辞，要么拒绝，要么过很久才来，而且对废品的要求越来越高——各种形状的塑料瓶基本没有兴趣，最喜爱回收报纸，纸板箱什么的也成了累赘，还得求他帮忙带走，不要钱。

废品回收的价格也一路走低。本来就不跟他计较价格，稀里糊涂的，他给多少就是多少，从每次能卖十几块，到几张一元纸币，到后来只给几个硬币，再下去就差白送了。

果然，担心的事情发生了，回收废品的夫妇再也叫不动了。

于是纸板箱、报纸、旧衣服，各种瓶瓶罐罐，在阳台里越堆越高……实在忍受不下去时，我就自己整理了这些废品，扔到楼下小区的大型垃圾桶里去。我们楼下本来只有一个大型垃圾桶，现在有了四个，一字排开，它们张着正方形的大嘴，嗷嗷待哺。

直到有一天，我发现了其中的奥秘。人都是聪明的，别以为收废品的就智商低，他们也懂得博弈。如果他们不再上门回收，我们的废品是不是就不扔了呢？当然不可能。废品积聚多了，家里会成为垃圾收集站，还是不得不扔掉，所以，他干吗主动上门回收还付钱给我们？

于是他不再上门回收，只要在楼下垃圾桶里挑选那些可以回收的废品就行了，不用辛辛苦苦上门，又可以免费白得，一举两得。

这么说是因为几次晚上我撞见那女人在垃圾桶里整理可回收的废品，捆好扎好放三轮车上，带走。

这真是有点令人失望又无可奈何，因为我们别无选择。

就这么持续了一段时间，新情况又产生了：夫妇俩出现了竞争者。大概这个白得的好事被其他拾荒者知道了，晚上到我们小区掏垃圾桶的人多出好几个。当住户来扔垃圾时，他们就掉头走开，装作自己也是刚刚扔过垃圾的样子。一旦别人走了，便回头去掏垃圾桶里可回收的材料。

有次我看到一位大叔打开一盒别人扔掉的比萨，欣喜地发现里面还有两块比萨饼，于是和他的伙伴高兴地分食起来，看到此场景令人不禁心酸。

其实拾荒者也有自己的自尊心，这个时候不如装作没看见，不要使他们太难堪了。

住在文二路时，我遇到过这样的事情：文二路开了一家面包店，价位是比较高的。有一天，一个收废品的大哥，大概是很想尝尝那里的面包，他把废品车停在转角处，走到面包店门口，犹犹豫豫，欲进又止。最后抵不过诱惑，终于决定进店里去买一个面包，但那些面包贵，他又在柜台前面犹犹豫豫，不知如何是好，大概心里想的是该走，还是该留。这情形吸引了店里大部分人异样的目光。就在这样的犹犹豫豫中，他的脸已经红到脖子根。他把帽檐拼命拉低，局促不安，好像全世界的目光都聚集在自己身上，这些目光，编织出一张无形的网，让他迈不开脚步了，使他看起来像个做了错事等着挨批的学生一样。

实际上，众人只是好奇而已，随即都顾自己的事情去了，偏偏这大哥好像被蜘蛛精吐的丝缚住了似的，动弹不得，他在面包柜旁，走也不是，留也不是。这时，店里一位店长模样的人朝这边走过来，大哥显得非常紧张起来，他一会儿把手插裤袋里，一会儿又拔出来，嘴里好像喃喃自语又没发出声音，在店长还没走到他面前时，他似乎咬咬牙下了一个很大的决心，从裤袋里掏出一张二十元人民币，走向收银台！

我也不知他买了哪一款面包，只见他付了款之后就把那块面包紧紧捂在怀里，低着头，简直是冲出了面包店的玻璃门，因为头比脚走得快，整个人前倾，出门时差点撞在玻璃自动门上。此时他的神情，像犯了什么大错的样子！

这时候，装作什么都没看见，也是一种好的方式。

无视，不一定都是坏事，有的时候也可以是善意的，比如不嘲笑别人的梦想，不给他人异样的目光，当别人难堪时，当作没看见。难得糊涂，更不能指着别人的痛处哈哈大笑。对于弱势人群，如果给不了帮助，那么给他们点尊严也好，何必事事都要追究到底？

有时候，“不”也是一种修养。不看，不笑，不侧目，不围观，不落井下石，不煽风点火，不火上浇油……

活着，谁都不容易的。但无论生活怎样，请勇敢地面对并接受它，如果有可能，尽量去享受它。若是命运把你打落到尘埃里，请从狗尾巴草的视角欣赏天空的美，在尘埃里也努力开出自己的花来。如果把你捧上了天，那就化为云雨轻风，洒点甘霖给大地，让地面上的生灵也能分享到你的成功和喜悦。孟子曰：“穷则独善其身，达则兼济天下”，让灵魂跳出身体来，做对世界的观察者和思考者，而不是沉溺其中，以至于穷则沉沦，达则膨胀。

少一点傲慢与偏见，多一点设身处地的善良，世界会多一点美好与和谐。

2019.2.28

夜观应星楼

古人描写高楼夜景的佳作很多，我们凭借着想象力读诗，尽力去体会那种旷远而空明的长空夜色，感受也只能达到诗者当时感受的十分之二三。这些诗句文字中，我最喜欢的是元代唐珙的“醉后不知天在水，满船清梦压星河”一句。此诗前两句中，有“西风”，有“老”，有“白发”，听着煞是疲惫，让人心情亦感无力暗沉，但这压轴的一句，突然间如满湖碎钻般清丽脱俗，一把抹去之前的疲惫暗沉之气，好似一位公主扮成身着灰布麻衣的村姑，走了几步后脱去外套，露出里面极为精致璀璨的华裳……这是我个人从女性化角度读此诗句得来的感受，可能与唐珙当时的感受并不完全契合，与他人读此诗时的感受也不太可能一致，这就是好作品的魅力所在，一千个人心中，有一千个哈姆雷特。

星河、霄汉、星汉、天河……说来说去就是古人眼中隔开了牛郎织女的银河。天上的银河与地上的河，自然是毫不相干，仿佛两条平行线，永不相交，但古人想象中银河并非遥不可及，从海上坐浮槎（木筏）可以驶去天上，当然这木筏不是一般意义上的木筏，否则也不会叫浮槎，它是专门往来于海天之间的神奇木筏。

夜晚，站在高楼上仰望天，俯瞰地，空色绀碧，众星历历，天地间了无尘埃，万籁俱寂，一轮明月无声地挂在枝丫间，这种清冷的环境，难免引得自己的身心也感觉清冷孤寂起来，站在应星楼上，便给我这样一种感觉。

应星楼实际高度45.9米，由于独特的建筑结构，从下往上看十分宏伟，夜晚华灯俱亮，应星楼在夜幕中显得尤其气势恢宏，璀璨夺目，遥看楼顶，缥缥缈缈，似有星气集结，让人产生群仙出没的想象。酒这东西也有好处，诗人大醉后出神篇，画家大醉后出神笔，当年丙辰中秋，欢饮达旦大醉后，苏轼的神来之笔《水调歌头·明月几时有》成就千古佳话，前半部分是灵魂出窍般酣畅淋漓的想象，后半部分回归现实，悟出人生真谛。站在应星楼上，不用大醉也可以感受到这种我欲乘风归去的念想，天上宫阙似乎是近在眼前，华星历历似乎只有一臂之遥，举杯邀月，伸手摘星，掸星尘，拂玉盘，梳风揽月，惊起鱼龙飞跃，似乎都是近在眼前的景象，并非不现实的幻想！

作为中国星象文化第一楼，应星楼确实与银河星月有着千丝万缕的联系。应星应月，应天应地，顺应星辰日月的指引，即为顺应四时和自然的指引。古人观象授时，观察星象不只是文人醉后的文采汪洋，而是用来对农耕时序等做出重要指示，然后才能做到顺天应人，以天意应人之愿，就算不很科学，不很准确，也是对自然的一种顺应和敬畏态度。

丽水防洪堤的夜景，如今成了非常值得一观的景致。南明湖畔重建的应星楼，仿佛是夜色中一条璀璨彩带上那颗最亮丽的明珠，如今也是莲都的一大地标。彩灯与夜空中的星辰交相辉映，星河倒影嵌入了湖水，不用欢饮大醉，也让人恍然有了银河入梦的错觉。如练的月华之下，百仞飞檐振翅欲起，剑指苍穹，直冲霄汉，叶宗鲁《处州应星楼记》里描写这种景象是“如乘风驭，如泛灵槎，如据巨鳌之首，如运大鹏之翼。神舒意畅，飘飘然有凌云气”，完美诠释了身处此楼阁上的感觉！

丽水，古称处州，对处士星，即少微星。应星楼的名字，说得通俗一点，可以说是“对应少微星的楼阁”。少微星，是古人星象崇拜中寓意青年才俊、国之新生栋梁的星座。有句话说，“谁掌握了年青人，谁就掌握了未来”，此话不无道理，长江后浪推前浪，新陈代谢，人才辈出，我们的下一代，一定是比上一辈强的！

2019.3.4

鸡肋

鸡肋是被杨修带红的，杨修用他的生命，换来了“鸡肋”这二字驰骋中国历史，广传于天下，每当人们吐槽现状、报怨困境、局囿于进退维谷、三思而无法后行时，鸡肋便义无反顾地出来为人类充当替罪羊了。

虽说鸡肋二字出于曹操之口，若无杨修自以为了然宇宙的精明和机智，鸡肋将成为那一天、那一晚的夜行密令，与平日密令无殊。如果当晚密令不是鸡肋，它也可能是曹公吃过的一块瓜、一枚果、一颗梅子、一杯梅酒（曹公喜欢吃梅是有据可循的，可参见我的另外一篇美食文章《我有青梅》），也有可能是一条羊腿、一只猪蹄……即便当晚曹操吃的是鸡，这口令也有可能是鸡腿、鸡翅、鸡爪、鸡心、鸡汤……它将只是个一次性的代码，用过之后，无人去深究和回忆。

但这次不同了。由于杨修按捺不住要表现和证明自己参透曹公心思的机灵、远超其他愚钝军士的智商，让曹操内心不想让外人看破的小心思，成了被强行剥去衣裳的跑者，在众目睽睽之下裸奔，连扯下一小片树叶遮羞的机会都没有。杨修把证明自己机智的方式，建立在领导者赤裸裸的尴尬上，而他却忘记了一点，这个人手里掌握着对他的生杀大权。

也许他忘了这一点，也许是他已经被得意冲昏了头脑，又或者他根本就看错了曹操这个人。可能他觉得，曹公一向以爱才示天下，而自己正好抓住这个千载难逢的表现机会，向曹公和众人证明自己的才能。然后——领导赞赏，为自己的智囊团里有这样一位天才而倍感骄傲；众人钦慕，更多的是艳羡与迫不及待地附势。然后——在一刹间，杨修的脑海里是红通通一片喝彩和鹤立鸡群的傲然，而他自己，就是众星拱月中的那一轮明月。

人算不如天算。奔马过分昂扬，难免会有失蹄之危。曹操杀杨修，这个我也觉得有点出乎意料，似有小题大做的嫌疑，都说曹操是枭雄，此时怎么不见有一点儿枭雄的气度与影子了呢？可能性有：其一，曹操那一天心情坏透了，即便是大人物，也会有对自己情绪掌控不好的时候，这个时候，聪明人应该避其锋芒，韬光求安，以免躺着中枪，无端遭殃。其二，曹操早就对杨修这个人厌恶透了，如骨鲠在喉，不拔不快，终于有了一个导火索，让他忍无可忍也不想再忍，在坏心情、坏军情、坏天气的合力推动下，他不计后果也不想考虑后果地把杨修咔嚓了。

鸡肋从此传于天下。每提及鸡肋必联想到杨修，估计那个聪明的主簿临死前还不愿意相信这是事实。不相信自己这么聪明，竟然犯着哪路煞星以致落得个身首异处。这冤魂在中国历史上穿行飘荡几千年，也不知道至今想明白了没有?

就算想明白了，也抵不过临死前的懊悔来得深刻啊，无法形容的懊悔，当然也不再重要。

鸡肋，即鸡架子。曹操啃鸡架子，觉得食之无味弃之可惜，估计是随军的厨子没有做好。世间有卖鸡架子卖出名的人，用香料将鸡架子腌透，下到近两百摄氏度高温的油锅里炸，炸得皮脆骨酥而鸡肉尚留弹牙劲道，成了众多人等追捧的美食，欣欣然排长队等着体验那油香浸着酥皮嫩肉在口中爆溅的感觉。曹操没这口福，若是曹操当年有这口福，会不会心情好一点儿呢?杨修会不会逃脱噩运呢?历史会不会被改写呢?这真是微妙而无意义的假设。

鸡肋鸡肋，莫说人生无鸡肋，环顾四周，放眼皆是，只不过说归说，有没有勇气弃之?大多是没有的。成大事如曹公者尚且如此，我等凡夫自有说辞为自己解释：就这样吧！将就了吧！得过且过吧！是宽厚，是佛系，还是害怕失去而不敢动弹，有时还真说不清。

谁能免俗?

改变他人易，改变自己难。既如此，那就不要改变了吧，没有到杨修那个要断头的分儿上，手中的鸡肋，还是可以研究研究，或许可以另辟蹊径，创新利用。就我所知，用鸡架子熬高汤就是一个相当不错的选择。

喝鸡汤时，想想杨修怎么死的，人家说大智若愚，在我看来，他倒可以说是“大愚若智”，只是看起来的聪明而已，不该说的话也说，把自己脑袋说没了，这个活生生的例子，给我们的警示意义，比喝多少心灵鸡汤都有用多了。

2019.3.4

豆面和豆面碎

豆面又名“绿豆面”，这个名字也有误导的嫌疑，我曾经认为它绝对跟绿豆有关，不是绿豆粉做的，也肯定是添加了绿豆的某种成分。后来发现，所谓“绿豆面”，跟绿豆居然没有一点儿干系，原来这仨字的读法上有玄机，应该读成“绿，豆面”，意指绿色的豆面，绿只是形容其颜色发绿而已。

绿豆面的本质是台州本地版番薯粉丝，粗细介于桂林米粉与龙口粉丝之间，常态下干硬而脆，折之即断，入锅煮涨后，变得根根浑圆柔顺。

台州临海本地的淀粉非常特别，其他地方买不到，每年母亲都会从老家邮寄或亲自带到杭州。超市里买的淀粉，多为细匀粉末状，而临海的番薯淀粉却呈现大大小小块状，如同石灰，我们当地称它为“山粉”。超市里买的淀粉，勾出芡来常常呈现出浊白色，而临海山粉勾出来的芡晶莹剔透，温润亮泽，是厨师的一个秘密武器。临海当地山粉最著名的用途是被做成山粉羹，分为甜羹和咸羹，咸羹亦即大名鼎鼎的“糟羹”。

临海山粉的产量在日渐萎缩，现在也只有上了年纪的村民，才愿意待在老家守着几亩土地种番薯了。要做山粉先挑选优质番薯洗净磨浆，反反复复过滤出来的浆液在大桶里沉淀成淀粉。本地优质番薯因为淀粉含量高，沉淀出来的淀粉非常密实，湿润状态下表面极其平滑，像打磨过的花岗岩，用我们老家方言说，那是相当的细体。这些细体但又重得如混凝土块似的淀粉，被转移到太阳底下晒干。过去农村里的人常常在立冬后做绿豆面，因为立冬后的阳光不骄不躁，风不潮不湿，是晒东西的好时候。

番薯淀粉做好了，接着做绿豆面。淀粉加适当比例的水，在锅中加热，搅成稠稠的近乎面团状粉浆，这粉浆淋入一个圆形带孔的漏勺，下面用一开水大锅接着，粉丝在沸水中凝结成形，从锅底浮起时就可以捞出来了。粉丝的做法在全国各地基本上大同小异，我在贵州和桂林街巷里都见过现做现卖的米粉，使用的工具原理基本相同，粉丝粗细不一只是因为筛子的孔径大小不同而已。

冬至后的阳光，让荧绿色的豆面在温爽的风中，晾得坚硬而脆。重回到沸水锅里后，它们变得温和顺滑，但仍然保持着适度柔韧。老家临海的豆面碎，即本地版本的“粉丝汤”，豆面涨发到最大限度，截成一指长的小截，加葱花、榨菜和些许醋，如此简单清爽，即可成就一碗暖透冬夜的小吃。自己做豆面碎，免不了会添加过多佐料，虾皮、千张面结、自制的纯肉小肉圆、金黄金黄的猪油渣，或者在小油泡里塞猪肉糜代替千张面结……最好吃的豆面碎要用骨头汤煮，但不可过浓，汤头过浓会使豆面碎失去了“清凌”的本质。

豆面碎是临海人非常喜爱的早餐或夜宵。早餐一碗豆面碎加一枚“三中大饼”或者白塔桥的烧饼，是我们眼中天造地设的搭配，只吃烧饼过干，只喝豆面碎胀了肚子，两者搭配的早餐，是开始一天辛勤劳作的动力。夜宵吃豆面碎，不再配大饼了，大饼过于瓷实，不适合当夜宵，夜宵里会点上一小碟鸡爪或盐水花生，从店主的大铁皮锅里捞一条卤煮了一整天的小肠卷，切成薄片，蘸蘸酱油醋，有很特殊的临海本土夜宵味道。我们家附近有个知名的夜宵豆面碎店叫“大人豆面碎”，原来的老店主块头很大，所以这“大人”二字指的是人的块头大，而非长辈。老底子临海人取店名特别有意思，都是顺其自然信手拈来，比如“大人豆面碎”“长人毛线”，矮的胖的高的瘦的，都可以直接用来取店名，因为靠的是手艺和品质吃饭，打的也是好好经营、细水长流的算盘。

大人豆面碎店一直朴素地存在于临海老城中，多年来几乎没什么变化，味道没有变，门面没有变，只是儿辈取代了父辈继续经营。那些碗，也仍然同我小时候用过的碗一样，粗糙而不圆，有些甚至还有缺口，这些不完美，反而让我亲触到一种久违的熟悉感觉，仿佛时间也停止了前进，瞬间把我们拉回到几十年前的时光里。这夜宵的景象，恰似多年前的冬夜里，夜色中升腾着沸水锅冒出的朦白蒸气，我们坐在歪歪扭扭的小矮凳上，围着小方桌喝豆面碎，吃小肠卷，几个黑黝黝的头顶凑在一起，东家长西家短，边喝边谈笑，是一种由内而外、彻彻底底的快乐和分享。

而且那一碗豆面碎里，漂着几颗油珠子，确实也只有葱花和榨菜的简单参与。

2019.3.11

打酱油

每一个就读过的学校，校门外总有那么一个令人留恋不已的小卖部。每一个栖身过的地方，家附近也总有那么一个能够呼风唤雨的小卖部，麻雀虽小，五脏俱全，似乎要啥有啥，只要你兜里有足够零钱。它貌不惊人，却能在你数十年后的记忆里，清晰如昨，你记得它柜台的样子，记得柜子里摆放的糖果和小玩意儿，以及小店老板的容貌和性格……

我们称那种记忆为“市井记忆”。

每个孩子的童年里，似乎都肩负着一个光荣任务：帮大人去打酱油。能够有资格帮大人打酱油、老酒、醋，仿佛是这个孩子成长中的一个里程碑：说明他已经可以被委以重任了。尽管只是打酱油，从某种意义上来说，这是有能力分担家庭责任的一个开端。当然同时也是一个考验：你能不能在这一路中，成功地完成任务，不出错，不拖延时间，不在半路被诱惑，甚至走失或者被拐……这种考验不仅是对孩子，也是对父母信任能力的一次考验。

我家的酱油瓶不大，其实是一个喝空了的黄酒瓶子，哪儿来的?没人追究，反正我家没人喝酒。黄酒瓶子被洗干净，倒扣着干燥后，摇身一变成为酱油瓶了。酱油瓶子用久了，瓶身里面尤其是瓶底结了乌赤的垢，但大人认为那是无伤大雅的，反而会使酱油的味道更好、更正、更浓。所以酱油瓶子只要不被打破，它会一直被摆在灶台边上，陪我们天荒地老。随着时间流逝，乌赤乌赤的垢结得越加厚实沉重，我们越加舍不得抛弃，这酱油垢，竟然好似跟我们结出了感情。

被指派了去打酱油的任务，我是既开心又不开心，主要依据当日心情而定，当然也依据任务的缘由而定。譬如奖赏性任务，母亲心情好或当月手头宽裕，会给我一张五角钱纸币，打完酱油后多出来的零钱，可以让我自由支配，买颗水果糖或泡泡糖，扑哧扑哧吹着泡泡，抱着酱油瓶子蹦蹦跳跳、开开心心地回家。当然也发生过乐极生悲的恶性例子：蹦跳过程中摔倒了，整瓶酱油和着碎玻璃四下飞溅，嘴也被磕出血来，摸一下生疼的嘴巴，一个巴掌上是浓赤的酱油和着鲜血，分不清彼此，失控的场面颇为血腥，所以后来听了大人告诫，打酱油的时候要好好走路，等安全回到家后再开心不迟。惩罚性任务就不好玩了，一般是做了令大人不喜的事，被惩罚做事来将功补过，打个酱油要是拖泥带水不及时回家，得准备着接受拉锯式埋怨和批评，更不要去幻想舌尖和泡泡糖的艳遇了。

我脑子里有记忆的打酱油经历是从技工学校开始的，在这之前，我们住在望天台的尼姑庵，家里从未让我出去打酱油、老酒、醋。原因有几个，尼姑庵位于高高的望天台，离山下小卖部有百级石阶之远，而且那些石阶都是手工搭出来的，不齐整，小孩子捧着个玻璃瓶走石阶，一不小心瓶毁人伤，医药费、时间成本、人力成本……哪方面都冒不起险，那时候打酱油基本上是我父亲的任务。搬到山下的技工学校后，我长大了许多，学校出门左拐没多远就是小卖部，位于东湖边上。小卖部左手边是神秘的纺织厂，从门口遥望厂内，常常是轰隆隆的声音和忙碌的人影，偶尔会滚出神秘的棉纱卷。小卖部右手边是通往北山的一条捷径。这个小卖部算不上正式的房子，它是用铁皮搭出来的一个简易房。

小卖部边上经常放着一张单薄破旧的方桌，可折叠那种，几乎每次去打酱油，只要天不下雨，总看见男人坐在桌子旁吃东西，正餐时间吃饭吃菜，非正餐时间吃花生、兰花豆之类零食配一杯小酒。他长年如一日是二郎腿加斜睨着眼的坐姿：一边用眼睛斜睨着碟子里的花生或兰花豆，一边用筷子夹起一颗塞进嘴里咀嚼几下，随后拿起酒杯小抿一口，面部表情突地痛苦皱起，散出“哈”的一口气来……这大概就是他自己的“腔调”了。后来我见过许多爱喝酒的人士，咽下一口烈酒后也有类似“痛苦”的面部表情，殊不知这“痛苦”二字只是我作为局外人的感受而已，对爱喝酒的人来说，咽下一口烈酒后的那种感觉，或许真像一种在烈性酒精冲击下凤凰涅槃般的灵魂出窍、欲仙欲死呢！不过我觉得他的肚子肯定是个无底洞，无时无刻不在吃东西，却不见得长胖多少。那时候觉得人生最好的事业大概就是开小卖部了，看起来毫无压力，高兴卖给人家就卖，不高兴卖自己享用，零食、糖果、饼干、糕点、瓜子……像个仓库，应有尽有，简直是神仙般的日子。

小卖部里干活儿的仿佛永远是那个女的，她守在柜台后面很少出来，即便是吃饭时间，也是她老公一个人坐在方桌边吃。夫妻俩很少交流，至少在做生意时间里，没见他俩一天讲的话超过十句。我印象中男人是老板，大男子主义，而女人则是他的保姆兼员工。男人天天咋咋呼呼，抱怨这抱怨那，上至民生国情，下至路边垃圾，都在他的批判范围之内。常见他一个人愤愤不平，大声吐槽，好像世间一切都得按着他的规则来，才是合理。这个男人让我生畏，他在店里的时候，我就很不情愿去买东西。从我作为一个孩子的角度看，周围的人好像也很怕他，不敢跟他讲话。我常觉得，这个男人这么拽，肯定是因为他拥有这个掌握着我们生活物资来源的小卖部，触怒了他，拒绝卖东西给我们，把我们的生活物资供应一刀切断，到时候打个酱油、老酒、醋什么的都得跑好几倍路，长年累月下来谁受得了？所以大家只能忍受着他的批判、抱怨甚至炮轰。

领了打酱油的任务，我先跑到校门口不显眼之处，瞄一瞄小卖部里是谁在值守？若是女人值守，便很轻松地过去。若是男人值守，这趟差使能推则推。但很多时候大人是不跟我们理论的，烧饭做菜干家务都来不及，哪有心情顾及小孩的内心戏？还是得硬着头皮去。

女人很友善，她会问我一些客套性问题，虽然我已经告诉她N遍几岁、在哪儿读书等。她的主动性询问，让人觉得很亲切，很关心在乎我，心想这么和善的一个阿姨，为啥嫁了这么个凶相的老公？听说我要打酱油，她接过我手里那只结着乌赤乌赤酱油垢的玻璃瓶，从墙上取下挂着的勺子。那只勺子是用一段竹筒做的，有根细长的柄缚在竹筒上，因为用的时间久，竹筒颜色也变得乌赤乌赤。她从缸里舀出一勺酱油，通过漏斗，酱油汩汩地流入玻璃瓶，深红色的油柱冲在玻璃瓶内壁上，蓬蓬裙般散开，煞是好看。我目不转睛盯着她的一举一动，觉得那只勺子真是太好玩了，回家后用家里废弃的塑料瓶做了一个类似的勺子，不过一直没派上什么实质性用场。

以前的酱油储存在缸里或坛子里，我们临海方言中叫“雕”，花雕酒里的“雕”，大概也是同一概念。更早以前，也即在民国之前，民间有酱园，是一个涵盖面很广的行业，酱园里不只酿造酱油，还有酒作和吊坊分别酿造黄酒和白酒，醋作造醋，水作造豆腐乳，还有酱菜腌菜作……都属于酱园的经营范围。清政府将酱园国有化，开设酱园酱坊需要官府批准，就是我们现在说的需要资质，没有资质，有钱也开不得，所以酱园又被称为官酱园。一个酱园需要相当的占地面积，规模大的，园里摆着上千只酱缸，极目望去，蜂巢般密集，不可谓不壮观！所以那时能开官酱园的人，一定不简单，不仅家境殷实，还有官府背景。酱园门外的白墙上，一个“酱”字就能写得一面墙那么大，豪气，震撼；高大的乌漆台门威严神秘，黄铜狮头门环让人望而却步，金字招牌不言不语，却稳稳地透着非同小可的实力。

在数千年中国历史中，酱油像空气一样存在着，普遍而重要。民国以前没有味精，酱油能增加菜肴鲜味，在日常烹饪中是挑大梁的调味品，离不开缺不得。连那么久远前的孔老夫子，都表明了他对于饮食近乎吹毛求疵的态度：“食不厌精，脍不厌细……色恶不食，臭恶不食。失饪不食，不时不食。割不正不食。不得其酱不食。”酱料用得不对，孔圣人是宁可饿死，也不开口，你看这是何等傲娇！

现代人常用“打酱油”形容可有可无、无关紧要的行为，看看，几千年前的人对酱油都这么重视，打酱油这活儿，从另外一个角度看，或许也并不是那么可有可无的！

2019.3.13

再谈酱油

宁波人喜欢酱油，这点我是从小就知道的。大约六岁那年，母亲带我去宁波走亲戚，据说第一次坐长途汽车，我吐得找不着北，这个已经没有印象了，印象中自己还挺喜欢闻汽油的味儿，到了加油站，更是用力缩起鼻子，深嗅这平常不太闻得到的纯正汽油味儿。走亲戚带去的是临海特产，换回大桶装的老宁波酱油，一家人欢喜得不得了，这事从开年可以说到年底。

宁波人啥都拿酱油蘸蘸、渍渍、腌腌、调调，馄饨里也调酱油，我们临海人就不敢苟同了，我们觉得一碗好馄饨本身的亮点就是清清爽爽，看着清爽，吃着清爽，喝着汤也清爽。倒入酱油，沾上了浓油赤酱的俗气，把小馄饨的灵气给冲没了。临海人吃馄饨放醋，那得用一个词，叫“倾泻”，暗地里比拼谁醋放得多似的，滴壶出醋太慢，干脆把盖子掀开来直接倒。所以我发现临海小吃店里醋的消耗量是很大的，以至于后来一些小吃店将醋瓶换成了细口瓶子，食客倒半天倒不了一满匙醋，手抖得发酸，急得心里直骂娘。

说起来酱油是这么普通又便宜的调味品，酿制的过程，可不随便！酱油里也有三五九品，最好的是三伏天晒出来的酱油，俗称“三伏酱油”。古法酿造酱油时，规矩多，最好是在三伏天挑选一个黄道吉日动手。凑不上三伏天的黄道吉日，端午日也行，不过要在酱缸里插桃枝。为什么呢？因为端午是个五毒日，插桃枝是用来辟邪的，防止酱缸被什么不干不净的东西污染了，主要还是精神层面上的东西，妖魔鬼怪，邪灵恶魄什么的。制酱是大事，投入的不仅是金钱成本、时间成本，还有健康方面的要求，这个险绝对冒不起，所以端午制酱在缸里插桃枝是用来辟邪驱邪，倒不是说桃枝是什么特别神秘的配方。

对于酱缸的干净和干燥度要求也是极其严格的，发酵过程中任何一点儿外物入侵，譬如虫子、细菌、雨水，都会破坏发酵过程，使整个制酱的投入和努力前功尽弃。古人大概在这个方面得到的教训颇多，对制酱的规定和要求简直达到了苛刻和变态的程度，有一些忌讳是让人百思不得其解的，譬如禁止孕妇参与制酱过程，这又是为什么呢？这到底是为孕妇考虑，还是为酱油考虑呢？从语气上看，应该是为酱油考虑，因为古人说，孕妇做的酱油会发苦。听起来毫无依据，却又似是而非，更像是“欲加之罪，何患无辞”。

晒酱油也是个天长日久的活儿，不是一天两天就能一蹴而就的。官酱园里那么大的院子，就是用来晒酱油的。中国古法制酱油工艺可以用三个词概括：春曲、夏酱、秋油。春天浸“黄”，炮制出发酵物，这个发酵物是用豆或谷蒸出来干燥而成，跟酒曲、酵母的作用类似，俗称“黄”。夏天晒酱，缸里的黄豆和发酵物等不断在阳光下发生反应，颜色日渐加深，正如前面所说，三伏天晒出来的酱油最上乘，称“三伏酱油”。秋天出酱油，缸里发酵物转移到竹篾上，将固体和液体分离，那个固体是“豆瓣酱”，液体就是酱油。我见过更见智慧的酱油缸是这样做的：中间插一个圆柱形中空竹篾筒，就像古法做白酒酿时在糯米中间留个洞一样。竹篾外面是黄豆发酵物。整缸晒熟后，这圆筒形的竹篾内，自然全部是流出的液体酱油了，用勺子舀出，省力许多。秋天出的酱油就叫“秋油”，率先成熟滤出的第一坛酱油非常珍贵，是最上等的一坛，被尊称为“母油”。

原来像空气一样普遍存在的酱油，也是如此得来不易的！有人的智慧，有天的助力，有时间和阳光的沉淀，当然，还酿进了人的敬畏和信仰，否则，哪来的那么多禁忌？

我们单位的早餐台上，一左一右放着两瓶酱油，一瓶生抽，一瓶老抽，食者依照个人喜好自取。生抽咸度高，但颜色较淡，赢在提味。老抽颜色较浓，但味道较淡，赢在着色。这又常常让我犹豫不已，有了一种鱼与熊掌不可兼得的纠结，尤其是在吃拌面的时候，既要有鲜味，又要有色相，雨露均沾又使得口味过于厚重。这种纠结不仅发生在早餐时，在家中用酱油拌豆腐时也会遇到。想起小时候用酱油拌猪油饭，或将酱油滴在一碗滚烫的白粥上，都全然没有如此的纠结，吃起来是津津有味，忘乎所以。现在倒好，选择多了，心中挂碍也多了，总想着追求完美，却常常失去了最基础的快乐与顺其自然的惬意。

唉！

2019.3.18

玉兰花开惊三月

又是一年玉兰开。

夜色中的白玉兰，高贵圣洁，让站在树底下仰望的我自惭形秽。不愠不躁，大气静美，一树琉璃白衬着夜空，是一树细细绣在黑色锦缎上的玉骨冰清。即便是不可捉摸的夜色，也变得淡雅从容，让人心怀美好念想。远在天边的一轮明月，却在玉兰花的光芒下，失却了颜色。不见明月，只见数百盏雪样银灯，被树冠托着升腾，皎洁胜过明月。

待到天亮，再去看那蓝天碧空下的玉兰树，又是另一番昂扬。此花素来高远，遥不可及，浑身带着帝王之家、贵族中庭的寂寞与偏执，使人只可远观而不可亵玩。开花时，叶还未发，孤虬的枝条在天空中书写着横折撇捺，笔力或狂或敛，或轻或重，颇显执拗与不屈，这又是一个花叶不相见的例子。

玉兰是天边的花，带着仙气与贵气的花，不食人间烟火的花，它用自己的一腔孤勇，在冷峭的早春开出只属于自己的滂沱盛事，繁华转瞬即逝，却触目惊心，你这一年中关于四季花事的记忆里，再也无法抹去它的身影，使得冷傲不屑于世事的梅，也只落得了个无奈的冷眼旁观。

文徵明觉得玉兰丰腴的雪肌，只有杨玉环能够与它匹敌。在他眼里，飞燕是清癯的红梅，玉环是丰腴的玉兰。呜呼，赵飞燕、杨玉环岂能跟红梅、玉兰相比？前者饱蘸世间的俗，后者跳出三界的净。文徵明看花看美人，原来只是看到皮囊而已！

“别下雨，别下雨！”我在心里虔诚地默念，然而并未起作用，雨照样有板有眼、一丝不苟地下了，所幸只是初春的第一场小雨，仅半日的涓涓洒洒。草地上还是掉落了一些新鲜的木兰花瓣，白净得像刚刚剥开的鸡蛋白。想起小时候，见到大片大片散落在校园树下的玉兰花瓣，心里有万分怜惜，觉得这样的早逝对美丽的玉兰花实在不公，这圣洁脱俗的美，应该是更加持久的，让我们有更充裕的时间去细细品味，于是我拾起地上洁白未污染的玉兰花瓣，小心叠好，包在纸里，带回家中。知道我拿它们来干什么吗？画画。用钢笔或毛笔在玉兰的花瓣上画仕女头像，笔尖轻压在颇有质感的花瓣上，有一种奇妙的嵌入感。还有两种画画的好材料是银杏落叶和栀子花的花瓣，尤其是栀子花瓣，虽然面积不大，丝绒般的质地让写写画画变得顺畅而有趣。

让皎洁的玉兰花瓣腐烂在雨水和烂泥中是一种罪过。以前去植物园，见到一些老奶奶有意无意地收集树下的玉兰花瓣。她们不像收集桂花时那样专注和势在必得，而是几个人一起散步、聊天，见到品相好的玉兰落瓣，拾起来装入袋子，这些花瓣，大概是拿回家要做成小食的。姿态高远的玉兰花，被我们遥不可及地观赏和仰望后，回归到地面上，它与我们之间的隔阂，神奇地消失了。它丰腴的花瓣引起了我们的食欲。最初朝着这个方面探索的有屈原，在一个明媚的清晨，他试着尝了一口玉兰花瓣上滴淌下来的晨露，那清丽透亮的露珠，仿佛是从洁白的玉盏中坠落下来的天地精华，让人顿觉仙气弥齿，吹兰芳馥，世俗的念头也羞于久留，赧然弥散而去，人的灵魂随之净化升华。

于是一发不可收……

最受人欢迎的应该是酥炸玉兰片吧，目前在一些有姿态的饭店还会吃到。听说慈禧太后特别喜欢这道小食，常常带在身边解馋，并分给宫人品尝。想慈禧年轻时小名兰儿，当她咀嚼着这酥酥软软的玉兰片，是不是咀嚼出了爱恨往事？咀嚼出了流年伤感？咀嚼出了身不由己？咀嚼出了凌绝顶的孤独和悲凉？人间万事，有得有失。

很多花儿适合糖渍，玉兰亦是。先将玉兰花瓣用沸水略焯，然后一层白糖，一层花瓣，层层交叠。这铺叠的过程，本身就是一个艺术表现的过程，它铺的是人的心境和心静，是一种对待生活随遇而安的态度。那些急于求成，或者只为做玉兰花渍的人，大体是体会不到这其中的奥妙的。玉兰花瓣吸收糖汁很快，腌渍一宿，第二天清晨便可以尝到鲜甜甘美的糖渍玉兰了，届时可以体会一下屈原“朝饮木兰之坠露”那种不食人间烟火的仙味儿。“何须琼浆液，醉倒赏花翁”，这真正用玉兰花瓣腌出来的琼浆液，不知要让人醉倒至到何年何月呀！

玉兰花开惊三月，虽然这样的辉煌转瞬即逝，一场风雨过后，留下的是无限惋惜和倏忽落寞。但玉兰花开时的惊艳，还是给我们留下了一道对开春的深刻记忆。去年三月，我写了《可惜玉兰不经风》一文，其中多有对玉兰的怨词，现在想来不必，自己当时带着的，更像是吹毛求疵的心态。每种植物都有它的特性，这让它们成为独具特色的个体，如果我们拿自己的标准或统一的标准去要求，把它们改造成我们期望的模样，美其名曰改造得至臻至善，实则破坏了自然的本意。直到有一天，我们看到的万事万物都是一个模子里铸出来般类似，世界便变得极度无趣，毫无意义。

现在我在想，要不要趁着夜色去捡点玉兰花瓣呢？就算简单泡泡蜂蜜茶，也是好的。

2019.3.26

糟羹的灵魂

老家临海有一些标志性的美食：蛋清羊尾、麦油脂、糟羹……我一直迟迟未动笔写它们，为何？因为写过的人太多了。

拿糟羹来说，多少人写过它，不计其数。糟羹的来源、做法、背后的典故，被一次又一次不厌其烦地复述着，就像祥林嫂口中念叨的被狼叼走的儿子。永无新意的重复，便让这件本身没什么过错的事物变得沉重。如果我再写那些，毫无疑问落入俗套，成了复读机、应声虫，读者有什么兴趣和义务要读下去？没有个人观点和思想的文章，纯粹在搜集和堆砌辞藻，就像穿着华服行走的僵尸，无血无肉，更无灵魂，一个写作者纯粹为了写作而写，或纯粹为了出书而写，而非发乎情感、生乎灵感，在我看来，是对读者评判能力的一种漠视和不尊重，不是吗？所以我无论如何得写点不同的。

做糟羹，我们临海人说“搅羹”，关键在于“搅”。这搅，不是随性乱搅，这搅，得遵循章法。就我所知就有两条基本的章法：

一、铲子需伸入到锅底搅动，而且这铲子上带着人手一个“探”的感觉，凭着手势，去感觉哪个地方稠了，哪个地方稀了，把它们搅得均匀。若只停留在表层，锅底的羹“深水无澜”，极易煳锅，生出锅巴来。静水深流是一种高的做人境界，但在搅羹这件事上，恐不适宜。搅羹就要学习当年孙大圣用定海神针搅得东海龙宫不得安生的做法，让所有食材都上蹿下跳，沸腾起来，亢奋起来，均匀受热。

二、需一如既往地朝一个方向搅，无论顺时针还是逆时针，选定了方向就要不离不弃、坚持到底。不要忽顺忽逆，忽左忽右，得陇望蜀，心猿意马，最后搅出一锅“水汪当”。这个道理用在做人上也一样有效，意志不坚定的人总是会在中途改变主意，自以为可以像鲤鱼打挺一样，在龙门前纵身一跃，突破瓶颈，从此海阔天空任翱翔。实际上呢？瓶颈一说只是自己给自己制造的幻想，由于没有干到底的精神，大多一夜回到解放前，甚至把原本拥有的也搞丢了。

但即使拥有了这两点，也还有可能不能搅出一锅完美的糟羹。

我一直在想为什么？为什么？为什么呢？

实事求是地说，我从出生起到离开临海去杭州就读前，都没有吃过一碗真正完美的糟羹。

首先是食材上的欠缺。我从来就没有把母亲描绘成一个厨神，虽然说“天底下妈妈做的菜最好吃”，这走的是情感路线，大家都懂，妈妈做的菜再怎么好吃，厨艺肯定是比不上五星级大厨的手艺。我眼中的母亲，她只是在力所能及的基础上，尽了她最大的努力，这是最令人感动的地方，因此我第一本美食笔记《素年锦食》，其书名的内涵也寓意于此，因为母亲的用心，让原本苍白寡淡的日子，变得厚实多彩起来，让原本令人沮丧的生活水平，也不那么严重地困扰着我们——爱之所至，崎路花开。

食材欠缺，巧妇难为无米之炊。我们家搅的羹，用的都是最平民的食材：豆腐干、油豆腐、豆瓣、芥菜……芥菜是苦苦的大叶芥菜，我在《芥菜株头》一文里提到过。这种大叶芥菜最便宜，菜场落市后，有些菜贩子甚至都懒得收拾卖不掉的芥菜叶子，扔了一地，有人捡去喂猪。我们把芥菜叶子剁碎了混在糟羹里，苦味被冲淡了，好歹也增添了绿色，可见那时候连冬天里的青菜都舍不得买。

只要糟羹里有一点点猪肉糜，当年一定是比较宽裕的年。搅的羹里有了星点肉糜，就不算山寨货色，对得起传统喽。糟羹里若是一点点猪肉都没有，全素，能有什么吃头？再多蔬菜也白搭，那种寡淡会让人反胃。

当然不是每一户人家都这么惨淡，家境好的，搅的糟羹肯定不一样，我一直羡慕了多年那些在糟羹里掺进蛤蜊肉的人家，他们是神一般地只存在于传说里。

至于后来在饭店里吃糟羹，烧得好的，烧得差的，良莠不齐。好的糟羹我认为口感应该立体而不平淡，绵韧并存，流质与嚼劲并存，这就是所谓层次丰富的立体口感。

那么一碗完美糟羹的秘诀究竟在哪里呢？

这个困扰了我多年的疑问被我老同学一语点破，他说：“糟羹的灵魂，是猪大肠！”

猪大肠搅糟羹？如果我小时候听到这话，会认为是天方夜谭！跟用金箔洗脸敷脸一样，是极其奢侈的念头。糟羹的起源，也是因为以前过年过节烧的菜多了，当天吃不完，剩菜不忍扔弃，干脆剁剁碎混在一起，搅成一锅吃——大杂烩的一种。在我的概念中，廉价的食材才剁碎混合成一股脑儿的大杂烩，这金贵的猪大肠……怎么可以如此对待它呢？

这就是所谓的贫穷限制了想象。

有猪大肠与没有猪大肠的糟羹，它们完全不一样。龙点了眼睛，活了，腾空而起。糟羹里搅进剁碎的猪大肠，味道从二维变为三维，层次感被激活。当糟羹裹着舌尖，星星点点带着细微韧劲的猪大肠碎末在上下齿间被来回研磨，仿佛跟我们的牙齿在进行一场顽皮而善意的游戏，平淡的糟羹变得有思想有活力起来，我们体验美食的灵感也变得活跃和敏锐起来，灵光四现，火花四溅。

糟羹的妙处在于，它给了你自由创造的空间：用自选的食材组合搭配，混合出来什么效果，看你本事。而猪大肠永远是凌驾于一切之上的存在，因为它无法被取代，就算用鲍肚燕翅海参，都达不到猪大肠碎末那恰到好处的效果。

我明白了，原来这追溯已久的问题——什么食材是糟羹的灵魂？终于找到了答案。

有些东西是独一无二的，无论我们使了多大力气，试图去找到替代品，终究以失败告终，它不会因为刻意漠视而消逝，不会因为排挤而沦落，不会因为打压而泯灭，就像灵魂人物一样，他是被时代选择的，是他，终究还是他，无法被取代。

2019.3.27

紫阳真人

春节回老家临海，紫阳街和龙兴寺一带有美食节，称“台州府城首届美食文化庙会”。美食节往年都有，惜大大小小不成规模，多有打游击之嫌，今年如此有组织、有安排并且冠以名号，可见当地的美食文化越来越被重视起来了。

紫阳街上的游人数量也比往年明显增多，即便下着雨，游客也可以说是达到了摩肩接踵的地步，这让我很惊讶，恍然感受到了黄山屯溪老街和阳朔西街的繁荣劲儿，想起数年前紫阳街冷冷清清、店铺开不下去的样子，心里当然是为家乡高兴的。

如果紫阳真人真是神仙，他在天上看了，一定也有莫大欣慰。

紫阳真人真名张伯端，北宋时期道士，出生于临海，被道教奉为南宗的鼻祖。而张伯端的师傅，就是大名鼎鼎的仙人刘海蟾。小时候我对“刘海戏金蟾”的年画很困惑，有个问题一直萦绕心中想不明白：这个在大海滚滚波涛中、踩着癞蛤蟆手舞足蹈的胖娃娃，留着齐眉刘海儿，他到底叫刘海，还是刘海蟾？他叫刘海是因为前额梳着刘海儿发型吗？哪儿跟哪儿，简直是一团乱麻。后来终于搞明白了，原来这年画是人们根据仙人刘海蟾的名字想象出来的吉利画面，胖娃娃代表多子多孙，金蟾代表多金富贵，刘海蟾本人跟癞蛤蟆根本没有关系。

张伯端是去四川游历时，在青城山附近遇见刘海蟾的。仙人刘看中了张伯端，觉得此人靠谱，可以传授衣钵，于是倾囊指点。张伯端回临海后，仿佛醍醐灌顶，修道进步神速，逐渐建立了自己的一套系统性理论，于是著《悟真篇》，将理论固化成文字传与世人。据记载，张伯端遇到刘海蟾时八十岁，著《悟真篇》时九十三岁，明显属于大器晚成型。写完书后又出去云游，八方传道，收了真命徒弟石泰。石泰为人厚德，常不求回报地治病救人，张伯端在陕西受冤获罪，是石泰出手相救才得以获释，张伯端觉得这次是真地应了当年刘海蟾的预言，虽然之前判断错误，衣钵传错了好几个人，果然最终还是能够找到天命注定的衣钵传人的。

从小我对紫阳真人很是膜拜，对道教所知不多，对紫阳真人倒是熟悉亲近得很，主要是因为看了《西游记》。《西游记》里朱紫国国王的艳福不浅，有金圣宫、银圣宫、玉圣宫三宫娘娘，关键是这三宫娘娘情同手足，国王全无不堪其烦的宫斗之忧，一男三女和谐共处，其乐融融。大概上天不会把全部好事都让这个男人占了，得削削他的运气，降三年“折凤之灾”于他。观音菩萨的坐骑金毛犼得了这个“美差”，下界化为妖怪“赛太岁”，掳去金圣宫娘娘。这下好了，养尊处优、貌美如花的娘娘是不是要被妖怪霸占、生出人模狗样的小妖怪来了？按照正常逻辑应该是这样的。但吴承恩老先生虽然脑洞很大，毕竟是一位传统保守的文化人，也不是悲剧家，要把美好的东西毁灭了给人看。吴老先生贴心地安排咱的老乡紫阳真人出场了，在妖怪还没来得及染指美人之前，赠一件五彩霞帔予金圣宫娘娘，这五彩霞帔相当于一件带有魔法的刺猬皮，妖怪一碰就会蜇他个鼻青脸肿破伤风。这下好了，美学保住了，赛太岁以为得来的美差，却原来是个镜中花、水中月，只可远观而不可亵玩，这不就是传说中的“鸡肋，鸡肋，弃之可惜，食之无味”吗？

其实我觉得赛太岁这个妖怪也并没有那么坏，好色之性，人亦有之，何况妖怪乎？对于这摸不得、碰不得的鸡肋，居然没有恼羞成怒，而是三年来一直恭恭敬敬地精神恋爱着，膜拜着他的女神，殊为不易！换成其他煞手（临海方言，厉害）又嗜血的妖怪试试？譬如金翅大鹏鸟，譬如蝎子精……后果都不堪设想。

后来孙悟空解救并送金圣宫娘娘回宫后，紫阳真人再次出场，做了一次总结性的亮相：为娘娘卸去带刺的五彩霞帔，同时解去国王的病靥，从此一男三女又其乐融融地生活在一起了。这总结性谢幕颇为光彩照人，《西游记》中如是描述紫阳真人的最后一次出场：“肃肃冲天鹤唳，飘飘经至朝前，缭绕祥光道道，氤氲瑞气翩翩，棕衣苫体放云烟，足踏芒鞋罕见，手执龙须蝇帚，丝绦腰下围缠，乾坤处处结人缘，大地逍遥游遍，此乃是大罗天上紫云仙……”此段中，道教几大元素皆含，有鹤，有拂尘，有棕衣芒鞋、瑞气祥云，标准的神仙配置。所以在我童年印象中，紫阳真人就是个很吉祥的神仙，所到之处，皆现五彩，临凡之时，解救苦难或度人成仙，是个极其讨喜的神仙角色。

临海紫阳街得名于紫阳真人张伯端。紫阳真人当年曾住在此街。有人可能会说，修仙悟道的道士不是应该归隐于深山老林，吸收天地日月精华吗，怎么会住在这个凡夫俗子云集的街市？这个问题不难解释，因为紫阳真人的南宗教义，主张的就是大道不离世间，这跟佛教中的济颠和尚倒是有共同语言的——“酒肉穿肠过，佛祖心中坐”。修行要真正地修炼内心，而不是修个形式，戴上道帽，披上鹤氅，甩着拂尘，不一定是真正的道士；剃了光头，脚踏芒鞋，甚至坚持吃素，也不一定是个真正的和尚。人道永远在于仙道之前。人道都不修，还谈什么修仙道？不脱离世间万物的修行，才是真正的修行，是为大隐隐于市也。

这大概也就是紫阳真人“悟真”二字的涵义所在吧！

2019.4.3

盐梅

每次出门旅行前，我总会先去超市看看，买一小瓶话梅备在身边，一解晕车，二防止自己在坐车的过程中嘴馋，吃多了零食。

话梅种类多，至少能列出十几种，乌梅、青梅、黄梅、情人梅、奶油话梅、盐津话梅……要是把标准放宽的话，橄榄、金橘、陈皮、佛手柑、冰糖杨梅……这些都可以归到话梅零食里。大学时，老家台州与杭州之间的长途汽车，会开上七八个小时，那时候没有太多隧道，汽车走的全是曲折蜿蜒的盘山公路，遇到大雪天，车队长龙被堵在盘山公路上动弹不得，前不见首，后不见尾，有时甚至得在荒山野岭过夜。记得最长的纪录是坐了将近二十个小时的长途汽车，换成坐飞机的话，都能从东半球飞到西半球了。

一瓶话梅就成了我续命的秘密武器，而且必须是最咸最酸的那种。干粮有吃光的时候，一颗话梅含在嘴里剩下个小小的核儿，继续含着，酸爽的味道久久不散。那时候，我是把话梅当成救心丹一样使用的，一晕车，便赶紧含一颗在嘴里，人就舒服了许多。

可是我不明白，为什么话梅叫话梅？查了资料才明白，还真是跟说话有关。以前说书先生带一瓶话梅在身边，讲到口干舌燥时，取一颗润润口。口渴不是应该多喝水吗？我想这是说书先生的职业精神使然。说书场上，听客是竖着耳朵听故事的，一个好的说书先生，把听众的情绪和思维带进了故事里面，一众听客的喜怒哀乐，便随着故事的跌宕起伏而跌宕起伏——这叫入戏。好的说书先生，就是要让听众只用耳朵和情绪去感受，把自己的身心置于故事中去，在另外一个看不见摸不着却能感受得到的精神世界里驰骋。一场不入戏的说书，说者讲得口干舌燥，筋疲力尽，听众成了观众，多的是眼睛看到说者的姿态和表情，尽管表演者很卖力，台下的人感同身受却不强烈。这不能使人入戏的说书，给人的感觉像读没有灵魂的文章一样——肤浅。到收场时分，得不到一点儿属于自己的东西，留不下记忆的痕迹。

听众入了戏，那就要对他们负责到底，从入戏到出戏，有始有终。说书先生水喝多了，难免会有内急问题。听众尚在戏里呢，花前月下、沙场鏖战、春宵一刻、金榜题名，这说书先生来一句："不好意思，在下内急，要出去一下。"听众被活生生踢出剧情，看似无关紧要，实际上伤害极大。

话梅这东西好，含在嘴里，咸酸咸酸还有点说不清楚的甘甜，刺激唾液分泌，满口生津。关键还有一点好处，话梅含在嘴里还能讲话，不至于耽误说书，所以话梅代替喝水成了说书先生的秘密武器。这也是"话梅"为什么叫"话梅"的原因，因为它能使人长时间说话而不至于口干舌燥，可以滔滔不绝。

话梅生津，最上者为盐梅，就是那种先是咸到发苦，然后酸得掉牙，最后变成丝丝回甘的神奇小零食。小时候吃不到这种神奇零食，充其量只有站在小店玻璃罐旁边流口水的分儿，暗暗羡慕那些家境富足、手头零钱宽裕的同学，见他们含一颗盐梅在口中，表情极其丰富：先是嘴咂吧咂吧，然后酸得整个脸朝着鼻子一起皱去，然后突地舒展开来，又开始咂吧咂吧，不过这咂吧的表情是无比开心而轻松的。我是好奇、羡慕又狐疑，这到底是一种什么样的奇特体验啊？看看自己手中的零钱，买不起盐梅，好在还有一种叫酸梅粉的，大抵可以成为盐梅的替代品。那些粉也是用梅子、盐和甘草制成，一小包一小包，包得好像医院里分发的药片。小包装里还附带赠送一个极其小巧的塑料勺子，半球形，体积小。我收集了许多这样的小勺，明明知道它们是偷偷买零食的罪证，但就是舍不得扔掉。后来母亲发现了这小勺子居然还有个用处：用来舀盐或味精，因为极小，做菜时加盐加味精，不会用得大手大脚。

古语有云：盐梅和羹、盐梅相济，这里面的盐和梅，可以说跟我们通常吃的话梅盐梅，是既有关系，又没有关系。古语中的“盐梅”，是分别指盐和梅这两样东西。盐主咸，梅主酸，在醋出现之前，古人的酸味是用梅卤调制出来的。一盘好菜的好味道，需要厨者熟练运用对五味的调配，中国人信奉的“和合”价值观也体现在烹饪之中，味道好的大杂烩被称为“和羹”。“盐梅和羹”意思是说，要烹饪出一锅好吃的菜，需要不同的调味品正确搭配，和谐运用。这个成语又被引申到对人才的使用上。《尚书·说命下》：“若作和羹，尔唯盐梅。”这是一个成功的君主——殷高宗武丁为了说服傅说出任宰相而使用的比喻。他把天下比喻成一锅羹汤，一锅大杂烩，而济世贤臣就好比起到关键调味作用的盐和梅，运筹帷幄、掌控全局、包容大气、和衷共济。武丁对人才给出如此的荣誉与尊重，傅说怎不动容？

古来以烹饪喻治国的例子不少，出名的有老子的“治大国如烹小鲜”，还有商汤的伊尹，从御厨到贤相，经常以烹饪美食的理论来劝谏君主，这比那些梗着脖子、犟着一根筋要君王接受自己观点的方式，来得更加和谐而有效。毕竟人都是有自尊的，在进谏方面，也是需要体现“和合”的价值观，也要讲究方式方法的。

别看不起日常的小粥小菜，有时却能反射着整个世界，一片树叶里有四季和自然的奥秘，有了思想，一碟小菜或许也能让人悟出深刻的道理。治国需良弼，调鼎待盐梅。治国为大，和羹事小，但这大小之间，却有着奇妙的相通之处呢！

2019.4.8

青云宝剑

我是傍着北固山长大的孩子。

我家的窗很大，占据了整面墙壁的上半部分，窗棂的油漆是暗红色，粗糙地涂上去，没有光泽度，抑或是因为年代过于久远而剥落所致。最左边和最右边的窗子不对开，是单片的，插销坏了，一直没修，天冷或风大时就用茅草纸夹在窗缝里卡住窗子，使其不至于自己打开。

那个时候大伙家里都穷，值钱之物不外乎祖上留下的几把铜钱、袁大头、四方通宝，我看到这些都压在箱底里，母亲会时不时翻出来摸一摸数一数，同时给我们观摩一下，好像这些是保命的家底，不到万不得已动不得的东西。

那个时候似乎也没什么小偷，小偷能偷什么呢？柜子里都是旧衣服，厨房里是冷饭冷菜，维持生存的粮票、肉票、糖票什么的占不了地方，包在一个麻布包里塞在枕头底下，小偷还真是无从下手。所以那时候晚上门忘了上锁就睡觉了，也是常有的事。

当然那时候普通人家还没有像样的锁，譬如我们家就没有锁，金属制品似乎算是比较高档的，能用木头代替的就用木头代替。所以我家没有铁锁铜锁，只有祖上传下来的皮箱上挂着的老式铜插销锁，而那种老式锁，我是永远打不开的。

我们家的门，也是用木栓。关了门，插一根三十厘米长的方木条子，就算上锁了。

我家的门真是很破败，我想我的安全感，就是从小被它消磨掉的。厨房的门，门板稀薄，两扇门中间的缝隙，大得可以伸进一条手臂，所以你想那门安全吗？完全是虚设。好在厨房外面紧挨着的是望天台6号东厢的大门，厚实得很，木头栓子也很粗很紧，东厢里住的都是说得来的好邻居，所以厨房门稀乎也就罢了。

但我们主房间的门，就有问题了。我们这个主房间，既是卧室，也是书房，放了两张床，一张写字台，一个五斗橱，三四个摞起来的皮箱，没其他家具了，我们一家四口人挤在这个小房间里，过春夏秋冬。因为有两面窗子没插销，不牢，我就指望着门能关好，安心睡个好觉。

我为什么这么没有安全感呢？关键在于后面的北固山。我们园子外是北固山的缓坡，适合孩童嬉戏，但北固山整体其实是颇为险峻的，明代临海的地理学家王士性曾这样说北固山："西北巉岩插天，虽鸟道亦无。”王士性写望天台的时候提到北固山，形容它“巉岩插天，鸟道亦无”，这样形容虽然有点夸张，至少也说明北固山是一座有个性有棱角的山。

大人们老说北固山上有老虎。这么说的目的是告诫我们这些调皮的孩子，别没事就往后面的山上跑，有些胆子大的孩子自然不相信，有老虎也阻止不了他们经常去探险、摘嘎公、挖茅草根、抠地衣、拔野葱……像我这种性格保守的孩子就比较听话，玩的时候不往山里走，只在缓坡上逗留嬉戏，也能发现山坡上很多细节之美。

小时候最怕两样东西，一是拖拉机，一是老虎。邻居要捉弄我的时候，就说拖拉机来了，我肯定立即掉头找母亲去。渐渐长大后，不怕拖拉机了，知道了那不过是耕田的机械，只不过突突突的噪声十分扰人而已。老虎还是怕的，因为这是真实存在的动物，指不定哪天运气不好就碰上了……尤其是听说小姨妈莲莲村里的猪被老虎拖走的传闻后，更加心戚戚而惧之。

母亲安慰我说，小姨妈莲莲村里靠着的是括苍山，北固山上是没有老虎的。母亲跟别人当然不一样，别人看你被吓得不轻，以之为乐，母亲见你被吓到，自然心痛，就算真有老虎，她也会安慰我说没有。我还是忍不住思考：既然括苍山上有老虎确信无疑，那么不能保证北固山上不会有老虎，北固山属于括苍山系，老虎有四只脚，跑起来飞奔的速度，一夜之间跑到北固山也是不无可能的！

自从妹妹出生后，我的担心日益加剧。这个小娃娃粉粉嫩嫩，听说老虎对婴儿香的嗅觉特别灵敏，会千里追踪过来……这事情变得棘手起来。

我平白生出一种想要保护这个家的欲望。我曾经不止一次做着同样的噩梦，梦见一只老虎在北固山顶飞奔，那山顶是一条绵延起伏的曲线，透过玻璃大窗，我看见那只老虎忽起忽伏，腾挪跳跃，而我知道它是冲着我们而来。

于是，我先着手在两扇坏掉的窗棂上敲上钉子，制作了简易的麻绳环。那绳环可以说是一拉即断的，母亲看见了，说，你这没有用。但我觉得，聊胜于无，好歹总比没有强，心理上也有个安慰。母亲不知为何我这么没有安全感，也不知如何再安慰我，忙她自己的事去了。

门的安全问题是个让人头疼的事，因为那木栓子“缩水”了，大概是因为热胀冷缩，木栓子插进去后，松松垮垮，好比一根棒子搭在那里，而不是紧紧插住。我测试过无数次，只要用力来回拉几下木门，那木栓子就会被震脱出来。我拉呀拉，不停测试，希望有一次能证明自己的担心是多余的，很遗憾，每次木栓子都被震脱出来，屡试不爽。

真是有点绝望了……

可是一想象自己被老虎追杀的场面，幼小的妹妹被老虎一口叼走的可怕景象，我又觉得不能这么坐以待毙。突然想起道士来尼姑庵做法时用的桃木剑，来了灵感……

说起来好玩，尼姑庵本是师从佛教，跟道士没什么关系，但是有几次，静芝姑娘请了道士来作法，要么看风水，要么辟邪。道士的行为让我无比好奇，他们穿着宽大的道袍，留有稀疏胡须，头上扎髻，手持拂尘，那时我认为拂尘是鸡毛掸子的同类工具，甩来甩去似在掸周围的灰尘。道士还有好几样武器，我印象比较深的是桃木剑和罗盘。桃木剑上挂着小铜钱，用红线穿成坠子。道士捉邪的时候，右手持桃木剑，左手做出剑指之状，“嘟”地似要把鬼怪邪煞定住，然后用桃木剑一把刺死他们，那姿势非常有气势。成年后看了不少港产鬼片，九叔林正英的道士形象深入人心，才知道桃木剑其实是道家最厉害的法器之一，攻击力是居首位的，而那个手枪般的手势是“剑诀”，代表斩杀妖邪，顺天正道。

原来在我看不见的世界里，已经发生过了这么惊天动地的正邪大战啊！

至于道士的罗盘，也让我好奇。被尼姑庵请来作法的道士，似乎对他的罗盘特别紧张，不准人随便碰，看都不让我看一眼。他把罗盘扔在我家厨房窗外时，我被好奇心驱使走过去想要看个究竟，他挥挥袍袖示意我走开，大人赶紧把我一把拉开。我只瞄见那奇怪的罗盘是碗口大小，上面密密麻麻全是符号。道士似乎看看不对，又把罗盘往外挪，挪到鸡窝旁边，我就心里嘀咕：“你该不会说我家的小黑母鸡是妖怪吧！”

望天台尼姑庵的道士给我带来了灵感，主要是他那把桃木剑太讨人喜欢。小伢儿就这样，对剑啊刀啊什么的特别感兴趣，普通棍子也能当成金箍棒使，其实心底里都藏着小大人的英雄主义情怀。有了刀剑，觉得自己就是秦琼；有了棍子，就是孙悟空，上天入地，除暴安良。虽说我是个女娃子，也脱不了这点情怀和幻想。

来作法的道士自然不会送我桃木剑。他的神情一直非常严肃，如临大敌，从头至尾不露出一丝丝笑容。当然，他是在我们看不见的世界里战斗，如果旁人表现出不屑或者玩笑神态，那对他的侮辱是相当大的。即便我是个可爱的孩子，也不可越过那道雷区——因为作法是一件极其严肃的事情！

自力更生，丰衣足食，从小我就是这样领悟出了人生道理，靠天靠地靠人，不如靠自己，我决定为自己制作一把桃木剑。当然不一定是桃木，那时候也不知道道士用的剑一定是要用桃木做的，总之，对我来说，只要是木头就可以。

我从院子的柴火堆里偷偷抽了一根像样的木头出来，开始了我艰辛的制剑历程……

主要工作是用小刀将木头削成形。我用非常钝的削铅笔用的小刀一点一点削，不求快，倒也不是十分辛苦，反正有的是时间。也不记得到底削了多少个日子，从夏天削到冬天，从满目苍绿削到黄叶落地，因为心里想着北固山顶的老虎迟早会来，这项工程就变得有价值了。

我可从没想过要做一个杀虎的英雄。一直以来对武松的莽撞很不以为然，所以我也不是很喜欢武松这个人物，觉得他这个人比较冲动，当然，对于他失控的人生经历确实是很同情。我制作宝剑，完全是出于一种自卫的心理：老虎要来吃我，我不想被吃掉，所以我要保护自己，就这么简单。

大雪纷飞的冬季，我的宝剑终于削成了，有剑柄，有剑尖，像模像样，握在手里，长度正好。翻过来翻过去地看，总觉得少了些什么，没什么纹饰，太苍白。于是发挥我爱好画画的天性，给宝剑画上了花纹和边角轮廓，这下好看多了！

翻过来翻过去再看，好像觉得还是少了些什么。把宝剑拿给大人看，大人问我："你这把是什么剑啊？"霎时恍然大悟，这剑缺的，是一个名字！

想把它取名为轩辕剑，觉得名字太大，可能会压制宝剑本身。想把它取名为干将莫邪剑，可是一想到那神话故事里两颗人头在沸水里相斗，就浑身竖汗毛。叫潇湘剑太弱气。青龙剑，对不起我是女的。凌霄剑，名字过于凌厉。七星剑，太俗，何况还得费力再刻上七颗星星……为了这个剑名害得我茶饭不香。父亲这时候显出他的幽默来了，他没有指责我把精力花在制作一件无用的玩具上，反而挺感兴趣地帮我一起想名字，他说："你的名字里有个云字，要不叫云中剑？"

云中剑，这可以作为一把宝剑的名字吗？云中剑，它表明的是这把剑的状态，在云中，作为剑名，似乎是不合适的。但父亲的建议倒是提醒了我，何不用我名字中的云字来命名呢。

这就是“青云宝剑”的来历。我用毛笔将这四个字工工整整地写在木剑上，感觉像画龙点睛，它瞬时放射出凌厉的剑气和光芒！

平时，青云宝剑被我插在门栓上，那门栓就变得十分紧实了，用力摇晃门板，木栓不再脱开。我心中的应急打算是这样的：如果老虎真的从北固山顶跑下来找我们，一定会顶撞这扇门，青云宝剑先是作为紧实门栓之用，万一顶不住了，我就一把把它抽出来，朝着老虎的眼睛或额头刺去，一击以毙之！

有了计划，就不再迷茫，成竹在胸，恐惧感渐渐少去，睡也睡得安稳了。那把剑，在我们搬离望天台尼姑庵后完成了它的历史使命，我没有把它带到新的住处去（即父亲学校的宿舍），一是因为搬家过程中的忙乱，二是因为新住处的门用的是司别林，再也不用为木门栓的事情纠结了。

不过，青云宝剑从未消失，从此它留在了我的心里。

我早就说过，手有利剑，心怀慈悲，但千万别丢失了任何一样。丢失了利剑，你的慈悲成了无能的哀悯，连自己都保护不了，还有何能耐示慈悲于他人？而丢了慈悲的利剑，更不用说了，那是戾气，是要造罪孽的。

2019.4.11

落寞的公鸡

春节前夕，早晨的小区里出现了公鸡啼鸣。这些公鸡大概是单位发的年货或别人送的年礼，一时间杀不了，暂且养在家中待宰。

终于在这丛林地里，我听到了久违的“大公鸡，喔喔啼”。

如今公鸡在民俗中的功能和地位被大大弱化，自从出现了计时器并且不断进化演变，被当作瑞禽和光明使者的公鸡，曾经的风光不在，对人类的价值仅剩于舌尖上的饕餮。

大公鸡是很落寞的，即便它在小区里那几天倾尽所有情感的引吭，听着也让人隐隐有一种英雄谢幕之后的苍凉感。仍然热血沸腾，仍然斗志昂扬，却已经无法撑起头上已然黯淡的光环，唉，怀念那些曾经无比荣耀、无比激昂的日子……

在很久很久以前，一唱雄鸡天下白，人们认为天地乾坤是被公鸡唤醒的。它叫醒太阳，驱散宇宙间的阴霾，九州大地上的蛇蝎毒虫、魑魅魍魉便纷纷退避消隐。它竖起鲜红的鸡冠、金亮的羽毛，气势逼人，与毒蛇也敢缠斗到最后，直到决出胜负为止。公鸡自古以来被看作是正义力量的化身，是人类的保护神。古代歃血为盟，喝鸡血酒对天地发誓结义，除了表示对彼此绝对信任、绝对忠诚之外，我认为也应该引入公鸡的战斗精神，表示从此后大家要肩并肩一起战斗，有福同享，有难同当。

态度决定一切。公鸡虽然不是猛禽，但它毫不犹豫保家护雏的战斗精神让人敬佩，为了护雏卫家，它可以表现出超越自己实际能力的勇气和战斗力，本着拼命精神，勇往直前，体形大出数倍的对手都无法使它畏缩后退。民间有些地方把大公鸡当作小孩子的保护神。端午至，五毒起，人们把嘴叼蝎子、脚踩蜈蚣等毒虫的大公鸡剪纸贴在房门上，寓意毒虫远避，家里的孩子能够平安健康成长；或者缝制鸡心形抽口布袋，上绣吉祥图案和“福”“大吉大利”等祝福字，鸡心袋或镶边，或坠流苏，颜色斑斓，煞是好看，袋里装雄黄粉、米和茶叶等，挂在孩子胸前。一来有大公鸡庇护，驱邪避毒；二则“鸡心”音同“记性”，希望孩子多长记性，记性好，读书就好，将来有出息。

古代人们认为大公鸡是天宫派来的神鸟，担当司晨的重要职责，称为“稽时”，云：“鸡者稽也，能稽时也。”由它代表上天提醒人们顺应天意，按时作息，这在农耕时代尤其重要，是人们安排作息时间的依据。所以，天上肯定也是有鸡神的，《西游记》中的昴日星官就是鸡神，面对观音菩萨和如来佛祖都摆不平的蝎子精，昴日星官化作一只大公鸡，连武器和法宝都不用，叫了几声，蝎子精便翻倒在地上动弹不得，一命呜呼，大公鸡威猛的表现达到高峰。一年来每天坚持不懈早起，尽心尽责啼叫，唤醒人们起来耕耘，唤醒山川大地一片光明，大公鸡这种忠于职守的契约精神得到了人类的尊敬和感恩。新年第一天，也就是我们说的“春节”，人们想到的第一件事情就是给大公鸡过生日，感谢它的坚持和付出。古人农历正月初一开始的“岁后八日”，大公鸡排在第一日，称“鸡日”，其次再是猪日、羊日、狗日、牛日、马日、人日和谷日。

但大公鸡也有因为啼晓而招致杀身之祸的情况。比如古代七月初七，浙江金华一带有杀公鸡习俗，为什么呢？只为了让它第二天早晨不再有机会起来啼鸣报晓，这样，天就不会亮了，牛郎织女这对苦命鸳鸯就可以永远在鹊桥上不分开。这也是善良的人们同情牛郎织女的遭遇，希望通过己力帮助他们走出困境，成全一个家庭的圆满，倒也没有想过一个不会天亮的“永夜”将会给自己带来什么。爱情永远是人们心中最恒久的渴望与追寻，在爱情面前，即便被当作瑞禽的大公鸡，也只有无私献出自己的生命了！

大公鸡精力旺盛，战斗力爆棚，被认为是“阳”的象征，在婚恋和繁衍中也担当不可抹杀的角色。前面说过，在爱情面前，大公鸡有时候是需要被牺牲的，浙江有些地区的“过门宰鸡”习俗就是个例子：新郎去女方家迎娶新娘，女方家在门前铺一块白布，奉上鲜活大公鸡一只，让新郎当场宰杀，鸡血若是滴在白布上，有几滴鸡血罚几杯酒。杀鸡过程中，新娘的家人还会故意来撞新郎，让他无法得心应手。这个风俗听起来像是个捉弄新郎的游戏，其实里面有一定的涵义。一个女子出嫁那天起，见红成为人妇，从此要离开娘家的庇护，在一个新的家庭中担当起重要角色，婆家对她好不好？从此以后到底是什么样的境遇？那就是命。大部分情况下，需要女人自己去适应，去成长，娘家已经很难插上手，就算插得上手，大多也是帮倒忙，让事情朝坏的方向愈演愈烈，所以有一句话说得好："不痴不聋，不做家翁。"女儿是一朵鲜花，这盆花养了多年，一朝被捧走，命好的落到会呵护、会养花的婆家，命不好落到不珍惜的人家，花开花谢，人老珠黄，始乱终弃，最终女人还是要学会自己照顾自己。作为娘家人既然帮不上忙，在女儿出嫁那天，故意设置些小困难让新郎体验，起的也是个提醒的作用：别以为娶个老婆那么容易就到手了，你要是不珍惜的话，女儿还有我们娘家人撑腰呢！

既然公鸡被作为"阳"的象征，某种意义上它代表着新郎，代表着男人。我们东南一带的渔民，由于其生存方式的特殊性，男人经常要出海捕鱼，而海上情况变幻莫测，一旦遇上风暴，极有可能暂时回不了家。在以前，对于人生中的重大仪式来说，择时是一个非常重要的原则，择好的吉日不能轻易改动，即便如今也有如此遵循的。一个出海的男子如果在他新婚当日无法赶回家成婚，家里会用一只大公鸡来代替他与新娘拜堂成亲，称"公鸡拜"。此仪式由小姑或小叔子执行，抱着大公鸡，按捺鸡头拜堂，这只大公鸡大概还没有意识到自己艳福不浅，拜了堂后会身披红项带，神气做新郎，被送进洞房与美娇娘共度新婚之夜，而此时，远在海上的新郎却只能黯然面对星辰大海以及不可测的风险，抱憾错过这人生中最美妙时刻……人生不如意者十有八九，太过完美反而不长久，倒是有点缺憾，反倒能让人更懂得珍惜，来之不易的东西，会加倍呵护维系。于悲中见喜，安慰自己说"塞翁失马，焉知非福"，倒也不失为人生一大生存智慧呢！

另外一个例子是苗族的求婚方式中，也用到公鸡。男人去女人家里求婚，带一只大公鸡去。女人要是同意，大公鸡被留下，女人要是不同意，大公鸡被扔出门外。这里大公鸡代表的也是男性，替男人去求婚，冒着具有一定概率失败的风险，毕竟换成男人自己，若是求婚失败被扔出门外，那就真的颜面扫地了。

求婚成功，婚后久不生育，又是一道难过的关。中国各地求子的方式千奇百怪，譬如我以前提到过的抱冬瓜，或我们台州桔乡的打生，方式不同，目的相同。布依族人把目光投向了公鸡。公鸡精力旺盛，不知疲倦，我们有句耳熟能详的玩笑话叫作“打了鸡血似的”，形容人精力充沛，公鸡既然作为男性代言，也是生殖与繁衍力的象征。布依族男女婚后出现久不生育问题时，部落里的人们聚集起来为他俩举行求子仪式，道公（巫师）作法后，将一只大红公鸡放在男人背上，背回家去，意思是生殖能力从此附在他身上了，来年生子可期。布依族人倒也开明，没有像其他一些地方一样，把不育的问题全盘归咎于女性，譬如“打生”，假定不孕不育就一定是女人的问题，用树条儿佯装打女人的肚子问“生不生？生不生？”，女人还得配合着说“生！生！”，其实早已害臊得面红耳赤。

可是如今，这些有趣的民俗都被渐渐地淡化了。我在想，为什么现在常听人说活得无聊空虚呢？古代的人大概不会有这么多关于活得无聊空虚的怨言，他们日出而作，日落而息，着眼于天地四时，自律而充实。古代人看大公鸡，觉得它浑身是优点、正能量，誉为“五德之禽”：言其冠有文德，足有武德，司晨是信德，敢拼是勇德，有食物能招呼同类分享是仁德（《韩诗外传》），这是给大公鸡的最高荣誉。

而如今对一只公鸡，我们大概也只剩下对餐桌上一盘辣子鸡的称道：“咦，烧得蛮入味的哟！”

2019.4.16

结香

二月某一夜，从窗外飘进隐隐花香。很难想象在依然寒冷的冬末，飘来如此幽隐的花香，难道是梅花开了？我寻思着，可那香味分明不是梅花的香味。

走出家门，那香味愈来愈浓，铺天盖地而来，令人晕眩。闻出来了，那是结香开花了。

果然，草坪上一高一矮两棵结香树，在夜雨的光泽中，开到全盛。正是花香最浓时。有人喜欢那种浓香，有人认为无法忍受，我属于中立者。人无完人，花无完花，万事万物认真起来，总是能挑出一点儿毛病来。

其实我早就注意到结香树的存在，尤其在冬季。其他季节里很难注意到它们的存在。它们浑身长满楔形绿叶，泯然众树，隐匿在小区的一众绿植之中。然而随着天气转寒，结香的绿叶渐渐脱落，每一片脱落的叶子，似有万般刻骨铭心和极大不情愿，离去后，都在树枝上留下一个属于自己的特殊印记。

下雪了。雪覆盖在小区植被上，结香渐渐地被人注意到了。它们已经失去了所有树叶，棕褐色枝条被积雪描上了一道白边，在冬日的光照下熠熠生辉。我注意到已经有一些雪青色的花苞，在积雪下悄悄生长，悄悄地鼓胀起来。花苞上披覆着薄薄一层服帖的茸毛，那些茸毛，也日渐饱满起来，接着，紧闭的花苞层层蓬松起来，用力撑起覆盖在其上的积雪。每于寒尽觉春生，大自然总是这样周而复始，生生不息，在最萧瑟的时候，新生命暗暗发芽，在最绝望的时候，希望开始萌生，新陈代谢永不止步，天地间的生灵，总有活下去的理由。

结香又名梦冬花，它一直与情愫有关。为了梦见自己的心仪之人，找一棵结香树，对着它悄悄许个愿，剪一枝结香带回家藏在枕头底下，据说心仪的对象便会在梦中出现。结香，结的是一个带有香气和情愫的梦，结的是对幸福的渴望与追求，那些梦，如它的浓浓花香般，令人不知不觉沉醉在里面。

有些地方把结香当作解梦花，和印第安人的捕梦网有类似寓意，如果做的是好梦，把它捉住，留下美好回味。如果是噩梦，把它赶走，不再受其侵扰。这朵梦之花，似神灵附体，成了我们梦里的保护神，它使我们安心地沉溺在自己的梦境里，体验另一个灵异世界里的奇遇。

结香之所以叫结香，是因为其枝条出奇柔韧，折而不断。中国人的传说中，相爱之人一起用结香枝条打两个相同方向的结，视为同心结、连理枝。从此，两个人将看着同一个方向，携手结伴走人生之路。花开一年复一年，这结再也解不开了，人生路中，结下了承诺，也结下了羁绊。结的是风雨中的相扶相持，结的是四季轮回里的甘苦相知。

积雪开始融化，雪水滋润着花苞，那些雪青色的花苞依然低低垂着，似有不可言喻的羞赧。雪化成水珠挂在花苞上，反射着世界，莹莹透亮。花苞开始变得丰满起来，像一个精巧的、齐整的流苏球。突然有一天，有一条“流苏”未经预告地打开了，扁扁的流苏条变成一枝花管，花管末端外翻成四小瓣，露出亮晃晃纯粹得像蛋黄般的鹅黄色内壁。花管外壁原本雪青色服帖的小茸毛，仿佛中了静电一般竖起，整朵小花变得毛茸茸立体起来，极具质感，突然间，人的心情一下就变了。如果说我们还沉溺在冬藏的酣梦中，这一管梦花的开放，似一线外部世界飘来的信息，一个游丝般的声音告诉我们：春天，已经开始了它的行程，已经上路了！

有了开头，一切便自然而然地蓬勃起来，更多的鹅黄小花相继吐蕊。结香伞形的枝丫上，缀满了黄白相间的花球，在冬末的萧瑟和黯淡中大放异彩。它的表演时刻终于来到！浓郁的花香，似乎也唤醒了几只昏昏沉沉的蜜蜂，这些与漫漫寒冬鏖战后幸存的蜜蜂成了勇士，它们配得起最好的奖赏，于是，大自然便把这一年一季的第一管花蜜，作为对它们的馈赠。

夜雨中，我被这两株盛放的结香吸引了，尤其是高大的那株，无数黄白花球仿佛悬浮在半空的灯火，荧荧烨烨，整棵树都在发光。雨丝寒冷尖利，它们却开出了温暖，开出了一个带着美好向往的梦。一树梦花，满庭馥郁。花香煮雨，煮出了一树流光溢彩，冬夜便有了非同一般的温柔和暖意。

春节，母亲让我带回杭州一包治疗咽喉肿痛的花草茶，她说这花叫“雪里开”，我一看，就是结香的花苞。它们依然是毛茸茸的雪青色，羞赧地微微闭合，颜色依旧，仿佛从未离开过枝头，只是多了一点儿暗绿。我连着几日泡茶，果然咽喉舒畅多了，心底便生出了感激之意，心想：这花儿真是不简单呀，它的前世，一定是非常非常爱着我们的那个人吧？你看它，肩负着我们的精神寄托，又任着我们在它身上打结许诺，那些枝条被三百六十度折弯，折弯处通常也是皮开肉绽，既是有情之树，一定也会感到痛吧？可它依旧欢喜地开着，茕茕独立于四季之中，该沉默的时候沉默，该展现的时候展现，温柔地坚韧着，担当着，它成了我们与灵性世界沟通的桥梁。

只诉温暖不言殇，赠人欢喜独自香，看结香，我看到的是一树柔情，满地慈悲。它让我们在黑夜里不再害怕噩梦，给了我们对真爱的向往。结香，它让我对植物更加迷恋，更加敬仰了！

2019.4.18

捣珍

下厨给女儿煎西冷牛排，技术不到位，煎出来的牛排熟得缩水了，且不易咬断。反思了一下，自己在煎之前偷懒，没有将牛排拍松，筋膜未断，自然不容易咬断，浪费一块上好的西冷牛排。

缺少了一项类似于我们古人称之为“捣珍”的工序。

捣珍工艺可大可小。煎牛排，炒黄鳝（南京人称为生敲），烧之前用菜刀用力拍打，将比较紧实的肉拍松，使筋膜断裂，煎炒的时候更容易熟，更入味。这些姑且可以称为“小捣珍”。

福建人“打肉燕”，制作一张看似普通的燕皮，实则花了大力气在里头。猪肉鱼肉混合番薯粉，千锤万锤，制作出来一张皮子。现在早已经用机器取代人力了，肉身打肉燕，实在是人工成本太高。肉糜最后被打到挑不出一丝丝细微的白筋，一坨肉糜粘在手掌上不掉落，达到稀巴烂的极致。这可以称为“中捣珍”。

大捣珍，自然动静更大，用到的食材更多。最早来自《礼记》中记载：捣珍是只有周天子才有资格吃的八珍之一。《礼记》记载：取牛、羊、麋、鹿、麕之肉……捶反侧之，去其饵，孰出之，去其皽，柔其肉，从这里看不出当时将这些里脊肉混合捣烂后做成了什么菜肴形式，是丸子？还是肉饼？做成肉饼可浇上酱料。周朝对酱料的运用已经娴熟，王室还专门置有醢人团队，负责做腌菜酱料，规模颇大，可参见我之前写的文章《菹》。周朝是中国历史上饮食文化突飞猛进的一个朝代，似乎之前的国君，并没有那么关注吃的方面，抑或是因为文史资料的欠缺。而到了周朝，因为一部《周礼》，周天子一日三餐的规模也让我们了如指掌：凡王之馈，食用六谷，膳用六牲，饮用六清，馐用百二十品，珍用八物，酱用百有二十瓮。我们常说珍馐珍馐，这里的“馐”指的是普通菜，“珍”是高档菜，其中包括了上面说的捣珍，是当时周天子御膳中的八珍之一。王之馈，只有王者能享用，其他人不能吃，这叫“禁脔”。所以我们永远不知道当时这牛、羊、麋、鹿、麕等家畜和野生动物肉混合捣烂而成的捣珍，到底好吃到什么程度。后人利用这项工艺，也开始制作肉丸子，如客家的捶丸、广东的撒尿牛丸……弹性特别好，毫不夸张说，扔到地上也会弹起来，因为捶打充分彻底，在汤锅里沸腾也不会散开，吃起来紧实爽脆，一咬就能分辨出来跟普通肉丸不一样。

看过超市里现场做丸子的，用机器打，打好后的肉糜黏性极大，现场做丸子的师傅抓一把黏黏的肉糜握在掌心，从虎口处挤一颗丸子出来，噗噜一下掉入温水盆中。动作娴熟的师傅，一挤一颗，一挤一颗，虎口处像一只高产的母鸡在下蛋，蛮具可观性，有时我会站在一边愣愣地看着，忘了叫他称斤两。这种捶肉丸价格偏高，一斤将近三十元，没几颗，但下火锅是极好的，即便只在青菜豆腐的清汤里煮沸，也自带鲜美味。

这种自带弹跳性的捶肉丸，在古代的《食经》中有类似记载，《食经》称其为“跳丸炙”：羊肉十斤，猪肉十斤，缕切之；生姜三升，桔皮五叶，藏瓜二升，葱白二升，合捣令如弹丸。别以五斤羊肉作臛，乃下丸炙煮之。这里的汤是用五斤羊肉熬出来的汤，肉丸成形后先炙烤一下，令表面呈现咖啡色，然后下羊汤里煮，这样更不容易散。现在超市里也有类似的肉丸，不过《食经》里要求的可都是货真价实的材料，这样的成本，超市里大概是做不了的。

毕竟捣珍是一种要用匠心和力气去完成的美食，批量机器制作，就算味道上能够做到不变，可在食客的心里早就变了味了。

2019.4.22

鹿城

临海的羊脚蹄，据说最初并不叫羊脚蹄，叫鹿脚蹄更适当，这种糕点传说与唐开国大将尉迟恭修建台州府城墙的一段逸事有关。尉迟恭被封为门神，是被大众神化了，他在台州修建城墙却是有依有据的。南北朝时临海为临海郡，入唐后，临海升为州治，成为台州府，开国大将尉迟恭坐镇台州，负责督造扩建台州府城墙。

临海的北固山（也就是我文章中一直提到的后山）虽不高，有些地方仍是山势险峻，地形复杂。譬如现在的“百步峻”一带，这里的城墙十分陡峭。台州府城墙的入口在东湖边上，位置在我上中学时居住的、父亲执教的技工学校旁边。技工学校出门后左拐没几步，就是现今的台州府城墙入口处——198级陡如天梯的好汉坡。当然，我上中学的那个时候，这里并没有造石阶，也没有入口，只有陡峭的杂草丛生的山岩，攀爬上去极其不安全。不过附近居民似乎笃信人定胜天的道理，偏要在陡峭的山坡上生生踏出一条羊肠小路来，爬到半山腰，辟出一小块地来种菜。那时候空地并不像现在这么紧张，房前屋后哪里都可以种菜，干嘛非要爬到这么高而陡的山上种菜呢？这让我百思不得其解。后来想想，大概是他们觉得种在山上的菜不容易被偷，才会不辞辛苦地去开辟陡坡上的空地。

山底有个防空洞，从未开放过，生锈的铁门永远紧闭，挂着大大的骷颅头和黑叉叉的标志，让我们既感到震慑，又难以抑制心中的好奇。小时候认为那里面一定是尸骨成堆的现场，或堆满了爆炸物。不过母亲告诉我，那里面什么也没有，用不着害怕。既然什么也没有，为何要搞得这么什么神秘而恐怖呢？母亲说，可能储存着一些对人体不好的化学物品，不要接近就是了。防空洞本是夏季纳凉的好去处，到了夏夜，小城里的人三五成群地聚集到防空洞里来，有下象棋的、打扑克的，听着收音机里的戏曲，吃着水井里冰了一天的西瓜，东家西家拉不完的家常，该是多么惬意！可是家门口这个防空洞，就在鼻子底下，不仅不能纳凉，还对人体有害……这个防空洞简直成了我们所有人的眼中钉。

再走过去是烈士陵园，正对着东湖公园的北门，隔一小桥。烈士陵园的周边环境很开阔，地势级级升高，最高处是中心凉亭，可在凉亭里俯瞰四周。烈士陵园是学校经常组织学生去的地方，每到清明时节，学生们会去为烈士们扫墓，献上鲜花。

现今好汉坡上已经建造了石阶，但198级石阶，爬上去也是吃力得很。只有爬上去，才能登上揽胜门，一览临海这座古城的风貌，远眺巾山塔，下瞰东湖水，清风明月，天旷地远，便有了一种登顶的快感。

百步峻的陡峭程度，与198级台阶的好汉坡可以媲美，想象得出当年尉迟恭督造城墙时遇到的地理困境。传说唐军在这一带修建城墙时，山体滑坡，塌方频频，城墙屡建屡塌，而又无计可施，整个工程困顿不前，大大挫伤了将士们的信心。而历史总不会因此停滞，最后众人在尉迟恭将军的带领下，一定是克服了重重困难，才造就了这条盘旋在灵江边的江南蛟龙。老百姓感恩戴德，为功在千秋的业绩创造出神化般的传说，说是尉迟恭将军夜梦神鹿，得其指引，第二天清晨起来发现雪地中的鹿脚印，认为是上天暗示，立刻令人按照鹿的足迹建筑城墙，于是一建而成，再无塌陷。城墙最终建成，一定是建筑师和建筑工人的功劳，故事被神化，起的是一个信仰的作用。城墙如信仰，牢牢矗立在人们心中，这城墙，不仅在物理意义上保护着临海古城，也在心理意义上，成了临海人的精神支柱。

故事最后说，天亮后雪地上的鹿脚印渐渐消去，尉迟恭令人将鹿脚印拓下来，留作纪念。临海人的百年糕点羊脚蹄，就是按着这个鹿脚印制作的。至于为什么叫羊脚蹄而不叫鹿脚蹄？那是人们觉得糕点长相更像羊蹄子，后来名称渐渐演变而致。

鹿与临海人有着割舍不断的情缘，或者可以反过来说，临海人对鹿有着割舍不断的感情。临海曾别名鹿城，在我们心目中，是一个永远不会被忘记和摈弃的别名。写《台州的黄酒》时，我提到了鹿城和街心公园的奔鹿雕塑。当年的街心公园也被我们称作“三角马路”，从空中俯瞰，那是三条马路的交叉处，中间有一个梅花形大花坛。大花坛中央，便是我们老临海人心目中的城市地标——奔鹿雕塑。奔鹿雕塑中有三头鹿，雄鹿奋蹄昂扬，雌鹿相伴一侧，幼鹿依偎在父母膝边，代表着一家三口相亲相爱。这个街心花园是当年全城最热闹的地方，吃完晚饭，出来散步，遛达遛达，就朝着街心花园走去，聚在奔鹿雕塑下面，你看看我，我看看你，就算不聊天，也是挺好的。小孩子、年轻人、老年人共处一隅，各得其乐。小孩子放风筝，年轻人谈恋爱，老年人拉家常，每个人都是心满意足、与世无争的样子。找一处角落，或发呆，或私语，或与同伴大声谈笑，或独自看人来人往，没有人去嫌恶他人，也没有人去刻意冒犯他人。人人随遇而安，心甘情愿，和谐得很。很多年轻人还在街心公园找到了自己的人生伴侣。

在临海人心目中，鹿是一种无法取代的神兽。它真的像当年帮助尉迟恭建成台州府城墙一样，千百年来从未离去，在冥冥中保佑着古城。历史钩沉，伟岸的城墙，此后再未倒塌，它像一条半围的巨臂，对外御敌抗洪，对内温柔呵护着芸芸众生。我常把它想象成神鹿的化身，那只身形神俊、头角峥嵘的白色身影，或许在夜间，在我们不知道的时候，跃过时光隧道，跃过灵江，穿梭在鹿城路、紫阳街，佑护着一城生灵。我想所谓信仰，大概也就是这样吧！

呦呦鹿鸣，食野之苹。鹿，既是善兽，亦是瑞兽，所以，中国人将“鹿”等同于“禄”。神话中，鹿寿有千年，五百岁后全身变白，古书中将白鹿的出现视为天下太平的征兆。《宋书·符瑞志》：“王者孝则白鹿见。王者明，惠及下，亦见。”出现了既孝且明的君主，国泰民安，也是顺理成章之事。古人中的好战者，逐鹿中原，逐鹿天下，追求的，也不过是登上“禄”的顶峰，结果大多是穷其一生，逐而不得，付出幸福甚至生命的代价。不知他们可曾想过，鹿至纯至良，它的本意，绝不是让人类通过血腥战争来拥有它所代表的一切，要真正拥有它，必须要有纯良的初心和宽容仁厚的胸怀，以敢于担当的勇气，心甘情愿呵护生灵，最终真正得了人心。

鹿城，愿这一城人，永远都记得这个名字，做纯良至善的鹿城人。

2019.4.25

梅卤

醋字拆开为二十一日酉，相传是酒圣杜康的儿子黑塔发明的，黑塔制酒时偶尔发现酒糟浸泡至二十一日后的酉时，浸出的液体香味扑鼻，酸甜开胃，便把它作为一种新的调味浆使用，用二十一日酉组成一个“醋”字来命名。

那么在醋被发明之前，中国人的饮食中是否缺失了“酸”这一重要的味道呢？并不是。那时，中国人用以调制酸味的浆料是“梅卤”。

江南四月后，青梅下枝头。人们摘下青梅，装在广口玻璃瓶里，拌入粗盐密封，放在阳光下晾晒。为何粗盐比细盐好？这我也说不上来，大约是粗盐能逼出青梅中的汁水，更直接、粗暴、有力吧？阳光下的青梅有一种特别的光感之美，淡绿与鹅黄两色交融，自然渐变，分不清哪一颗是真正的绿，哪一颗是真正的黄？带着薄薄一层茸毛的青梅表皮像是少女的脸庞，令人难免联想起诗经里的“摽梅之年”——那段女人最好的年华与时光，虽然仍带着青涩，却心怀对爱情和美好人生的期待。梅子熟时落地，闺女也该出嫁了。

阳光下，隔着玻璃瓶，梅子在瓶中盐水的腌渍下，日渐变色，青涩渐渐消退，饱满坚挺的梅子也渐渐瘪塌皱巴下来，原先满满一瓶子青梅，体积萎缩到起初的三分之二，渗出的梅卤水则逐渐上升。美丽的失去是令人伤感的，这时候的青梅和梅卤，就像经历了无数人生磨砺的女子，她需要人们去细细品味，而不是单纯地停留在视觉层面上的认知。

梅卤开坛之时，已是盛夏，带着梅香的酸，泛着不经觉察的甘，酸甜生津又清毒，成了夏季的佐鼎佳味。这梅卤是宝贝。唐太宗说："不藉盐梅，安得调夫五味？"他把贤臣良弼比喻成烹饪中的各种重要调味料，梅卤的地位不言而喻。在厨师眼中，盐梅和羹，和的是一道美味佳肴；在领导者眼中，盐梅相成，成的是和合天下。

民间说"青梅除三毒"，它能祛除食物、血液和水中的毒，在暑毒肆虐的盛夏使用，是极好的。但梅雨之前成熟的青梅无法保存到盛夏，尤其在保鲜技术落后的古代，梅卤、梅酱、梅酒等梅制品成了最好的替代品。我们现在喝酸梅汤，若不是由自己亲自制作，大约是很难喝到真正的酸梅汤了。在我国宋代出现了夏季作为冷饮食用的酸梅汤，那是真真正正用梅卤冲调出来的消暑饮料，更令人惊讶的是，宋人的冷藏技术也达到了一定水平。宋人有冰窖，深挖在地底下，用以藏冰。冰块是冬天从室外凿取的大块天然冰，运到隔绝了阳光空气的地下冰窖里储存起来，待到来年伏夏，就可以享用舒爽的冰镇饮料和食物，譬如酸爽的酸梅汤。夏日炎炎，暑气攻心，来一杯梅卤与冰糖调制出来的冰镇酸梅汤，闻到淡淡梅香，仿佛是来自春日枝头那些浸润着阳光雨露的青青小梅，清新的记忆唤醒我们厌食的味蕾。相信宋人的生活体验，其品质是大大超过老祖宗的！

我想起了多年前，北京的大姨大伯每年回临海老家探亲时，都会带来闻名已久的老北京果脯，每包果脯里，是红红绿绿各色蜜饯果子：淡黄如玉的苹果脯和梨脯、红黄晕染形如勺子般的桃脯、金黄略显小巧的杏脯、棕红带着条条金丝的蜜枣、覆盖着白色糖霜但有点硬硬的藕脯……这些红红黄黄的色调中，一定会有一两枚青梅脯。其他果脯纯粹是甜，甜得伤喉咙，唯独这青梅脯，甜中有酸，特立独行。小孩子天生爱甜，自然不喜欢酸味，这几颗青梅脯就被我挑出来，泡在开水里，成了我自制的土酸梅汤。

醋虽好，比之于梅卤，少了些诗意，少了些情调，盐梅佐鼎，曲蘗传觞，个中深厚的文化，才是最大魅力所在。

2019.4.28

樱花落

二十岁看樱花，只看到它的唯美。太子湾，樱花倾城，与相爱的人儿相约在樱花树下，不念过往，不谈将来，只是默默静坐，听花音温软，闻花香浅浅。海誓山盟从来是愚者自愚，珍惜生命中每一次短暂的灿烂，然后甘于生活的暖凉与平淡，这大概才是最真实的感情吧。

二十岁，樱花落处是江南，江南的妙龄女子素心如雪，怀的只有无尽相思和对未来的向往，期待的只有双影相伴和双心不违的唯美爱情，那时芳华，单纯如樱花堆雪。不害怕时间，也不害怕等待，一如樱落时的纷纷扬扬，投入大地怀抱，义无反顾。那时芳华，不计较得失，也不担心辜负，不相许，只念情，活得恣意，活得洒脱！

三十岁看樱花，看到了伤感，看到了悲壮。那倾国倾城的花儿，你为什么要在风华正茂的一刻凋零？为什么要在风光的顶峰，选择离去？甚至来不及说再见，回首已是去年往事。风，你为何如此无情，为了自己的瞬间肆意，让樱花零落成冢？雨，你为何不是给美丽的生命恩泽，却将它们打入泥泽之中？这霏霏樱花雨之中，多出了让人看不懂的孤寂、伤感和无奈，那美，也便成了凄美。

春华烂漫，无奈这樱花七日，不以人的意志为转移。留不住的花事，无法重复的感受，半化春烟半化尘，以最唯美的姿态，来演绎最悲伤的事，那种悲伤的深度，便更加地深了。人间四月芳菲尽，凋零的宿命，总是无法避免，也应该无怨无悔。只是，走得如此决绝，不假思索，无问西东，却又是为何？终让人恨韶华易逝、落花无情、美好的脆弱与短暂，平添了春恨，徒增了情殇。

樱花落，落去成歌。也许，它不愿自己在枝头枯萎老去的样子被看到，而最终选择在最辉煌的时候结束生命。用一场盛大的生命之离别，在我们脑海里刻下无法磨灭的刀痕。爱到极致，倾其所有，却撞上南墙，最灿烂的时候，竟是它即将死去的前一刻。

四十岁再看樱花，流水仍然是流水，樱花仍然是樱花。今年花事了，明年再相见，只是这样的机会随着岁月流去越来越少。樱花应时而发，应时而落，皆是天性使然，即便花期短暂，能将生命的价值最大化，便是勇士。送别春华，迎来秋实，风，不过是风，其声素净，来去从容。雨，不过是雨，清洗抑或埋葬，仁者见仁。浪漫是自己给自己下的迷药，梦里有千山暮雪，醒来是落英缤纷。伤感是自己给自己斟的酒，饮之觉苦，也是自己选择了不肯醒来。

四十岁之后，心如明镜，摒弃了不切实际的幻想，只细细咀嚼一日一夜的轮回，珍惜手中逐渐减少的生命筹码。人生是一季又一季的花事，什么季节开什么花，顺应自然，开得从容，开得优雅，便是喜悦。

到处都是花
氤氲如画
粉色花瓣漫天飞舞
迷蒙着双眼
我跌跌撞撞
不能自拔

何时误入这天外奇境
还是魔域桃源
我如醉汉
循着落英
仿佛你哀柔的目光
一路牵引
而你魅惑的笑容
忽隐忽现
像迷宫，又像仙境
到处都是花
…………

2015年8月某日梦见樱花落，醒来后用一首小诗记录了梦中情景。数年前的心境也应是如梦境般迷惘，如今，该看清的也都看得更加清晰，便再也写不出那种朦朦胧胧的感觉了。

花开，便赏。花落，不叹。

这也是一种脱胎换骨的成长吧！

2019.5.5

听，荠菜的声音

春深了，草地上的荠菜“抽芯”了。芯越抽越长，在顶上聚起一簇淡绿色米粒大小的花苞。某一个清晨，外圈儿的花苞率先开了，哦，原来是一朵朵素净的十字小白花。

十字花科的植物一直是菜篮子里的娇宠。青菜、大白菜、卷心菜、花菜、萝卜、甘蓝、芥兰……这个家族人丁兴旺，族系发达，占据菜场半边天。如果没了十字花科……我们的饮食水平大概会直接退回到原始社会吧！十字花科里有一支不是很发达的荠属，其代表植物就是那个使我们在春天里低着头找啊找，连大好春光都疏于欣赏的荠菜。

三月三，荠菜当灵丹。行药，入菜，或仅仅是为了挖野菜的乐趣而挖。这贴地而生的莲座状小野菜，数千年来，不仅穿梭于人们的舌尖和餐桌，还穿梭在诗歌和情绪之中，或使人心怡于初春的生机希望，或使人感怀于生活的清瘠，也有人欣赏其“钻重冰而挺茂”的破凌精神，从中看到野菜里的不屈灵魂……

不识荠之人，我做了几十年。我们小时候也挖野菜，到后山（北固山）挖，到乡下小姨妈家的田畦里挖，给老祖宗上坟的时候挖……我们挖“青”（鼠曲草）、挖野葱、挖茅根、挖车前草、挖地衣，但很少挖荠菜。我们临海当地对荠菜的认知，并不像其他地方人那么明显，到杭州后才知道荠菜对于杭州人来说，是大野菜。荠菜，马兰头，在春天里平分秋色。

我熟悉的荠菜，倒是它开了花、结了果之后的样子。

清明过后，荠菜的“芯”不停往上拔高，拔高过程中，扁平的三角形短角果依次生成，在纤细的小花梗末端轻轻晃动。那小果实形状特别，像极了一颗迷你的小爱心，长高的荠菜丛，便是一串串拥簇在一起的绿色心串。

一个下午，我和好友小猪放学后结伴回家，边走边玩，路边的植物让我俩着迷。小猪掐下一支老荠菜的茎，她告诉我一个令我终生难忘的秘密：将荠菜的心形角果轻轻撕下，撕而不断，一个个垂挂在茎上。撕完后，在耳边轻轻转动荠菜茎，“听，好听不？”

我将垂挂着小角果的荠菜茎放到耳边，轻轻捻转，奇迹出现了：大自然好像突然变成一个寂静无声的世界，只有那些小角果互相碰撞，发出玉玦撞击的清脆之声，似远方传来的风铃声，由远及近，继而飘远，又迂回环绕，如此反复。那一刻，我的眼睛已经看不清任何周围景物，仅剩下脑海里一片朦白以及那忽远忽近的天籁之音……小小的荠菜茎，让我发了呆。

“别告诉别人哟！”小猪郑重叮嘱我。这是大自然的秘密，是我与小猪之间的秘密，我感谢她如此无私地分享，只有和最喜欢的人，才会分享自己最喜欢的秘密吧，快乐于是成倍了。几十年过去了，我发现小猪还是那么喜欢我，她默默关注着我所做的一切，无论我做什么，似乎都是她的欣赏和骄傲。原来真正喜欢你的人会一直喜欢和支持你，没有原因，没有条件，因为她觉得，喜欢是自己的事，与他人无关！

我爱上了天地间这支小小野草所制造出来的天籁之音。当荠菜的茎在耳边转起，心形小角果轻轻撞击，世界便安静了下来。那也许是沙漠里传来的驼铃声，也许是雨点掉落在地面溅起水花，也许是鱼儿吐出的泡泡在水面破裂，也许是蝴蝶振翅抖落了金色的花粉，也许是凤仙花籽荚爆开时用力一挣的弹射，也许是蚯蚓在松土里小心的潜行，也许是冬夜炉火里干柴的轻微爆裂，也许是深林里积雪压断了松枝的咔嚓声……它们像是自然界的自言自语，万物反思时候的呢喃。它们如此细微不可捉摸，却又宏大得不可驾驭，它们近在耳边却又似遥在宇宙的另一端，当你静下心来带着敬畏之心去倾听时，它便还给你的耳朵以听觉的盛宴，天籁之音中，不仅有径向心灵深处的指引，还蕴含着大自然要告诉你的许多秘密。

院子里的海狗是一个性格刚烈的女孩，总要找机会欺负我。一不小心越过了她画的“地界”，便狂奔过来追打。我疯狂逃窜。跑到北固山半山坡上时，体力不支，被海狗追赶上来，一把揪住。为了让海狗手下留情放过一马，我神神秘秘地说：“告诉你一个秘密，给你找一支会响的铃铛草。”海狗将信将疑。我掐了一棵老荠菜的茎，将心形短角果小心撕下，撕而不断，放在海狗耳边轻轻转动。起初，海狗并没有听到什么美妙的音乐，我说：“你仔细听嘛。”海狗静了下来。

“听到了！”她兴奋地说，大感神奇，原本桀骜不驯的眼神，也温柔了下来，看我的时候，也不再像看一个敌人。她低头去草地里找荠菜花，学着我的样子，小心翼翼撕下短角果。短角果的小花梗很脆弱，需要极度小心，用力稍大，便整个撕了下来，不能垂挂在茎上。海狗练了好几遍，才马马虎虎成功。当她把第一条制作完成的“铃铛草”放在耳边轻转、静下心来倾听“音乐”的时候，她的脸，在阳光下泛着青春的微红，微侧着耳朵入神细听，她的样子，已经不再是那个性格暴烈、令我畏惧的女孩。一根荠菜茎，让她对我冰释前嫌。

界后花朵界前菜。这个界线，就是清明节。清明过后的荠菜入不了常人眼，从时鲜野蔬沦为野草，人们对它的态度，也从弓身细辨变成了无情踩踏甚至挥镰斩除。有没有人像我一样，会去挖掘它更多耐人寻味的奥秘呢？当我们从另外一个角度观察世界，或许会看到不一样的东西。

听，荠菜的声音！仅满足于口腹之欲的人，恐怕不屑也不会理解这句话。而宇宙里的无穷奥秘，却往往在满足欲望之外。心静，心清，宇宙万物的声音便更加清晰了。寰宇轻响，四季有声，那是自然界的脉搏。我们是生活在一个有灵有肉的母体之上，像爱自己母亲那样去爱自然，感受她的苦痛，感受她对我们的宽容，感受她不断调整自己来适应我们的任性……她的那些小心思、小呢喃，都是对我们的爱啊。

去听荠菜的声音。怀念它在初春时奉献给我们的舌尖盛宴和酽酽春日里的踏春情怀。去听荠菜的声音，静下心来，也能更加看清自己。

2019.5.7

奔跑的蒲公英

（谨以此文，向公益中学致敬）

宽阔的田野上，蒲公英开出了无数金黄色小花，小花在微风和阳光中欢快地跃动着。不久之后，花儿变成顶着毛茸茸白色小伞的种子，成熟的季节又来了。

蒲公英曲下它的叶子，尽可能接近地面，茎却尽力地高挺起来，像高高昂起的头。它做出一种准备冲刺的姿势，这是一种力量爆发前的紧绷。

风来了，蒲公英用力一托，一挣，一送，它的那些孩子们，举着小小的白色茸毛伞，纷纷扬扬，随风而去，美丽得像满天飞舞的鹅毛。

每一粒种子，都是一个希望啊。他们将要在阳光和雨水中飞翔，在黑暗和光明中飞翔，在掌声和挫折中飞翔，在质疑和领悟中飞翔……即便是孤独的旅程，也要坚定地飞翔，直至找到属于自己的地方，然后降落、生根、成长、繁衍生息，站成一片属于自己的绿色。

公益中学，在我心目中，它就是这样一棵坚强而有信仰的蒲公英。

女儿施展在公益中学的三年里，有两个画面让我终生难忘：

一是入学面试。三年前的一个晚上，我们带着这个说大不大、说小不小、又开始有点儿叛逆情绪的六年级娃娃，到公益中学面试。孩子懵懂，家长也懵懂。面试签到地在行政楼一楼会议室，接待我们的是三位老师，他们呈“L”形围坐在大会议桌旁。坐在我对面的是一个面带微笑的中年男子，面容祥和，后来知道他是傅校长。

二是三年后，女儿施展获得了保送生推送资格。保送生择校会后，我们按顺序走进行政楼会议室签字，仍然是三个老师呈“L”形围坐在大会议桌旁，坐我们对面的还是傅校长，他的笑容和三年前一样，慈祥而喜悦，只是鬓角边似乎多出了些许苍苍之色。十二个春夏秋冬过去了，三年后，公益中学把一个高大而优秀的女儿，交回到我手上，她开朗、自律、孝顺、懂事，情商极高。如今这情形，刹那间竟让我觉得恍如昨日重现，心底不禁涌起无数复杂交错的情感：有对光阴似箭的唏嘘、三年同舟共济的感慨、获得超预期成绩的喜悦，更多的是对公益中学盈溢于胸怀的感激与佩服。

想当年与公益中学双向选择对接后，其实心中还是存着些许担心与疑虑的。怕孩子在学校吃不好，休息不好，无法适应环境；怕学校填鸭式教学，不注重情商培养；怕学校刻板守固，知识储备不能与时俱进……过了一个学期，我发现自己的担心是多余的，简直就是庸人自扰，公益中学，他们是引领者，而不是跟随者；他们是开拓者，而不是模仿者！在竞争中合作、合作中竞争，他们教予孩子的治学态度和竞争精神，将会是人生一大财富。阿潘校长潘志平，是让我心悦诚服的优秀人士之一，他的潘式书法，自成一体，教育精神和理念，与时俱进。阿潘和各位老师，他们是用爱在做这份事业，是像教自己的孩子一样教学生的，甚至比父母还要操心孩子的教育和成长，就连日常的菜谱里，也融入了他们的用心和爱心。从此以后，我内心隐藏的小小质疑烟消云散，心中唯余感激之情。我对自己说，我们是在一条船上航行的人，只要跟着学校的指引走，没错的！

保送生择校会结束了，小施展被保送到自己心仪的名校，地理位置又好，不用搬家了，一切都很圆满。我帮她去教室里搬空自己的物品，转移到北校区教室。一个下午，我拍了校园里各个角落的照片，作为留念。四月芳菲，花开正好。马上就要离开这个美丽的校园，好舍不得对我们很好的老师和同学。校园里的一花一草一木，都将以这初夏的妙曼姿态，从此留存在孩子的记忆之中。而那些仍然在为自己理想拼搏的孩子，我觉得他们都是英雄，值得最好的奖赏，愿他们在拼搏之中，享受人生奋斗的乐趣。奋斗的青春最美丽！

教育之爱，青春之美，使这个并不很大的校园，呈现出异常蓬勃的生机和强劲能量。孩子们在奔跑，公益也在奔跑，它绝不是静止的蒲公英。这个校园里充盈着一种上升的动能，它就像一粒托着无数种子的蒲公英母体，朝着更高的山坡奋力跑去。它要跑到更高的山冈，让它的种子得到大自然更充足的养分、沐浴更充沛的阳光、吸收更纯粹的高山晨露……它背负着大爱，心甘情愿地编织一双强有力的翅膀，飞到自己想要去的地方。

前路潇潇，各有所拼，无论你将成为天上的鹰还是河里的鱼，无论你人生的标点是省略号还是感叹号，你都将经历晨曦黑夜、山高水长，起起伏伏是人生不可避免的波浪线。但无论岁月将在你生命中刻下多少印记，请记得千万不要忘记你从哪里来，是谁的爱，滋润了那些青葱岁月。是谁的爱，筑起师道围墙，守护住了那一粒粒希望的种子。

莫辜负，不相忘。谨以此文，向公益中学致敬！

2019.5.13

橙花素荣

橙花走得好快。上周见到它们在余杭塘河边，一排开得丰美又洁白，这周再去看，那些密密麻麻、脆脆硬硬的白色小花瓣全消失不见，留下无数黄绿色的圆头小蒂。

橙花朵小，却白得刺眼，那种白，可以称为莹白。初绽的橙花，一眼望去清新脱俗，明绿的叶，灿黄的蕊，配上莹白尖俏的小花瓣，干净利落，和着似有似无的淡淡清香，橙花里满是春日的新鲜气息。

外婆家华梧巷的院子里，有一棵大橙树，树下的空地，成了红脸老头儿的专座：每日傍晚，只要不刮风下雨，他便搬出小凳小椅权当作简易餐桌，斟一小杯黄酒，就着花生米、茴香豆、水煮毛豆等，开始享受人生。在《杀甲的人》一文中，我第一个写的就是红脸老头儿：此老头儿为何杀甲？因为他以吃老鼠肉名声远播。我们甚至都不知道他姓甚名谁，只要说“吃老鼠肉的红脸老头儿”，马上知道在说谁。“老头儿种了一棵橙树，比屋檐还高，每年会结出好大的橙子来，我们这些孩子谁也不敢去偷，只是远观而羡慕之。每次老头儿善意地回眸，我们马上一哄而散如鸟兽状。”红脸老头儿其实一点儿也不凶恶，长大后我觉得他跟《射雕英雄传》里的洪七公很像，目光炯炯，说话声如洪钟，大口喝酒，大口吃肉，应该是很豪爽的人。又有点像钟馗，只不过钟馗漆黑，他满面红光，模样更正。说怕他，实质上怕的是老鼠，因为怕老鼠，所以能吃老鼠的人，自然是神一般的存在，令人望而生畏。

老头儿的橙子树营养很好，每年都开花结果，没有一年爽过约。我们就说是他杀了老鼠之后，将内脏等埋在树下滋养所致。满树橙花开时，亭亭如华盖遮住了四方院子的一大角，既可蔽荫，又可嗅幽隐花香。晚风起时，橙花扑簌簌掉将下来，一朵白色小花落在了老头的酒盅里，他也不剔出来，端起酒杯若无其事轻啜，我躲在屋檐下的廊柱后面，目不转睛地看着他的一举一动，心里把他当成了怪物。老头儿一招手，我便往后退缩，仿佛被吓得不轻，见我如此生分，老头儿也就不再强求。

不知何时，老头儿再也不出现了。除了亡故还有其他什么可能呢？

我最后一次见到外婆，她也是坐在这棵大橙树下剥豆子，背对着门，门没关。我说：“外婆你怎么门都不关呢？万一有不怀好意的路人进来……”外婆淡淡地说：“没人会进来的。”外公已经走了好几年，不知道她是否已经习惯了这种孤独。我发现她瘦得厉害，外公刚走时的恐惧和不安全感，似乎也消散得差不多了。

望天台我家的小小后院里，也有一棵橙树，长在王叔的厨房门口、桂贞的楼下。橙树对面是皂荚树，我从来没在树下捡到过一颗像样的、可以替代肥皂洗衣的皂荚。皂荚树长在公共厕所前面。说公共厕所是好听了，其实是两个歪歪斜斜吱呀作响的板坑，踩在上面，随时都有掉进下面大粪坑的可能（虽然从未发生过）。

这棵橙树长得也不赖，年年拔高，会开花，掉得满地都是。我就去捡了那些落花来，也不干什么，就掰花瓣玩，听着“咔哧咔哧”清脆的断裂声，竟然也能乐在其中。这棵橙树长势茂盛，却鲜有结果，而我总不甘心，仰着脖子努力在浓绿的橙叶里寻找，心想找出一两个青果实出来也好，脖子仰得酸痛，猛得瞥见绿叶成荫里有一双眼睛，被吓得不轻，原来是桂贞在二楼的窗口眺望远山。她垂下眼睑看了一下我，面无表情，而我被吓得刺溜一声烟儿般溜了。

一棵树上那么多橙花，要是成片的橙子树，那真要开成雪崩的气势了，这小小的花，也不想负了人间的四月天啊！

我们单位大院里有一棵特别高的橙树，去年晚秋我注意到了它，那满地掉落的橙子，金黄圆润，比我小时候后院里的橙树强多了。但没人捡。以前见到掉落的橙子如获至宝，明知酸得难以入口，也要捡回家摆在床头、书桌、窗前、五斗橱上。现在满地金黄金黄的大橙子却没人捡。

我们已经变了许多了。人生就是一场冒险！愤怒过、狂喜过、惊愕过、心碎过、害怕透顶、伤心透顶、患得患失、追悔莫及，各种折腾。橙花儿依旧在春风里啊，它可从来都没怎么变过。

人要是能活成那样，那么莹白单纯，绿叶素荣，能够在岁月的光影里朴素、温暖而坚定地活着，惊涛骇浪也会在这种从容面前偃旗息鼓，那真的可以说是战胜了这个世界呢！

2019.5.15

捉鳖

已经记不得有多久没去鱼塘了，遥远得像上个世纪的事情……装配齐全的渔具如今被摆放在阳台的某个角落里，大概是怀着希望某一天重新被垂青。不是我不爱去钓鱼了。我只是业余爱好者，去鱼塘曾经是让我欢欣雀跃的事，多年来钓鱼技术没甚长进，只是觉得钓鱼这种不疾不徐、静静融入自然的活动，对身心是大有裨益的。

钓鱼中也遇到过不少趣事。记得有一回甩了鱼钩下水，直接钩了一条鲫鱼上来，好像它就在那儿等着被我钩住似的。还有一次也是类似运气，直接钩只甲鱼上来，引来周遭钓友惊羡的目光，还以为我是个深藏不露的高手，其实，全是靠运气。

那些同去钓鱼的男人对此是很不以为然的。他们在钓鱼这个事情上的严肃态度简直让我有点害怕，好像在练一门需要凝神闭气的绝世武功，女人们是不应该去打扰的。大多时间，女人们凑在一起嗑瓜子、八卦最近的所见所闻。要是碰上男人当天运气不济，半天钓不上一条鱼来，心情郁闷，会责怪我们大声喧哗惊吓了鱼儿。其实还不就是面子上扛不住了嘛，找个台阶给自己下，我们心知肚明，暗暗发笑。

有一段时间，男人们把兴趣从鱼儿身上转移到甲鱼身上了。饵料里拌了鱼肝油、金霉素眼药膏、开塞露这些莫名其妙的东西，也不知从哪里学来的野招数。为了买这些药膏还被药店的人盘问到底是啥情况，当然人家也是本着负责的态度问个清楚，以便推荐其他更好更贵的药品，只是咱是用来捉老鳖的。

这种自己瞎折腾制作出来的饵料仅限于用来垂钓，能钓上甲鱼的概率很低，需要十分强大的耐心加运气。捕捉甲鱼还有好几种方法，比如用竹子或铁丝编成笼子，或者用网捕，这些方法是不允许游客使用的。农庄或池塘的主人自己可以使用，基本上用的都是“请君入瓮”法：配制一些特制的诱饵，将鸡血、猪肝、香油、麦麸等混合起来做成饼状，或者用纱布裹着，放在口小肚儿大的笼子里，甲鱼寻着味道爬进笼子就出不来了。还有在泥里埋缸的，用长筷子搭在缸口钓上诱饵，甲鱼受不了诱惑爬过来攫食，没有山羊走钢丝的平衡能力，一不小心翻入缸中爬不出来，这就更像成语“瓮中捉鳖”所描述的了。老甲鱼以狡猾出名，可是再狡猾也有它的弱点：禁不住巨大的诱惑。如果水下安台摄像机，拍出来老甲鱼攫食的场面，肯定不会是莽莽撞撞，一头冲过去就掉进缸中，一定是试探了之后，怀着侥幸心理，才落入陷阱。假如有一天科技发达到能读懂动物的脑电波，那么这个世界一定会变得奇趣无比，在更多维度上给我们打开新的空间，譬如老甲鱼攫食前的心理斗争、纠结、权衡、博弈等，一定是妙趣横生，超出我们的想象。

动物界的很多东西，譬如天性，对我们人类的思考和行事方式，产生了巨大影响和参考意义。毕竟，人也是一种高级动物。相对来说，植物就简单许多，这也是为什么我在日常生活中和文字中，更喜欢与植物相处，也算是一种互补心理吧！

2019.5.16

开不败的紫爿花

大院里一楼的窗外，种了一溜儿一圈紫色的杜鹃花，近几日连续小雨，它们倒是开得更肥美了，硕大的花朵挤挤挨挨，织成一条紫色的花带。“感觉这些花开了好几个月，一直在这儿呢！”我心里嘀咕着，不知是因为日子过得太快，还是日子过得太慢，才会有这种感觉。

这花瓣的紫，平日里看，觉得是淡紫；雨后看，又觉得多出了一点儿玫红色调。我们大院里有一位专管花木的老伯，老伯在照顾花草方面是专家，院里和楼里所有的花草，被他有条不紊地照顾着，在季节更替中轮番表演。我曾听到同事感叹说：“我们自己桌上的花花草草，每天精心呵护，修枝浇水，最后大多落个凋零的命运，老伯似乎也不怎么管那些植物，花花草草却打理得很好。”

一行有一行的秘诀，一行出一行的状元。

杜鹃花品种极多，就这紫色的，叫满山红。大红色的，叫映山红，更为众人所知。“夜半三更哟盼天明，寒冬腊月哟盼春风，若要盼得哟红军来，岭上开遍哟映山红，若要盼得哟红军来，岭上开遍哟映山红，岭上开遍哟映山红……”就是几句简单的歌词反复吟唱，声调出奇婉转，重复的歌词之中包含了多少别人无法全部领会的深情，也只有那个年代，那个特定地区的人，才能体会出来。

映山红的花，是鲜红的，红得像血一样，古人传说它是被杜宇啼血染红，战争年代则比喻成用烈士的鲜血染红，映山红成了革命之花。而在我家乡，我们不说映山红，我们叫它“柴爿花”。柴爿花的名字很土，这花儿常见，在山林田野里看到了必是熟视无睹。花谢之后，映山红的枝条成了村民们用来烧灶的好柴火，干燥易燃，燃烧起来火苗旺，噼里啪啦火焰就轰轰轰地蹿起来。柴火在台州方言中叫“柴爿”，柴爿花得名于此。

作为城里的孩子，上山打柴这种经历不多，我们对柴爿花的认识，多是来自每年清明的上坟。小时候随着大人们去上坟，祭祀的是自己从未谋面的先祖，最近的也就是老太公头（我爷爷的父亲），现实中从未有过接触，所有信息都来自大人们口中的传说。每次上坟，长辈都要提起老太公头在世时的善行和逸事，比如给村民们施粥，在酷暑施茶。我的老太公头最后一位妻子是个语言障碍者，我们台州方言中称为“窝佬”，小时候觉得这个称呼特别形象，一个人不能说话不能表达了，所有的情绪和意见都只能窝在心里，这不就是“窝佬”吗？一个家业有成的男人为什么要娶一个语言障碍者为妻呢？这事困扰了我几十年，现在，好像渐渐地明白了点什么。

因为与老太公头一辈从未有过交集，他们的亡故，对我来说并没有产生什么大的影响，我出生后他们就已经不在人世，既没照片，也没画像遗留下来。十岁之前跟着家人去上坟，一路上摘“青”（鼠曲草），给大人回去做青团之用。拔野葱、挖边笋，当然也不会忘记采摘柴爿花。红艳艳的柴爿花，枝条脆生生的，一折一枝，回家后放窗前养在玻璃瓶里，还能欣赏几日。看着坟头上花花绿绿的招魂幡挂起，香烛点起，按着大人指点磕几个头，仪式结束之后就可以开吃了，没有悲伤。

这种感觉在我十岁之后，不再一样。

十岁那年的某一晚，奶奶突地不告而别。那晚我睡在望天台尼姑庵里，恰好没有跟她住一起。邻居说她是心脏病突发而亡。他们赞扬着奶奶的为人，又为她感到惋惜，说熬不到享孙子辈福气了。又说她去得干脆，走得干净，不给下一辈增添麻烦。这些话都像一根根利剑戳在我心上。爷爷仍然躺在床上，一动不动，面无表情，我看不出他在流泪，也看不出他心里到底在想什么。或许有恐惧，有悲伤，或许他已早有心理准备。只不过奶奶一直身体很壮实，长年照顾躺在病床上的我爷爷，外人都说：“秦家婆老实健嘞！”谁也不会想到她竟然比久病卧床的爷爷去得还早！

那是我人生中第一次体会到失去至亲的感觉：震惊、茫然、不甘心、不相信。心里有很多恨，却又不知道该恨谁，大概就是恨老天爷。此后数十年只要梦到奶奶，在梦里她一直没有真正地死去，只是去了一个我不知道的地方，诸如累了暂时逃避一下生活，或者去看亲戚之类。完后就会回来，像平常一样为我烧饭、做菜、洗衣，我去上学前，她从口袋里摸出几个带着体温的硬币，作为我放学后买零食的零花钱。几千个白天和黑夜的习惯，重复、相似、熟悉。然后来了一次不一样，这不一样的一次，却是永别。太习以为常了，任何变化都让人无所适从，于是我选择了不相信，不相信成了麻醉痛楚的“药品”。

不敢去想，我不在的那个晚上，她都经历了什么。除了身体上的痛苦，她一定很害怕，也不甘心，她一定想跟我交代很多很多，不停呼唤我的小名……可是就算我在她身边，一个十岁的小孩，能改变命运吗?

爷爷奶奶的坟边，每年总能看到几丛开得很盛的柴爿花，鲜红鲜红的，是苍山颓岭间几抹出挑的亮色，年年不断，仿佛约好了似的赶来。每年我都摘下一两枝，插在坟上，它随着经幡，在清明的细雨中微摇。十岁以后每逢清明上坟，都成了一次心灵的考验，感受“你在里头，我在外头”的哀楚与无计可施，就算满山开遍映山红，我还能盼得你回来吗？如果有来生……呵，“如果”只是自我安慰罢了，怨就怨在少不知事，不懂得珍惜，有些人用童年来治愈一生，而我却要用一生来治愈童年。

“柴爿花，红烈烈。杆漆花，白恬恬。囡吾孙，嫁大伯。大伯不撑船，小叔会撑船……”这是一首台州仙居民谣，奶奶是仙居人，姓王名仙送。

2019.5.16

蒲苇

去西溪湿地博物馆打卡时，被入口处的一丛蒲苇惊艳了。

蒲苇开花了。它们在近暮的日光中轻摇着，心无挂碍，无比惬意。花穗开得极盛，一丛蒲苇簇拥在一起，像是传说中的九尾灵狐展开了它硕大而蓬松的尾巴。

美极了，柔极了，只是看着它，眼里便充满了暖意。

风稍大时，那些米白色的“狐尾”便齐刷刷地向一侧倾斜过去，像清洗和梳理得极为柔顺的白发。茎是很高大的，我需要抬头仰望，才能欣赏到它们在薄暮中与天光融为一体的美感。蒲苇的茎高挺纤细，却未见有折枝。

我想到了“蒲苇韧如丝”的说法。

在《孔雀东南飞》中，蒲苇比喻的是烈女刘兰芝，一个为了爱而生、为了爱而死的悲剧女子。“蒲苇韧如丝，磐石无转移”，这里刘兰芝以蒲苇自喻或者自勉，当然，她是配得起这个比喻的。而用磐石来比喻焦仲卿，他配得起吗？我在寻思，此事需斟酌。

暮光中的蒲苇显得更加秀挺清丽，它们面光的一侧泛出银白光泽，绢丝般的茸毛晕出了朦胧美感。背光的一面则显出更深的米黄色，这种反差使它们在旷远的天空背景下颇具立体之感。

秋意浓聚在这恬淡而温暖的意境中。

刘兰芝的性格，应该也是这样的，温和，柔软。只是，人被逼急了，也难免会有一些微词，在恶婆婆的高压之下，逆来顺受的刘兰芝只有等到经常长期出差的老公回到家里，才可以跟知心人儿诉一诉苦衷。

婆婆早就想赶走刘兰芝，她觉得这个媳妇太糟糕了，出身低微，配不上自己儿子，儿子好歹也在官府供事，虽是小吏，以后说不定仕途会有发展，更讨厌的是，结婚好几年了，还生不出孙子来……古人不孝有三，无后为大，晚婚晚育都是违反常理的，不育，那更是大逆不道，夫家会以休妻或纳妾解决。偏偏儿子焦仲卿与媳妇刘兰芝感情超好，好得合体成一个人似的，这婆婆的心里，怕是像打翻了五味瓶，酸的是嫉妒媳妇抢走了儿子的关注和感情，苦的是抱不上孙子的焦灼，辣的是看到这令人讨厌的媳妇就戳心……于是儿子不在时，就千方百计刁难媳妇儿，让她没日没夜干活儿，在身体和心灵上遭受双重折磨。

或许这婆婆年轻时经历过什么不堪的人生，到最后要把这些冤孽转嫁到其他女性身上？

夫妻不育，也不一定是女性的事情，在事情没搞清楚之前就武断地把罪过加在女性身上，明显是因为媳妇成了自己发泄生活压力的对象。若不育是男性的问题，换多少个老婆，娶多少房小妾，都是无济于事的，但在那种社会里就是这么不讲道理。

刘兰芝饱吃苦头，老公出差回家，忍不住要向老公倒苦水。毕竟，她依靠自己的力量无法改变糟糕现状，寄希望于男人能替她做主，好歹把现状改善改善，让自己也能松口气继续活下去。谁知道这个焦仲卿的情商比较低，听到媳妇如此受苦，自然心里万分心疼，想也没想就去找老母亲理论："女行无偏斜，何意致不厚？"这是质问语气，前提是设定他妈就是错误一方，遇上正常的母亲，听了虽然心里不爽，还是会跟儿子辩论。但这个焦母不是一般人，她是个火药桶，里面装满了火药，就等着一星儿火种来点燃爆炸。一看儿子居然这么梗着脖子和自己理论，日积月累攒在火药桶里的怨气和怒气，"嘭"的一声就被点着了："你小子胆大包天，竟敢帮你老婆来质问我！"二话不说，让儿子休妻。对焦母来说，儿子儿媳是不应该有任何自己的意见和话语权的，更谈不上选择权，叫他干啥就干啥。敢情儿子不是亲生的？这么强势的母亲也是少见，真不知道她经历过什么。

刚才还挺有勇气的焦仲卿，突然就像一只脆弱的皮球，被一巴掌拍扁，再也硬不起来了。这令我想起了程咬金的三板斧，小焦只能谈得上一板斧而已。母亲雷霆震怒，把他吓得不轻，虽然千万分不愿意，还是写了休书，刘兰芝就这样被赶回了娘家。

刘兰芝娘家还算开明，知道是婆家不讲理，对被休回来的女儿，有的是心疼和不平，倒也没有给她雪上加霜，歧视或穿小鞋，反而是积极给女儿物色合适的亲家，这是一种向前看的态度。

焦仲卿夫妇感情好，合体人被劈成一半，双方都痛不欲生，心里虽然挂念着对方，却又无计可施。随着时间的流逝，似乎也没当初那么痛了，也许他心里打着算盘，母亲毕竟年纪大，跟年轻人耗时间，胜算很小，耗着耗着，哪天母亲过世了，自己就把妻子接回家。好歹算是个重情义的男子。

日子在渐渐失去痛感中流逝着，然后出新情况了。刘家可不想看着自家的女儿这样下去，一朵娇艳的鲜花插错了门户，被折磨得行将凋谢，真是让人心疼，一定要给她找个更好的婆家，才能解心头之不平。说也奇怪，封建社会并不是每个人都那么保守的，还真有不在乎刘兰芝过去的勇士存在，而且此人家庭背景比焦仲卿好出不知多少倍——人家是太守的儿子！东汉时期的太守，相当于现在的省长，不是省长，最少是市长级别。一个省长的儿子，居然不计较刘兰芝有过一段失败婚姻而且是被婆家休掉的媳妇，在那个年代简直太匪夷所思了！

刘兰芝自己倒没觉得开心，她不爱的人，嫁不嫁也无所谓，那段时间，她把自己当成行尸走肉一样，像个空心人似的活着。焦仲卿得到这个消息就无法淡定了，他原先以为刘兰芝跟自己有一样的想法，耗着耗着，说不定哪天就耗到希望来到，但对方突然的变化，让他猝不及防，之前单方面的规划被全盘打乱，更要命的是，对方的金龟婿居然是太守的儿子，这太刺激人了！那时的他一定血压升高，椅子上好像长满了芒刺，再也无法安静坐下。

焦仲卿这个人是冲动型的人格，而且心理十分不成熟，感觉情绪像个中学生，一受到刺激，说话做事不经脑袋就做出决定。被刘兰芝新婚待嫁的消息一刺激，马上血液冲上脑门儿，快马加鞭去找刘兰芝。一见面，不是互相沟通了解情况，共商对策，而是连珠炮似的讽刺挖苦，冷笑着说："贺卿得高迁！磐石方且厚，可以卒千年。蒲苇一时纫，便作旦夕间。卿当日胜贵，吾独向黄泉！"听到这样的话，作为第三方观察者的我，也只有无语叹息了，这不就是拿着一把匕首戳人吗？毫不顾及对方的感受，而且因为知道对方的软肋在何处，一刀刀戳过去来得个准，把刘兰芝的心戳得血淋淋的……在这样被冤枉下，善良而心软的刘兰芝感觉自己百口莫辩，唯一能冲出口的只有一句话了："那我只有死才能证明给你看了！"焦仲卿的这种冲动行为，这种不能好好说话的脾气，大概也来自从小的家庭背景，在焦母的高压型教育方式下，难怪儿子会变成这样一个低情商的男人。

因为爱，所以给了对方伤害自己的权利。若是刘兰芝不那么爱焦仲卿，对方这么说，顶多互相大吵一架，正好把这纠缠不清又无解的旧情了结了，倒也好。因为爱他，就那么在乎他怎么想，怎么评价自己。从这一点上，我们看出刘兰芝的爱，更深沉，更真实。焦仲卿呢，似乎还是个没有长大的男孩儿，只顾及自己的感受，相对来说，在感情上比较自私，有一种巨婴心态。

为了证明自己爱得真实和纯粹，为了洗白爱人对她的误解，刘兰芝自杀了。她死得坚决而果断，毫不拖泥带水。因为她绝望了。跟旧爱复合的机会，难于登天。如果说之前她对人世间的留恋来自内心深处对前夫还有的牵挂，此时也被焦仲卿锋利的“匕首”割断了。当然，我也没有说刘兰芝是个完美女人，在她的世界里，似乎只有男人的爱才值得她活着，这种想法也是危险和拘囿的。

不过女人的情一旦种进去了，与男人比较起来，更加难以拔出来，尤其在嫁鸡随鸡、嫁狗随狗的封建社会里，女人本能地把自己当成男性的附属品，出现了很多自己把自己感动到死的例子。当爱情遇到麻烦时，女人自裁的爽快度也往往比男性来得更决绝，譬如我在写《秦淮河之夜》时提到的钱谦益和柳如是：“号称晚明诗宗、东林领袖的钱谦益，59岁娶了23岁的名妓柳如是，自古美人爱英雄、纵使英雄已迟暮，总以为英雄的光环下，也一定会是那个高尚无畏的灵魂，结果清军兵临城下时，柳如是劝他一起自杀殉国，钱大师慢慢走下荷塘，犹豫了一下，折回来说水太凉了，不宜自杀。自杀殉国还得给泡上温泉水吗？结果倒是柳如是义无反顾地一头扎进了荷塘里！”男人顾虑的东西往往比女人多，这也难怪，刘兰芝“举身赴清池”后，焦仲卿准备殉情，却又犹犹豫豫，牵挂起此悲剧的始作俑者——自己的亲生母亲，心想我死了，母亲以后一个人孤孤单单的怎么办？他的本性是善良和孝顺的，可惜缺了为人、为男人的勇气和担当。但最后，焦仲卿心里还是明白的，自己母亲这样的人，跟她活在一起也是个折磨和痛苦，对爱情的忠贞让他选择了“自挂东南枝”，一了百了。所以最后我们还是理解了焦仲卿的痛楚和无奈，把他归入好男人行列。

之前刘兰芝自比蒲苇，后来焦仲卿质问刘兰芝时，又自比磐石，这蒲苇与磐石之说，应该是他们俩私下约定的爱情誓言。花前月下时立的山盟海誓，到最后能够真的践行，也是万分难得。我们见过多少曾经的海誓山盟，最终变成飞沫泡影，多少当初的耳鬓厮磨，变成最后的冷眼相对，陌如路人，多少当初一起“怦怦”跳动的心脏，最后被摔成一片片碎玻璃……爱情啊，你成就了多少人，又毁灭了多少人？

蒲苇韧如丝，可惜焦仲卿这块磐石不够坚定沉稳，巨婴的冲动，内心的懦弱，缺乏冷静和担当，最后扼杀了一个好女人。我从不认为刘兰芝是被焦母杀死的，离开焦家，焦母再凶恶，从此何干？真正杀死她的是焦仲卿。情是一把双刃剑，它能让你勇敢到感受不到死亡的恐惧，它也能如蒲苇丝般扼住你的脖子，使你窒息。当一个人将自己的全部幸福寄托在别人身上时，本身就注定是一个悲剧。

2018年秋

马桶文化

有报道说，现在的中学生在家除了做作业，最多时间是花在蹲马桶上。听了这个貌似荒唐的报道我一点儿也笑不出来，如果你家碰巧有中学生，一定也不太能笑得出来，因为，这几乎就是事实。

孩子们学习紧张，优秀上进的孩子更不让自己放松，仿佛也只有蹲马桶的那段时间，成了他们的私人空间。坐在抽水马桶上，关上门，成了让他们喘一口气、暂时放松或者说逃避现实那一点点可怜的借口和机会，这不悲哀吗？

喜欢蹲马桶当然不好，久而久之，容易造成脱肛，得了这毛病，会坐立不安，痛不欲生。但蹲马桶可能会使人上瘾，人的思维在那种极度放松状态下，会爆出许多平日里爆不出的火花，譬如欧阳修有过名言："余平生所作文章，多在三上，乃马上，枕上，厕上也。"从正面看，这话其实说明了一个道理：懂得利用碎片时间的人，会有所作为。从负面看，关于具体的碎片时间，我还真的不提倡这三上。马上，如同当今的开车骑车，边开车边构思，其危大矣！枕上，也不值得提倡，要睡觉就好好睡觉，睡前多思，殚精竭虑，对于睡眠问题日渐严重的当代人来说，恶果尤盛。厕上，主要看自己把握了，总之马桶蹲太久，如同前面所说，会造成脱肛的苦病。

中国历史上有一人，蹲马桶蹲出了世界纪录，这猛料也是欧阳修爆的，而爆料的源头，又来自燕王赵元俨的女婿，说他岳父蹲马桶成癖："坐则不下，或饥，则便就其上饮食，往往乘兴奏乐于前，酣饮终日。"简单说，就是吃喝拉撒睡甚至娱乐，全在马桶上了，不如直接把粪坑改造改造，改成睡炕得了！欧阳修认为这是赵元俨性格怪异。史载赵元俨人生中有一段时期为了避免政治迫害，装了十几年的疯，闭门不上朝，自称有狂阳病（精神病），那么这马桶生活，是不是也是他装疯病的一个表现方式之一呢？这也说不清楚了。如果要十几年装疯装成这样，也是相当痛苦的，还不如当年晋国的晋景公，蹲个茅坑掉粪坑里淹死，了结得痛快。

关于晋景公，我在想，一个国君居然上茅厕时掉粪坑里淹死，掉下去或扑腾或呼救，总有点动静，难道也没有人发现吗？这一国之君当得有多悲哀？显然没有被好好地照顾。上厕所在古代有个别名叫更衣，有钱人家，更衣可是被照顾得面面俱到、舒舒服服的。主人在马桶上放松完毕之后洗手或沐浴，外面站着一溜儿面容姣好、服饰整洁的奴婢，手里捧着叠得齐整的新衣、冠冕、甲煎粉，沉香汁……主人一出来，换上新衣，剔剔牙，照照镜，修修指甲，整整衣冠，香喷喷的，精神抖擞，容光焕发，仰头斜睨，只见众美女争献殷勤，不禁意气风发，感觉自己踏上人生巅峰……所以晋景公这出悲剧，真的不知怎么一回事了？

据说马桶是汉朝时候发明的，飞将军李广善射虎，射死了老虎后，让人用铜铸成虎形便器，称为虎子。李广力大箭术好，射老虎一矢即毙，然后让人把虎骨制成枕头，并且模仿老虎形状铸造出铜溺器，做这些事，目的是“示服猛也”，进一步烘托出自己的英雄气概和高大形象。原来这么早李广就懂得用文化烘托来打造和提升自己的形象，果然不愧为人才，有勇也有谋。到了唐朝，因为李渊的爷爷叫李虎，这“虎子”的名称就成了忌讳，便器改称“马子”。

马桶在我们江南水乡特别常见。在《舅舅家的江下街》中，我曾提到江下街水岸边的吊脚楼：“下了楼，沿石阶走几步下去便是江水，大人们淘米洗衣，孩子们钓鱼钓虾，当然也有用江水刷马桶的，每每看到那种行为我内心就很崩溃。”确实如此，有人在上游刷马桶，有人在下游洗衣洗菜，都是眼不见为净，这种情形莫名地让我想起一句诗：“我住长江头，君住长江尾。日日思君不见君，共饮长江水。”诗里写的浪漫意境，被这刷马桶行为彻底破坏了。

崩溃归崩溃，每年夏天我们照样在灵江里游泳、摸螺蛳，有一年我还差点把自己的命给摸没了。江底暗藏着淤泥深坑，一旦陷入，就算水性好也不一定能自拔，这便是我人生中头一次半只脚踏进鬼门关的经历。居民们在岸边刷马桶，是每天可以见到的景象，家家户户都这样做，早就见怪不怪。如果当天出日头，刷好的马桶被扣在门前台阶边晾晒，便可见大大小小、形形色色的马桶秀了。谁家马桶高档、精美，描金贴花，雕花漆画，铜皮包边，还有一对儿精致的黄铜小拎环……还真能赢得邻人或路人的驻足艳羡，连马桶都这么高级，这家人的家底肯定不会薄吧？说来令人难以置信，马路上还有专门做养护马桶营生的人，帮你家的马桶刮掉尿垢，整整箍的紧度，养护得光亮如新。内行人说，那层尿垢其实是宝贝，药店里收的，所以这些人明着是养护马桶，其实是来收集这些尿垢卖给药店，是一举两得的生意……人活得太明白也不是好事，再看修马桶的人时，觉得他们都像阴谋家似的，其实呢，虾有虾路，蟹有蟹道，虽是套路，又不害人，大家都不容易，各安一隅，给别人留点活路不好吗？非得要搞得那么清楚！

马桶虽为藏垢纳污之器，看起来是家中的低贱之物，其实不然。中国老百姓知道它的重要性，并给了它足够的尊重。在民间婚俗中，马桶作为重要陪嫁品之一，被称作“子孙桶”，代表着繁衍和养育后代。为什么拉屎会跟生孩子搭上关系呢？早前医疗条件极其有限的时候，女人将小孩分娩在马桶里并不是天方夜谭。在《鸡蛋文化》中，我也曾简单地提到中国民间婚俗中的马桶文化：“红鸡蛋和染红的花生、瓜子、桂圆、红枣、银杏等杂果装在崭新的马桶里。这很有意思，马桶在中国的婚嫁文化里也是不可或缺的角色，吃喝拉撒睡，这拉撒竟然还排在睡的前头……红鸡蛋装在马桶里头，一般是放五个，由小叔子即新郎的弟弟（没有弟弟则找弟辈年轻人），在新婚之夜将马桶送入洞房……”有能力的家庭，大马桶里套小马桶，一套又一套，跟俄罗斯套娃似的，怪不得有句玩笑话说，“洞房里的马桶，一套又一套”，形容人的套路多。有些地方的迎亲队伍是用马桶打头阵，有些地方马桶殿后，无论哪种，一定是将马桶打扮得神气非凡：腰系大红绸，面贴吉祥语，昂首挺胸，油光锃亮，从头新到脚，简直要抢了新郎官的风头！

我奶奶家曾遭九曲巷大火，几乎没抢出什么东西来，家财尽毁。火灾过后我们搬到邻居素青姐家寄宿了一段时间。素青姐为人泼辣，但心地非常好，把她家房子左前门的一隅辟出来给我们暂住，成了个简单的小房间，里面只能放一张床和一张桌子，烧饭生火什么的全在室外进行。寄宿一段时间后终于有了落脚点，应该是居委会给安排了住处，就在三井巷洪颐煊故居的对面。这个房间宽敞了许多，像个家的模样了，还附带一个极小但独立的厨房。屋子里有一个廊柱，一到下雨天，这个神奇的廊柱上就会冒出小伞般的蘑菇来。奶奶利用廊柱与墙壁间这个三角形的狭小空间，放了马桶进去，外拉一幅麻布帘子，就构成了一个简易的厕所。如此简陋的一个泥地屋子，居然也算是有一室一厅一卫的配备了！让人惊讶的是，这马桶居然是奶奶冒着生命危险从大火里抢出来的，可见，马桶在老人心中的位置！

俱往矣，我已经很久很久没有看到木马桶了，现在的马桶叫抽水马桶，比以前的木马桶可以说是舒服多了，也安全多了，完全不用担心倾覆的问题。日本人更是把抽水马桶打造配置到极致，让使用者舒服享受到极致，达到彻底的放松和痛快。如果欧阳修能够享受到如今这么顶级的抽水马桶，说不定，会狂喜而大呼酣畅淋漓，继而文采飞扬，奇思喷薄，为我们贡献出更多杰作，也未可知呢！

2019.5.27

那一抹金红的蟹黄

十几年前，有北京的朋友来杭州拜访，我带他们去了西湖边一家知名的老店。老店一楼卖小吃，二楼点菜，都是杭州传统菜。女人大着肚子，她老公，一个在北京教外语的澳洲人，是素食主义者。因为自己兜里没多少钱，这顿饭就点了四五个菜，吃完一算账，将近三百元。近二十年前，吃饭花费三百元算是过于奢侈了，女人觉得很不好意思，让我如此破费，又甚是狐疑：几个素菜，怎么会这么贵呢？女人要跟服务员问个究竟，她老公脸色就有些不好看了，觉得这样做很丢面子，吃都吃了，还去研究账单上每道菜多少钱，有何意义？尽管如此，最后还是让服务员拿来清单，免得钱付得不明不白。服务员拿来账单一看，我们都傻眼了：就那一碟蟹粉豆腐，单价四十多元。原来点菜时，她老公说自己喜欢吃中国的豆腐。麻婆豆腐什么的，在外国人眼中是神一般的存在，看菜单上有个蟹粉豆腐，随手勾选了，没想到一碟蟹粉豆腐要那么贵，当时皆为震惊。

十几年前老店里的蟹粉豆腐，肯定是用了真材实料：莹白滑嫩的内酯豆腐中央，有一撮硬币大小的蟹黄拌咸鸭蛋蛋黄，橘黄色晶亮的油如火山熔岩般慢慢流开，这一撮蟹黄，将四元钱不到的豆腐，直接提升到四十元级别的菜肴。现在你去饭店吃蟹粉豆腐，不一定真有蟹黄存在，能以咸鸭蛋蛋黄和蟹肉炒制成蟹粉，已经算是良心制作。

蟹黄是真的好吃。流油，溢香，沙沙的口感，有点像红心咸鸭蛋蛋黄，当然较之鸭蛋黄更具备海味的鲜美。蟹黄只有母蟹才有，很多人蟹黄蟹膏不分，譬如我们临海老家，说此蟹有膏，一般指有蟹黄。其实公蟹的膏体才叫蟹膏，且与蟹黄颜色不同。公蟹的膏煮熟后呈白色半透明状，质地极腻，粘牙，我不太喜欢吃。公蟹的膏在农历十月份最肥，民间有“九雌十雄”之说，意思是农历九月母蟹的蟹黄最美，农历十月就该吃公蟹的膏了。

说蟹黄不说蟹黄包是没有天理的，其中又以皮薄如纸的蟹黄汤包为出类拔萃。有种大汤包是必须用吸管吸的，这在南京的夫子庙可一饱口福，一个汁水满满的大汤包慵懒地瘫在碟子里，还真像富态娇憨的唐代仕女，因为富态，无法用筷子夹起，便需借助吸管，戳进汤包，将鲜汁吸干再吃皮和馅。这吮吸汤汁，自然是整个品尝过程中最享受的一段，可惜的是这吮吸汤汁在前，吃馅吃皮在后，往往皮儿会成为不幸的弃婴。

对我来说，真正去体验蟹黄汤包的美味，艳遇的对象，最好还是蟹粉小笼汤包。摈弃吸管，唇齿相触。唇上的毛细血管，真切地与吹弹可破的薄皮相吻，吻过之后露齿轻咬，再啜唇缓吸，均是十分小心的动作。蟹黄汤包是个娇贵的东西，娇贵在于它的完美，一旦破了，那就没有资格上桌了，它的破处仪式，必须要由人类的唇齿来执行，才算是高尚和被承认的。对待一只完美的蟹黄汤包，自古以来有十二字要诀：轻轻提，快快移，先开窗，后喝汤。如此温柔谨慎地对待一份食物，我觉得那真算是十二分的尊重了。

这次去苏州，本想去寻一只正宗的蟹粉汤包，结果由于时间匆促，又逢下雨，在山塘老街、平江路、观前街都没有遇到一份真正称得上正宗和完美的蟹粉汤包，苏州大客堂的蟹粉小笼包也是皮儿太厚，甚至不如咱们杭州同乐舫的汤包精致，这是此行的遗憾之处。

同是淮扬菜系里的蟹粉狮子头，身影也出现在杭州一些有格调的中式餐馆里，当然，烹制方法有所不同，往往带上了本馆或厨师的印记，没有两家餐馆会做出一模一样的蟹粉狮子头来，这是一道看不出精致的精致菜。有些地方将肉圆入油微炸，有些地方添加鲜辣口味，在我看来，都是画蛇添足。一个正宗的蟹粉狮子头应该是用高汤清蒸的。在这道菜中，本来习惯于自带主角儿光环的大闸蟹，做了巨大牺牲，隐去了形骸，帮助五花肉来成就一次终极绽放。蟹的鲜硕肥美，融进了那一汪澄透油亮的高汤之中，我们看不见它的存在，只能在舌尖接触之间，怀念游走在想象空间里的蟹之存在。最后，那一抹金红的蟹黄，被点在肉圆顶部，仿佛终于给大闸蟹的牺牲，竖起一个有点悲壮的碑。我想，这只蟹，一定是爱五花肉入骨了，才甘愿做出这样的牺牲吧？

待今年秋天，蟹肥蟹黄时，做一瓶蟹黄油封存起来，枯寒的冬季，或许会因此丰润饱满起来一些呢！

2019.5.30

羊脚蹄

临海的麦虾不是真虾，临海的羊脚蹄也不是真羊蹄。

春节回老家，照例又去买炒米糖。炒米糖中的紫米糖是极品，每年都要带回杭州，尤其先生单位的同事，对咱们临海这种紫米糖大加赞赏。

临海一到年关，卖这种本土糕点的小店便如雨后春笋般出现。土特产嘛，越土越好，这些店面也土得很地道，没有任何装饰，甚至连店名和招牌也没有，有货就到处摆开，没货了关门睡觉。做了今年生意，明年不一定在同一个地方出现，所以遇上口味登对的，我们都很珍惜它的存在。父亲在世时喜欢吃糕点，我遗传了父亲喜食甜食的基因，每次回老家，总忘不了老家的各种甜食。这次妹妹带我去西大街上扫货。

哪一家的糕点做得好吃，家里人其实心里早就有数，因为过年前就买过了。西大街上这家是一个老阿姨在卖，老阿姨是上海人叫法，我们当地称呼这个年纪的妇女为“姆娘”。这位老姆娘卖的炒米糖品起码有十种，除普通的白色炒米糖，还有紫色的紫米糖、焦黄的面干（粉干）糖、玉米片糖、泡噗糖……这些米糖制作原理一样，用的材料不一样，我感叹台州人做生意的头脑还是灵光的，炒米糖的新品种又多出了许多。

老姆娘端出小盘子让我们品尝各种米糖的小样，最后我俩还是选择了普通的白色炒米糖和紫米糖。这些年来炒米糖价格水涨船高，从未有过下挫，目前是十五到二十元一斤。炒米糖不如想象中那样轻，其中有大量糖饮（麦芽糖），还有花生夹杂其中，随便买上几大袋要几百元钱。以前觉得不上档次的土货炒米糖，现在也得掂量着购买了。

付了炒米糖的钱，老姆娘向我们推销她的其他糕点——羊脚蹄和馒头干。这两样小食品都是我母亲以前喜欢吃的糕点干货，真是干得可以，一点儿水分都没有，不知母亲为什么会特别喜欢，尤其羊脚蹄，硬得如石头一般，拿刀柄敲敲不一定能敲碎。其实我在写《白塔桥饭店》时已经提到过羊脚蹄：“母亲偏爱有独特香味或硬度高的食品，比如海苔类小食，又比如老临海糕点中的羊脚蹄，硬得跟石头不相上下，几乎能用来敲钉子，我只有舔舔的胆子，母亲却能轻松解决，即便如今七十几岁高龄，她有时仍然能不借助工具便将山核桃用牙齿嗑开。这种无所顾忌的勇气，让我看得直冒冷汗，却也不得不佩服，在各方面她总是那么坚忍不服输。”

我一直觉得羊脚蹄是一种非常特立独行的糕点，没有一种其他糕点敢像它这么硬，它似乎不是为了迎合消费者的口味和购买欲而存在。它甚至让我想到一句话："壁立千仞，无欲则刚。"我们为什么要吃羊脚蹄？是用来磨牙？爱吃的人都已经过了需要磨牙的年龄。还是因为咬不动，在那个食物匮乏的年代，抑制我们吃的欲望？这个问题一直让我不解。在我印象中，糕点好吃是因为其甜、糯，更好的则添上一个"香"字。吃糕点是为了跟牙齿打架，甚至将牙齿磕断，这又是为什么？何苦呢？我本能地抗拒着羊脚蹄。

母亲在床头的饼干盒里存放着几个羊脚蹄。晚上饿得不行了，她形容那种感觉是烧心，其实是烧胃。这时候，她从饼干盒里取出一块羊脚蹄，嘎嘣咬下一角，其余放回饼干盒里。每次那嘎嘣一下，让我的心也不由自主地嘎嘣一下，总担心她的牙会被磕掉一颗。那咬下来的一角羊脚蹄，再被分成一小口一小口地嗑。一个羊脚蹄有四只"角"，按照母亲这种进度，一只羊脚蹄四次吃不完，起码能挨上一整个星期。饼干盒里的羊脚蹄我们是碰都不会碰的，小孩子牙齿还没长牢，嗑羊脚蹄风险忒大，再说了，小孩子也绝不会喜欢吃这么硬的零食。

"格羊脚蹄硬死了，牙齿也要嗑坏。"我自言自语地说。糕点店的老姆娘一听，连说："不会不会，我这个不一样，不信你试试。"她拿出一块羊脚蹄样品递给我。我半信半疑地塞进嘴里，咦，果然跟小时候的不一样，松脆得很。干照样是干，所以那种松可以形容为"喷松"，一开口说话口里会喷出粉末的那种喷松，而且非常香，那种香则可以形容为炉香，是土炉子内壁的香味。一口羊脚蹄，就把我口中的唾沫吸干了。

羊脚蹄进化了，外表变化不大，口感大大改良。

我的心情顿时有点复杂。一是开心，心想母亲一定会喜欢这种改良后松香异常的羊脚蹄吧，也不怕老化的牙床会被磕坏了。二是有点落寞，虽然形状一样，毕竟不是早年硬得石头一般的羊脚蹄了。临海羊脚蹄为啥出名，就在于它特立独行的硬。临海人将羊脚蹄作为本土三大糕点（羊脚蹄、马蹄酥和海苔饼）之一，这种硬，可是超出了作为一种糕点、一种食物应有的适宜硬度，是不可思议的硬，可是老临海人就是那么偏爱它！以前过节或者探望病人，花一两角钱买上一大包羊脚蹄带上，是非常暖心的慰问，也说明关系很亲近。我想起了鲁迅先生曾经形容台州人性格中的硬气，说那是“台州式的硬气”，如果用一种糕点来诠释这种硬气，羊脚蹄当仁不让。

成品羊脚蹄，由于面粉块表面划的十字花刀，出炉后十字自然翻开，状如羊蹄。糕点表面撒了芝麻，蹄尖颜色偏深，呈焦红色或焦褐色，其他部分呈淡淡焦黄色，看着就透出一个“香”字。再细细看它，有点像一个面带羞赧红晕的麻脸村姑，裹不住欲熟的青春气息，朴实得可以，也撩人得可以。这种外表会让你误以为它很好对付，很容易摆平，无所顾忌地张开大嘴一口咬下去，嘎嘣，小心牙齿和舌尖，哈哈！

对待羊脚蹄，不熟悉它的你，千万记住了，别以貌取人。

2019.6.3

萱草忘忧

游子要出远门了，他在院子里种下一片萱草，留给母亲打理。萱草被古人称为忘忧草，游子希望自己离去后，母亲不必日日被忧愁和思念所困扰，多看看这美丽的花儿，多闻闻这馨香的味道，心情就会愉悦许多。忘忧草真的这么有效吗？不，有效的是漫漫等待中的那一点希望，就算微弱渺茫，这爱的牵连却是与生俱来、心甘情愿和无怨无悔。因为母亲相信孩子有朝一日一定会回家团圆，因为知道那一线相牵的血水亲情，是无论走多远也扯不断的坚韧的线，所以等待虽辛苦，却值得。信念是活着的意义和驱动力，如果等待是没有结果的，失去了信念，那么再美的萱草，在人的眼中也终究只是枯萎凋零的结果。

我离家外出求学时，没有在院子里种下萱草，然，心里舌底牢牢记着母亲做的金针菜的味道。我们家太喜欢吃金针菜了，无论鲜的还是干的。鲜的金针菜烧汤，干的焐肉，最绝的是焖小猪肚。小猪肚的肚壁厚而不韧，只放酱油、老酒和茴香，温水里浸软的金针菜干铺其上，砂锅在煤饼炉上慢慢地焖上数小时，金针菜干的香气便钻进小猪肚里去了。

金针菜是萱草的一种，又称黄花菜。俗话说的“我等到黄花菜也凉了”，语气中微微透着不具进攻性的抱怨与自嘲，类似于说“我等到花儿也谢了”，后者更温和文艺一些。黄花菜凉了是否难以入口？并不是。此说法据称来自湖南某盛产黄花菜地区，当地居民节庆宴会后必以一道黄花菜收尾，主人要是忘了这道菜，客人会傻傻地等着收场而烦躁起来，便以“等到黄花菜也凉了”调侃抱怨，兼作提醒。

以前想吃块像样的五花肉也不是那么容易，喜欢吃纯肥肉的人还真不多。因为价钱问题，家里炖肉，基本上买偏肥的肉。切成棋子大小的带皮肥肉，头上挂着零星一点点精肉，已经算是很客气了。为了那一点点塞牙缝的精肉，我不知道咽了多少口水。金针菜干焐过肥肉后，带上了肉香，微微有点甘甜，吃不到精肉，吃带着肉香的金针菜干也是好的！

鲜金针菜的特点是鲜美，放汤，用不着放味精，如果有豆腐皮那就更妙了。鲜金针菜配黑木耳本来不错，但小时候黑木耳是舍不得做菜吃的，一点点黑木耳常常胀发起来，与红枣一起作为滋补佳品服用，而豆腐皮可以在乡下亲戚做豆腐时，用物物交换的方式得来。金针菜还可以和豆腐皮一起，成为我们老临海姜汤面的豪华浇头材料。

所以每每我路过乡野路边，看到野生的金针菜，它细细长长的花苞如此眼熟，手也会骚动不安起来，总想掐回家煲汤。以至于后来在杭州城里，路过种着观赏性萱草的花圃，也按捺不住要采摘的冲动，这难道是味觉记忆里的本能反应?

但萱草不等同于金针菜，虽然都属于百合科植物。观赏性的萱草又称大花萱草，仔细看跟金针菜还是有区别的，一是花瓣颜色偏于艳丽，有些上面还有斑点，像蝴蝶兰一样。可食用的金针菜为更单纯的淡黄色，花苞更细长紧致，不那么蓬松。观赏性萱草所含的毒性比鲜金针菜高出许多，不宜食用，误食后会出现头晕、眼花、恶心等反应。嵇康《养生论》云“合欢蠲愤，萱草忘忧”，萱草能使人忘却忧愁，真不知是因为其绚丽硕大的花朵令人愉悦，还是因了误食萱草而产生的幻觉。古方中的萱草忘忧汤，主治“忧愁太过，忽忽不乐”之症，很明显这古方中的萱草是金针菜，和着甘草、合欢花等煎出来的抗抑郁奇方。

说萱草是忘忧草，有两种认识。一种认为吃了它之后人会出现晕眩迷醉状态，元人李九华《延寿书》说萱之“嫩苗为蔬，食之动风，令人昏然如醉，因名忘忧。”另外一种认为它使人兴奋，《本草注》：“萱草味甘，令人好戏，乐而忘忧。”好戏，兴奋，不安分，手舞足蹈。这两种症状似乎说明萱草食用后会产生“麻醉作用”。然而我从来没有因为吃黄花萱草——金针菜而出现昏昏然或兴奋的感觉。快乐是当然的，因为金针菜的出现常常意味着有肉吃，那个年代，活着的要求不高，也就那点盼头，即便只有肥肉块儿。有肉吃的意义重大，它不仅代表着胃里的油水，还代表着当前的经济状况，说明父母亲手里不太拮据了，家庭经济压力缓解了，整个生存环境都会和谐许多。

金针菜干是天台山的山珍之一，野生的金针菜弥足珍贵，毕竟现在真正野生的东西也不如以前那么容易找到了。由淡绿渐变成淡黄的金针花蕾在晨露中，如同一支支刚从清油中浸淬过的、精巧而尖利的黄金箭镞，簇而不乱，闪烁光泽。当地农民在早晨采摘了紧紧闭合的金针花蕾，马上拿回家上笼蒸熟，以便可以在正午的太阳底下摊开来暴晒。暴晒数日之后，用手抓一把金针菜干，紧紧捏住再松手，彻底晒干的金针菜能够在松散开后恢复形状，这就是符合要求的干燥度，否则菜里的水分没有完全蒸发掉，不久就会霉变，那就成暴殄天物了！

晒干的金针菜贮藏起来，到冬天，到年关，拿出来用温水泡软煮肉吃。有排骨吃排骨，没排骨吃精肉，没精肉吃五花肉，没五花肉吃肥肉和肉皮……好好坏坏，日子照样要过下去，金针菜一直是不缺席的。

“灿灿萱草花，罗生北堂下”“慈母倚门情，游子行路苦”，母亲的思念之苦，游子的拼搏之苦，人生是由数不尽的苦堆积而成的。我懂得你的苦，你体会我的痛，我为了让你骄傲不顾一切，你为了让我心无挂碍隐忍坚守。心血相连的一个“懂”字，只存在于你我之间。

2019.6.4

鼠曲青青

说鼠曲草，没几个临海人知道。说“青”，没几个临海人不知道。

“青”，是为清明而生的，清明前后踏春或上坟，采“青”成了上坟仪式结束之后的一大消遣。清明之前，鼠曲尚未开花，淡绿的球簇小花蕾吐露出星点嫩黄，这时候的鼠曲草，身披白色棉丝，辨识度很高，茎叶嫩，纤维少，做青团青饼正好。清明过后的鼠曲，黄花长开了，茎变硬了，白色棉丝稀薄了起来，即便碾碎和在面团里，野草的纤维还是容易被舌头分辨出来。咬一口青团青饼，牵出细细长长的野草纤维，心头不悦，这种经历我是有的。与鼠曲草相关的美食多发生在春日未深之时，过了时令的鼠曲草干脆别采，由它们去生长，留着做种，也好为明年清明的口舌之怡埋下伏笔。

“青”，又似乎是只为台州人而生。台州以外地方，清明时节做青团，很少听说用鼠曲草的，田埂溪边大片毛茸茸鲜嫩嫩的鼠曲草，就这么被白白浪费。青团青饼全国各地都做，但各地在馅料和形状上又略有不同。青团为咸，青饼为甜，这点倒是有共识的。我先生老家富阳农村的青饼，将白糖直接掺进面团，然后面团入模敲成饼状，饼内无馅。青饼无馅，这在我们老家台州听起来不可思议。台州的青饼可以不用模子敲花纹，但内馅是一定要有的，或豆沙，或麻芯，或桂花白糖，无馅的青饼在我们看来过于实笃笃，如何下咽？

鼠曲草在我先生老家，也是被当作无用的野草，这令我大为惊讶，大片鲜嫩柔美的鼠曲草在田垄头、小溪边、庄稼地里，恣意生长，从来没有人去关注和采摘它们。我们老家台州当成宝贝的清明“青”，竟然在一个相隔并不遥远的江南城市，得到如此不同待遇，可见华夏大地上民俗民风的差别。

宝贝鼠曲草被白白浪费掉，委实可惜，当我惊讶地提出这个问题，婆婆说，这种是“野青”，不好吃。而她们当地认为正统的“青”，又恰恰是我们台州当地认为不好吃的野青——艾草。这可真是一地一风俗，一地一口味啊！

做青团青饼也有讲究和不讲究的。讲究的人用汁，捣烂嫩叶滤出绿色草汁，和面成团，这样就不会有野草纤维嵌入牙缝的失态了。不讲究的直接用捣烂的草泥和面，当然必须用鼠曲草的嫩牙尖，开水焯后放在沥篮里自然沥干。有经验的长辈会将煮熟的“青”放置几日，待它释放出更加浓郁的草香再用。鼠曲草本身就有特殊的本草香味，皮日休云：“深挑乍见牛唇液，细掐徐闻鼠耳香。”这种本草香味淡淡、幽幽，毫无进攻性。鼠耳即鼠曲草，因为嫩叶披覆茸茸白毛，故而又有人称它为鼠耳草。煮熟沥干后的鼠曲草放置几日，这种本草香味就更浓厚了。

叶如鼠耳，花开如曲，古人对鼠曲草之名做了注解。可“曲”到底是什么呢？我认为这“曲”，应该是“鞠”，鼠曲草名字的正规写法应该是鼠鞠草。那么“鞠”又是什么意思呢？《本草纲目》里说：“鞠，言其花黄如鞠色，又可和米粉食也。”这就很明显了，“鞠”在古代同“菊”字，鼠曲草的黄色小花，极像一粒粒未开放的菊花花蕾，故以此形容之。

至于台州人为什么把鼠曲草叫作“青”，一直以来没有一种可以令人信服的说法。如果只是因为它能够滤出青色汁液做青团，未免太牵强。仲春时节，应节气之邀约，万物皆清爽而成清明，各种野草野菜竞相登场，能做青团的草不止一种，由各地人的口味喜好选用，譬如我们台州人当成清香美味的鼠曲草，婆婆家认为是难以下咽的野草。后经查资料，原来不仅咱们台州地区把鼠曲草当清明的宝贝，湘江中下游地区，清明节也是用鼠曲草做青团：“鼠曲染糯做糍，色深绿，湘中春时粥于市。五溪峒中尤重之，清明时必采制，人祀其先，名之曰‘青’。其意以为亲没后，又复见春草青青矣。”

这段来自《植物名实图考》的文字很清楚地解释了我的疑惑。原来“青”之名，并非只言其色，而是与亲情、时光紧密联系在一起的。“离离原上草，一岁一枯荣，野火烧不尽，春风吹又生”，逝去的亲人不复存在，而这春草青青，却能每年按时应约，仿佛带着已逝亲人的嘱托和口信，有多少悲念、愁思和放不下的寄托酝酿在里面啊！这白茸茸的棉丝里，又有多少千丝万缕的感情萦系在里面！

鼠曲青青，记忆犹新。鼠曲茸茸，别后珍重。纵然是永别，每年能应时见到此小草在仲春的气息中降临人间，也让人觉得，仿佛能与远在时空那一头的亲人，还有着某种维系和沟通，心，便也就暖了一些起来。

2019.6.10

猪草

春节回台州与朋友相聚，有二十多年老友，也有刚认识的新友，有外地嫁到台州的媳妇，也有台州嫁去外乡的媳妇（我就是），台州女婿两个，虽然来自不同城市，相见甚欢，感觉都是一家人了。

坐我旁边的施大哥，认识也有二十年了吧，听说我在写家乡美食，他回忆起了一些自己童年记忆中的味道，切切实实来自农村的土味，大多是我不熟悉的名儿。一，我俩也算隔了一代；二，我生长在城市，住的地方叫城关镇，关于农村的印象，几乎全部是来自与小姨妈莲莲一家的接触。

最后施大哥突然想起来什么，恍如脑袋里突地灵光闪现，说：“你写写猪草吧，我们小时候都割过猪草，各种各样，特有意思！”

猪草还有各种各样？我一直以为猪草就是特定的一两种草！印象中，猪草就是马齿苋一类的野草，春天里新鲜水灵的马齿苋是美食，人都爱吃，何况猪呢。看见农村人喂猪，在马齿苋里掺杂有其他野草，譬如葎草稗草之类，以为他们是故意掺进去一些质量差的野草，来降低劳动成本。

城市里的孩子，对于农村里的事情，还真是孤陋寡闻。

先生说他小时候也打猪草。他的脚趾边有个很大的疤，小时上山砍柴打猪草时，被刀具剁的，几十年了疤还在，看着就生疼！我的童年里不用打猪草，上山采野菜什么的，也不是非做不可的家务，以兴趣和自愿为出发点。农村里的孩子不一样，从小要分担起家庭里的劳作，而且是每天必须做的。虽然童年生活很贫困，跟农村里孩子比起来，我们应该感到更幸运些，至少少了很多身体上的消耗。

也有人在城里养猪的，譬如我外婆的斜对面邻居，他家底楼如同现在的架空层，做了个猪栏，里面每年养一两头大猪。那猪栏空间极小，猪在里面就是躺着，吃了睡，睡了吃，站起来走几步的机会都没有，我想那猪肯定是极不健康的。

华梧巷这条小巷很狭窄，每次去外婆家，我都要经过猪栏，那种味道，说恶臭倒也不是，说酸臭较合适，楼上的人怎么还能每天睡得这么安稳呢？我挺疑惑的。做邻居就更悲哀了，猪肉没得吃上，日日夜夜还得共享那个猪栏的酸臭味。所以邻居们是极有意见的。不过那家人有个绝活儿：会做炒米糖。一到年关，他家二楼就变成临时做炒米糖的作坊，灯火通明，人声鼎沸，里面的人忙碌得像在演皮影戏。周围住户带了大米、白糖、花生、芝麻等来找他做炒米糖、花生糖和芝麻糖，需要预约或耐着性子排队。华梧巷这一整条小巷子，好像突然都变成了黑白或灰白色调，唯独这一家子的窗户里，透出暖黄的灯光、朦白的蒸气、喧闹的声音和忙碌的身影。中国自古以来的年味，由他们来诠释着，践行着。“一招鲜，吃遍天”，有技术就是好，拥有别人没有的技术，他就有存在的价值，就能按着自己的方式行事，古往今来都一样。

但是有一天，悲剧发生了，他们家女人、老人和小孩俱号啕大哭，男主人抓狂咒骂，乱成一团，不知道还以为死了人。原来是猪死了。听说是小孩子不懂事将猪草浸了水喂猪，猪得了腹泻，死了。我说呢，那猪常年躺着，从不运动，肯定抵抗力弱，拉个肚子就上西天了！

在杭州，以前去郊外农庄玩时，农庄里自己养猪，池塘里养浮萍，工人捞浮萍喂猪，猪整天吃水淋淋的浮萍，也没见暴毙啊？

俗话说：“一方水土养一方人。”原来这话用在猪身上也同样合适。

施大哥说，其实猪草种类多得不胜枚举，但他说的草，名称都是当地人的土称呼，让我如坠云雾之中，结果我们俩成了“张飞穿绣花针——大眼瞪小眼”。不急，求助互联网，立刻就把图片找出来了，然后就是“哦，原来是这个啊！”“不要太熟悉了！”……小飞蓬、野豌豆、泥胡菜，还有特别形象的崩大碗，跟铜钱草很像，只是圆圆的叶片裂了一条大缝隙，民间给取的名字就这么接地气，有创意。

现在农村里的猪喂饲料，大概也不知道猪草长啥样、什么味道了，快吃快长肉，早点出栏去屠宰场，一切以快节奏论。以前吃猪草的猪，至少一年才能出栏，到了年关，轰轰烈烈告别人间，成为过年大仪式中的“牺牲品”，难怪外婆邻居死了猪哭成那个样子，现在大概是没有人会因为一头猪的意外离世而哭成那个惨状的！

2019.6.12

藤的精神

清晨出门，在楼下的小竹林边，后颈被谁轻轻撩了一下。回头一看，竟然是一根细若游丝的细藤儿，半黄半绿，尚且青涩生嫩。藤尖儿轻轻地撩了我一下，带着羞涩和按捺不住的小兴奋，小心翼翼地，撩得我的后颈微微刺痒了一下。不禁哑然失笑。回头再去看那条藤儿，它好像突然变得有思想、有生趣起来，在轻风里微微摇着晃着，似乎是因为自己这个小动作的得手，变得有些扬扬得意。

那株植物，是一根缠绕着竹竿往上爬的葎草。葎草刺手，是令人讨厌的路边草。小时候沿着后山石阶回家，石阶两边长满野花野草，草丛中当然也隐着令人垂涎欲滴的嘎公（蓬蘽）或茅莓。这时候，最痛恨的就是碍事的葎草了，白嫩的小手臂被葎草的锯齿划得奇痒无比乃至挂彩。每年学校除草，第一目标便是不讨人喜欢的葎草。

这株葎草的嫩藤儿，倒并不是那么令人厌烦，它还嫩着呢，没长锯齿。一根黄黄嫩嫩颜色通透的小藤须，充满了灵性和俏皮劲儿，好像是在我窗下潜伏多时的顽皮小童，瞅准一个机会，跳出来调戏我一下。

新鲜的藤蔓能够改变我对一株植物的印象。就算它的植株浑身布刺，面目狰狞，茎上新长出来的藤须，一概纤弱、轻柔、萦纡而缠绵。不去想有一天它也会长成令人厌烦的葎草或韧不可断的老藤精，当下那些藤尖儿，闪烁着新生命的弱小和灵动，总是我见犹怜。它们在虚空的大气中，或试探，或延伸，或趋伏，或旋转，或渐进。遇上晨露或轻雨，它们便像一群放假的孩子般狂喜，在空气的湿度中恣意疯长和表现。它们是天生的书法家，落笔时，或精密，或遒健，或俊逸，左盘右蹙，虚淡有致。它们又是天生的歌唱家，吐露的藤须如音符绕梁而行，清澈的和弦在空气里轻轻流动，将自己沉醉在这水样的旋律之中。它们像天生的舞蹈家，有时迅移，捷如惊风，有时悠缓，飘若轻云，有时又做出芭蕾舞中的快旋，直向着天空寻去，有时又附身低首，似要探寻根的方向……它是母亲一双巧手下游走的针线，织进离情，织进思念，织进放手的爱，织进永不背叛的坚守。它是初爱萦绕在心底生长的情愫，敏感细腻，轻轻一拨，便能拨动了心弦，露水一沾，相思便密密麻麻地蔓延。它也可能是离人的愁绪，剪不断理还乱，寂寥的触须深入到骨髓的缝隙之间……

你用什么样的心情看藤，藤就在空气中勾画出你心情的模样。你在生命的什么阶段看藤，藤就书写出你当下生命的内容。

真是神奇的藤。

在文学中，我们却常常吝啬于将美好的词句赋予藤。在我们眼中，它依附，无骨；它试探，捕捉；它缠绕，束缚。比之于岩之坚硬、树之伟岸、地之博大，藤，实在是卑微得很，甚至显得有些猥琐，我们鄙夷地说，它不过是天地之间攀爬在自己光阴里的附属品。它入侵式的生存意识是人类所不齿的，我们从没有认认真真地歌颂过藤。

当然藤也不奢求被歌颂，它不停地拥抱他人，树干、墙垣、篱笆……它摒弃了骄傲，去拥抱他人，然后，从中汲取让自己发展与生长的力量。直到有一天，当满眼的深绿占领了一棵树、一堵墙、一方土地，你才愕然看到了它的力量。

这就是之前那些顽皮如小童般的藤尖儿呀，它们已经成长到你认不出的模样！

也许这就是藤的精神吧。

2019.6.14

老油条

老油条的第一个特点：油腻。

老油条的第二个特点：煎久了，煎的次数多了，越来越油，越来越硬。

油条本来是一种充满乡愁的本土食物，豆浆、油条、大饼这三大扛把子，组成了咱们中国人几千年如一日的国民早餐。君记否？小巷口、古街边、菜场门外，是谁，在寒冬的早晨，以热腾腾的蒸汽、铁锅里滚沸的热油和满口松香，给了我们继续去上班的动力？谋生不易，为了明天的早餐，我们周而复始，不厌其烦，与生活打着太极。

刚出锅的油条是令人欣慰的。它呈现出让人安心的金黄，那是类似于黄金的颜色。它的外侧酥酥的，香香的，有棱有角，内侧又软软的，绵绵的，蓬松细腻，有时候我会把它想象成爱人的手臂，既有硬度，又有温柔之处。

豆浆在大锅里微微滚沸，锅下的火捻到最小，使之保温而不煳底。最动人的是豆腐花，我们这里又称豆腐脑，装在一个木桶里，滑如瓷面，毫无瑕疵，以至于每次舀起，都让人觉得是一种对完美的破坏。店家舀豆腐花时的手势，自然也会突地放轻柔下来，用一片薄薄的钢勺，轻轻刮一片出来，盛入碗中。我从未看见过一个店家舀豆腐花时大手大脚，直接将勺捅进桶里鲁莽地舀出来的，不管他长得多粗，动作多猛，口舌多毒，舀豆腐花时，一定是小心翼翼，动作温柔，层次有序，仿佛在对待一件易碎的艺术品。这真是一个有趣的现象。

我想只能这样来解释：每一个人对于美，其内心深处，确实都有一种天生的、潜在的爱护本能！

人人爱吃刚出锅的油条。他们排着队，手里张着塑料袋，早就做好了准备。轮到了，却又扭扭捏捏，犹犹豫豫，不知道该挑选哪一根油条为好？此时他们变得非常苛刻，一定要选一根自己看得上的油条，仿佛选了一根不是很合眼缘的油条，味道和胃口以及一整天的情绪和运气也会差了下去，那种谨慎的态度简直像在相亲。

老油条，待遇没有那么好了。老油条享受不到人们给予新油条的那种关注和尊重。但老油条有老油条的用处，它仍然可以发挥余热。

女儿上小学时，我们住在文二路，楼下有一家蛋饼店，不仅做的蛋饼好吃，粢饭团也棒棒的。蛋饼里夹一根老油条，香嫩的蛋饼变得有点韧劲。他家的饭团参考了日本寿司的做法，用竹帘子卷，饭团馅料由顾客自选，我们特别钟爱的馅料中就包括了磨碎的老油条。老油条碎末加花生米和老咸菜，不需要肉松，来回挤上几条沙拉酱，这是小学六年生活的早餐。

温州糯米饭也会用上这种老油条碎。原先在教工路上有一家温州美食店，多年过去然令我记忆犹新，是他家的长寿面最绝，又称温州纱面，纤滑软口的土索面上铺一个荷包蛋，让我百吃不厌。他家的糯米饭品种多，印象深刻的是糯米饭呈现酱色，倒扣在碗中，撒上一堆肉末和松脆的老油条碎，然后浇上一勺浓浓的肉汤，每次享用时必见碗底，饱食而归。

当老油条遇上嫩丝瓜，最好是鲜嫩的八角丝瓜，这种相遇又给了我们一个令人意想不到的组合。八角丝瓜味道清甜，老油条腻腻的油味也在这种清淡中被中和了，油头滑脑的老油条仿佛找到了素心如雪的少女，变得不那么世故和圆滑了，这道理用在人身上也一样，遇到了契合的爱，真的可以改变一个人啊！

至于隔夜老油条用在火锅里、麻辣烫里，那又是另外一种不同的舌尖体验了，硬硬脆脆的老油条被汤水泡软了，不再那么棱角突出，蓬松的内孔将汤水吸纳其中，似乎老油条也终于学会了包容和示软，老油条终于遇到了能够收服它们的人。尤其在麻辣烫里我最喜欢点老油条，膨松而不压秤，味道又好，两全其美。

都说油条不健康，说了不知多少年，清冷的早晨，一旦路边摊的蒸汽和油烟冒起，什么也阻止不了我们奔向它的欲望。如此简单的早餐，如此被批为不健康的油条，在中华早餐史上，从没有被弱化的迹象，是什么促使它的地位如此坚挺呢？天下至味，皆源于简单。大饼油条豆浆，简单而实在的早餐，没有花里胡哨，吃的就是个热乎，吃的就是个实惠，吃的就是个熟悉和亲切。吃完了，打个长长的饱嗝，仿佛宣告了自己的心满意足，可以攒足劲头开始去工作了。为什么时间的长河洗不淡这种最平民最真实的小吃？食以味传世，无它。

而且，这种路边早餐店的魅力在于，油条锅前人人平等，并不因为你是大富大贵或大权大势之人，就可以享有特殊待遇。在国民早餐眼中，大家都一样。油条，它永远是接地气的存在。我们中国人心中的油条情结，可能也就是一种追求真实市井生活的情结吧！

2019.6.17

江南的昂珠

有没有一种水果，能像小樱桃一样，诠释江南初夏那种带着矜持、羞涩又按捺不住妩媚流溢的美？

小樱桃在我们方言中叫“昂珠”，“昂”读平声，“珠”读成“居”，就这特殊的读音，更让它显得娇俏可爱，鲜艳欲滴。

昂珠熟时，正值谷雨时候，满树的琉璃红珠，油光发亮，似在菜油中浸过一样，令人想起唐人张祜的诗句：“斜日庭前风袅袅，碧油千片漏红珠。”树叶绿得透，樱桃红得透，仿佛从一片碧色青青中渗透出来的红色汗珠。一个“漏”字，让我感叹古人对文字的运用如此精妙到位，炉火纯青。

一颗昂珠知时节。当小樱桃在枝头泛红，褪去生嫩的黄绿，春消夏长，我们知道了时光的流转和季节更替。阳光在悄悄移动它的步子，一寸寸耐心地挪着。就在这么一天天、一遍遍的抚摩当中，小樱桃的脸变红了，也更透亮了。即便是熟透，不再那么羞涩，它仍然保持着玲珑而娇俏的身形，甘甜中仍然带着些许酸味，十足的小女人味，我见犹怜。

第一次摘昂珠在诸暨一个朋友家里，那是十几年前的事了。他家院子里有一棵巨大的樱桃树，高大到什么程度呢？反正我得抬头仰望，那些挂在绿叶和细碎阳光中的无数颗红玛瑙，模样可人却遥望而不可即。摘樱桃需要用梯子爬上去摘，然而并不有效，于是主人在树下铺了大片的桌布，以竿摇动树枝，我们则在树下坐观樱桃雨落。樱桃熟时，朋友一个电话，我们开了几小时车，专为这棵树而来。诸暨也算是樱桃的一个著名产地，先人甚至认为诸暨产的樱桃在国内最佳，我们这奔波几百里，专为打樱桃而来，便也有了一种有据可循的仪式感和敬畏感。

小樱桃是一种促进共享的时令鲜果，一人绝对独占不得。人与友共享，与邻共享，还得与鸟共享。鸟儿是特别喜欢啄食小樱桃的。樱桃又名莺桃，就是因为樱桃挂果时，莺儿雀儿争相飞来啄食，故名。莺雀啄落一颗颗琉璃宝珠毫不心疼，飞走时嘴里还含着一颗红通通透亮的小樱桃，仿佛戏谑人类的防不胜防，宣昭自己小小的得意与胜利。樱桃熟时，这些鸟儿飞来飞去，特别勤快，人类与鸟类的拉锯战中，往往以人类精疲力竭告终。于是一个电话，我们从杭州赶到诸暨，想想就会哑然失笑，奔波数百里来跟莺雀抢食。

日啖荔枝三百颗，这珠玉玲珑的小樱桃，日啖千颗也不在话下，而且吃相优雅美妙。有时候，我觉得美人吃樱桃，这个场景本身就具有某种欲说还羞的挑逗性。鲜艳欲滴，娇俏玲珑的小樱桃，在两根纤纤玉指的夹持中，被送入嘤嘤小口，若加上眉目含情，暗送秋波，试想哪个正常的男人，能够抵挡住这样的诱惑？白居易自然也不能。传老白有两个绝色家姬，一名小蛮，腰肢极细，长袖善舞。一名樊素，嘴极小，艳若樱桃，善歌。老白爱死了这一对歌舞双姬，连宰相来讨要都不肯割爱，并作诗称赞，诗赞之中更多的是一种拥有的得意，于是后来有了“樱桃小口”“小蛮腰”的说法，用来赞美绝色佳人。这两位美女一善歌，一善舞，老白在她们的陪伴下，也是度过了许多如沐春风般的仙爽日子吧！可惜老白在将近七十岁的时候中了风，中风直接影响是半身不遂，即便有貌美如花、能歌善舞的小妾在床前伺候，但病痛无有大减，反而心生愧疚，觉得自己快要去西天报到了，还霸占着两个正当妙龄的女子，不如抬高姿态，让她们去寻找属于自己的幸福。“两枝杨柳小楼中，嫋娜多年伴醉翁，明日放归归去后，世间应不要春风。”这真是个艰难的决定啊！

老白以为自己将不久于人世，将佳姬美妾送走嫁人，也好留个善人的好名声。成人之美，乃世间大爱，自己也好走得无愧于己心，无愧于他人。谁知道，大约是老白的善良和大度得到了上天的认可，居然病情稳定，又继续活了七八年，这些年中，白居易对已经离去的爱妾念念不忘，天天想，日日念，可是有什么用呢？素素已经嫁为人妇，最好的做法就是不再去打扰。周围的一切以及余生的一切，留下的只有回忆，真当是此恨绵绵无绝期。

小长假期间，应谷民大哥之邀，去他的农场里摘樱桃。农场里的小樱桃是种在大棚里的，无莺鸟之忧。一颗颗红艳亮泽，胜比红玛瑙。“绿葱葱，几颗樱桃叶底红”，在谷民大哥的农场里，樱桃可不止有几颗，撩开浓绿的碧叶，一大串红透的小樱桃对着我巧笑倩兮。小心将它们托在手中，盈盈一掌的玛瑙珠玑，令人惊艳又爱不释手。

红了樱桃，绿了芭蕉。流年虽然易逝，咀嚼惆怅还不如咀嚼当下的时令盛宴。在恰好的时间，遇见恰好的你，这种经历，不仅值得再花上一整年去等待，而且是过了十几年甚至一辈子，都不会淡忘的记忆。

江南的昂珠，便是如此。

2019.6.27

青苔

阴郁天气下，小吴哥矗立在银光粼粼的水面上，显得尤其深沉，好像一位思考了几个世纪的哲学家，苦苦思索某个问题的答案而不得。门口石阶上的青苔因为经常暴露在阳光下而变得苍白稀薄。几只毛色亮泽的胖猴子在参差的石阶上上蹿下跳，争抢游人抛过来的食物。那些猴子好似几千几百年来就一直守在这里，它们已经完全不惧怕人类，抢不到食物的会走上前来蹲在你面前，以一种无畏而迫切的眼神盯着你，直到你从包包袋袋里掏出点什么。

那些曾经在石阶、石像上长得葳蕤浓密的青苔，被阳光炙烤和风化后，留下了黑白斑驳的苔痕。小吴哥的沧桑石色，便是由这样的苔痕涂抹出来的。它如同一位老人皮肤上深浅不一的沟壑，刻画着孤独，刻画着释然，刻画着阅尽世事的沉默与隐忍。

走进后花园，绿意渐渐浓将起来，青苔的生命也仿佛恢复了一些生机。草已经长到一尺多高，两只蝴蝶在追逐嬉戏，一会儿停在草尖，一会儿比翼双飞。它们飞得那么轻，那么慢吞吞、悠悠然，没有一丝声音。我的听力仿佛被什么神秘的电波屏蔽了，只留下这缓缓渐进的慢镜头画面，心里想着，几千几百年前的这里，这皇宫的后花园里，都发生过什么样的事呢？爱情，阴谋，曾经的山盟海誓，或是为了达到权力目的的虚情假意……多少现实中的剧情曾经在这里上演过，而那些，是我们芸芸众生想都不敢想象的。多少人在这里做过梦，多少人在这里流过泪，还有多少人在这里流过血，甚至失去了生命。两只蝴蝶宛如从前世穿越过来的灵魂，它们轻轻飞着，缱绻环绕着彼此，好像在眷恋着曾经美好的时光。如果是前世的灵魂，那肯定是一对儿相爱的灵魂。

青苔真正的表现舞台，不在小吴哥，而是在塔普伦寺。塔普伦寺古树参天，给青苔创造了良好的潮湿和荫庇环境。坍塌的巨石几百年来没有被挪动过，大板根树在屋顶上长成了参天大树，强劲的根系像自然流泻而凝固了的水泥。浓密厚实的青苔是富有质感的丝绒外衣，包裹住石块和墙垣。可以想象当年法国人第一次发现这已经沉睡在密林里几百年的吴哥王城时，会觉得多么不可思议！

“苔花如米小，也学牡丹开”，如果袁枚来过塔普伦寺，他的观点会不会有所改变？首先，苔并没有花，微观世界里那一颗颗“小豆芽”，是它的孢子。其次，它也并没有“学”牡丹开花。牡丹虽然代表着国色天香，花开时节动京城，但也有不少人认为多有造势媚俗之嫌，元人甚至有一首《贬牡丹诗》，虽然毒舌，倒也有点意思，不妨笑看之：“枣花似小能成实，桑叶虽粗解作丝。唯有牡丹如斗大，不成一事又空枝。”而青苔，低微着自己的身段，绵延成时光的画手，它穿越了时间和空间限制，连接过去和现在，将自己铺成一条生命的河流，低低地、无声地流淌着，宁愿孤独，也不刻意合群，宁愿被遗忘，也不违心。

我尊重青苔，它保持着超越其他一切植物的安静，风来不动，雨来无声，不悲不喜之间，是它巍然不动的静默与凝重。青苔下，埋了不知多少七情六欲和兴衰往事，故事的缘起、演变、高潮与结局，以及盖棺定论后的不再争辩。“沉舟侧畔千帆过，病树前头万木春”，时间的河流不会因为谁而停下脚步，人们早已忘了那些人和事。

青苔，它并不需要去学牡丹开花，它的力量，是穿古通今、隐而有力的。它的力量，是安静的力量，是时间的力量。轰轰烈烈却昙花一现的牡丹，怎么能与它相比呢？两者是完全不同的气质与性格。

秋来了，一片枯叶坠地，无声地落在苔痕之上，那种饱含着禅意的静美，让人心入化境。瑰丽的思想，便在这看似颓废苍凉的心境里得到更深远的升华。心灵通行于天地、自然与万物之间，在青苔宏大而微观的世界里，开出灵性的花朵。

我尊重青苔，它从来不是肤浅表面看起来的微不足道，它具备独特的伤感气质和隐逸气质，在僻静与人迹罕至之处，延展着它们的魔力，在虚实浓淡之间，渲染大美形色。它或许是一个女子的幽怨；或许是一段别离的伤情；或许是对逝者哀哀的思念；又或许是一位高人明智的隐退，以践行君子的行藏之心……

“苔之为物也贱，苔之为德也深”，物为形，德为性，若只是看着表象的形，便无法参透意中的性。你以为它如此微不足道，而它实际上宏大得超出你的思想极限。

观苔，识苔，参透苔，这是一种修行。

2019.7.1

醉夏

阳尽阴生，阴尽阳生，否极泰来，绝地逢生，世间万物在周而复始地循环。人的一生，却如电光火石，相对于宇宙来说，不过是刹那间的一点生辉。年过四十之后，更觉得光阴如白驹过隙，才感春日渐浓，忽而又将夏至，转眼将近年中。

夏至，一年中白日最长的那一天，阳气达到极致。春生，夏长，秋收，冬藏。夏至，不是夏天来了的意思，夏至，是指在这个时令里，万物的生长达到极致，是天地之间“阳”最鼎盛的时候。荷花开了，杨梅熟了，栀子吐蕊，石榴裙红，杏花沐雨，茉莉结香……这真是一曲万物生发的华美乐章。

此时此季，也得做好心理准备要与即将到来的酷暑鏖战。老家临海有“醉夏”习俗，用舌尖上的朵颐，作为对春的一场隆重告别，唤醒了这个冗长但深含意趣的故乡节令，让我们开始一场与炎炎夏日爱恨纠结的缠绵情事。

许多地方立夏吃蛋，临海人多吃茶叶蛋。这茶叶蛋，又叫五香茶叶蛋，五香指的是桂皮、八角、香叶等各种香料。据说立夏吃了蛋，到夏至就不会疰夏。小伢儿疰夏了，会身体消瘦，四肢无力，软绵绵的没有活力。“醉夏”正确的写法其实应该是“疰夏”，但我们临海方言中，疰夏听起来很像醉夏，而我也觉得，“醉夏”两字，实在是要诗意许多，不是吗?

舍不得用茶叶煮蛋，就把平时收集起来晒干的茶叶渣拿出来用，或者问邻居讨要他们煮过了茶叶蛋的茶叶渣渣。农历四月，鸡蛋贱如菜，一年中只有这个时候，才有机会一次吃上三五个茶叶蛋，大人不愠反喜，觉得自己孩子吃得越多，身体越壮，日长夜大，身体倍儿棒。

煮好的茶叶蛋奇香无比，茶叶、香料和老酒的香味弥漫了小房间，久久不散。蛋壳上不规则的龟裂让我着迷，剥开蛋壳，蛋白上有更加清晰的赤褐色龟裂纹，美如大理石纹理，灰黄色的蛋黄喷香不腻，吃完一个，蛋黄零散地沾在了嘴唇上方，也顾不得舔舔干净，眼睛早已经盯着下一个蛋了。

乌饭麻糍是临海的另一种立夏美食，用料相对昂贵，小时候并不是想吃就能吃到。乌饭麻糍的皮子用乌饭叶与糯米制成，呈现出梦幻的淡紫，并非纯黑。皮子表面滚上淡黄色、极度细腻的松花粉，更要命的是，皮子里卷的是一条我最喜欢吃的豆沙，那豆沙也是磨得极细的，吃不出一点点红豆的颗粒感……当我把一口松花皮子合着豆沙抿化在口中时，我就觉得发明乌饭麻糍的人是个天才，你看这种美食，它如此特殊而无可取代。一段完美的乌饭麻糍，它的皮子不可太厚，也不可太薄，黄色的松花粉下隐隐透出暗紫色，令人看不清到底是乌饭的紫，还是豆沙的紫。各种材料质地、颜色之间的搭配，仿佛天作之合，好像它们命中注定要在一起，造就这独一无二、极具辨识度的地方特色美食。青花瓷盘里的乌饭麻糍，是民间审美的一个特别高度。

乌饭麻糍没办法自己做，因为工程和投入太大，我们就到街坊里去买一小段回来，最好是看着阿婆现包。阿婆摊开一张已经滚好了松花粉的皮子，从铁皮盆里舀出豆沙放在皮子上，码成一长条。我们站在旁边紧紧盯着，一定会督促说："阿婆，多放点豆沙，多放点呀！"阿婆极不情愿地添加了一点儿豆沙，边添边说："放过了太鼓，不好吃的！"豆沙太多怎么会不好吃？小时候就觉得阿婆小气，豆沙贵，舍不得多放，只把皮子的重量卖给我们。现在想想，好像阿婆也并没有骗我，一条鼓鼓囊囊的乌饭麻糍，真的没有一条瘪塌塌的好吃呢，个中原因，大概也就是适度才是最好吧！

对于临海人来说，麦油脂，才是立夏舌尖上的重头戏。其实麦油脂不一定在立夏吃，想吃的时候就可以开工，只要自己不嫌麻烦。但立夏肯定要包麦油脂吃，这是传统。至于麦油脂里面包什么，那就是各家自己的事情了，其中牵涉到口味喜好、经济实力等各种因素。石塘人说包麦油脂"无鱼不鲜，无肉不油，无蛋不香，无绿豆芽不松"，海边人，用的海鲜自然会比较多一些，麦油脂里包进鲳鱼、小鱼、蛤蜊肉等，临海人用肉材和蔬菜较多，单看我们家，麦油脂里两样东西雷打不动，绝对不能少：一是菜头丝，即晒干的萝卜丝；二是肥肉。我在《菜头丝与番薯丝》一文里提到过它们与麦油脂的情缘："殊不知，这廉价的菜头丝，却是许多临海本土名食的灵魂配料呢！比如说大名鼎鼎的麦油脂。麦油脂里没有菜头丝，我们是不承认它为正统麦油脂的。就算实在没料，两样东西也能撑起一筒麦油脂：菜头丝和肥肉片。没有菜头丝的麦油脂，我们认为可能是外地人在学样（现在说的"山寨版"）；肥肉必须有，是因为菜头丝和面皮都吸油，没有油星儿，一大口咬起来会很干，下咽时容易噎着。在我看来，隔夜重煎的麦油脂最好吃，肥肉片在面皮和菜头丝之间被煎得滋滋冒油，面皮焦黄，菜头丝喷香，肥肉片与香脆的面皮紧紧粘合在一起，一筒麦油脂里，就那一口是麦油脂第二次生命中的高潮。"

麦油脂的另外一个别名叫食饼筒，但我从不喜欢用这个名字，老临海人也是。我父亲喜欢说食饼筒，我们就觉得他书糊腾腾，觉得他是外地来的，心中平白生出一种排外感来（毕竟我七岁前他一直待在山东）。食饼筒，听起来有点像术语，缺了人情味。麦油脂，虽然并不诗意，却多了些烟火味和地气，至少其中的"油"和"脂"两字，就让我们在那个没有油水的年代，一年到头有了些许期盼。我常常觉得"脂"应该换成"滋"，叫"麦油滋"更好，它让人想起夏至时令到来时，家家户户的煤饼炉上支起鏊盘，搅起面糊，母亲撮一把挂而不断的面糊，顺着妖娆的手势在鏊盘上抹几圈，然后就能揭起一张均匀浑圆的麦油脂皮……它又让人想起母亲将隔夜的麦油脂放在锅中，加少许菜油重煎，肥肉片粘在麦油脂皮上，在烧热的铁锅上滋滋冒油发出悦耳的声音……

这个夏至，身在杭州的我，没有口福享受老家临海的节令美食

（除了随处可见的茶叶蛋），倒是得了疰夏的症状，连续一周不适。那种症状，像是在心胃底下生着一小坛微火，慢慢烘干了胸腔和五脏六腑，梅雨连绵不断，又使人筋骨胀痛，生出许多心烦来。到这个年纪，适应变化的能力明显变弱了，好像老君炉里的孙悟空，身子被三昧真火烤着，心里无比渴望花果山的清凉与自在。光阴静好，突然又有了咫尺天涯的感觉。

醉夏了，就让它醉吧！我们的先人能把令人不适的症状，也取出那么富有诗意和情怀的名字，可见心中对生活的热爱是高出我们许多的。没什么大不了的，随遇而安，也是一种智慧呢，就像夏日的莲花一样，从从容容地出尘入世，多好。

2019.7.9

带鱼凶残

三百六十行，行行出状元，卖带鱼也卖出了新高度。摊主不惜血本装了高亮灯泡，大白天开得明晃晃的。摊放在泡沫板上的小眼带鱼，看似不经意摆放，实则用了十二分心思：朝哪个方向摆？哪一面朝上？怎样看起来更新鲜、更扎眼？都有讲究，目的是使带鱼在灯光照射下，能够呈现出最大限度的亮度和光泽。

我经过带鱼摊位，眼睛真的被明晃晃的一摊银白色刺着了，多看了几眼，摊主马上招呼："本地带鱼，刚到的本地小眼带鱼！"

现在吆喝，想要货卖得好，得说"本地"。本地带鱼、本地栗子、本地草莓、本地油麦菜、本地老母鸡……以舶来品为吃香的年代似乎不复存在。就拿带鱼来说，本地带鱼，我们江浙一带指的是舟山的内港带鱼，这种带鱼头小嘴巴尖，身材特别好，纤细苗条，浑身如同镀了银一般细腻发亮，总之用一个词形容其长相就是——秀气！

当然这种秀气是相对于外地带鱼来说的，如果我们没有见过外地带鱼，是断断不会将“秀气”二字用在带鱼身上的。带鱼本身长相就不温柔，在水下也是性格凶残的鱼，为了抢夺食物，甚至敢于噬咬同类。古人记载了捕鱼者用一块干带鱼肉作为诱饵来垂钓，一条带鱼上钩后，“诸鱼皆像衔不断，掣取盈船”。一条带鱼上钩，竟然能哗啦啦地拉上一连串足以“盈船”的带鱼，此景蔚为壮观！同时也说明了带鱼这种生物的凶狠与贪婪。

古人描述的是八月中自外洋来的带鱼，这些洋带鱼数量巨大，千百成群，我们江浙一带称它们为“外地带鱼”。外地带鱼特征明显，一眼就能分辨。首先是体形巨大，五大三粗的，长度达到一米以上司空见惯。体形巨大意味着肉多，当然骨头也大，吃外洋带鱼经常会吃到鱼骨中的白色球丸状物，这是一种骨质增生，叫“枕骨瘤”，从热带海域远道而来的洋带鱼身上很常见。洋带鱼还有一个特点是头大眼大，眼珠子发黄，暴突而出，像个甲状腺患者一样。下颚较之上颚突出，几颗坚硬锋利的犬牙竖起，很容易勾在渔网上。我在清洗一条冰冻的外洋带鱼时，发现此鱼生前勾破了渔网，一簇残破纷乱的网线嵌在交错的犬牙之间，清理过程中，一不小心被犬牙划破了掌心，洗出一手鲜血，至今疤痕仍然横亘在掌心的生命线中，提醒我带鱼的凶残。

所以带鱼不是以大小论价值。越大越长越粗，反而越便宜越贱。肉粗，油脂质量差，属于下等海鲜。明人的《五杂俎》提到福建沿海的超级外洋带鱼，“长丈余，无鳞而腥，诸鱼中最贱者，献客不以登俎，然中人之家用油沃煎，亦胜馨洁。”这种巨型洋带鱼，虽然肉多，然肉粗，腥味大，上不了台面，用清蒸肯定是过不了关的，只能用深度油煎的办法烹饪，才能吃出个“香”字来。

再来看看我们舟山内港的极品本地带鱼。物以稀为贵。如果产量巨大，就算好吃，也谈不上“极品”之说。本地带鱼中的极品叫“小眼带鱼”，跟洋带鱼的暴凸眼形成鲜明对比。张飞穿针——大眼瞪小眼，可以形容一个是张飞眼，一个是针眼。很多鱼都是眼睛越小越珍贵，比如梅童鱼，亦是如此。小眼带鱼头小、嘴小、眼小、身材小，唯一不小的是价格。明朝胡世安说：“西王母度东海，侍女飞琼腰带为大风所飘，化此鱼。”飞琼的腰带，化的肯定是咱本地带鱼，那种纤柔飘逸的美态，在笨拙硕大的外洋带鱼身上是怎么也比拟不出来的。

一年中冬至前后用雷达网捕的小眼带鱼最为珍贵，乃极品中之极品，形美、肉嫩、味鲜、脂厚，鲜中带甜。那种鲜味可以形容成带点清甜的油鲜，以清蒸之法礼遇之，能够打破我们对“鲜味”极限的认知。这样的带鱼，也必须交予烹饪高手去处理，否则一不小心憾成暴殄天物。

朋友邵姐家有一位神秘的神厨，祖籍台州温岭。为啥说他神秘呢，因我还不知道他的姓名和长相。本来是有机会见面的，但聚会那天晚上由于急着去接女儿下夜课，错过了与神厨见面的机会。神厨是隐居在民间的一位高人，平时在邵姐公司上班，邵姐的朋友聚会时出手献艺，令人称奇的是他不喜公开身份，也并不想用自己的超群手艺谋生，只为兴趣而作。神厨有自己专门采购食材的地方，毫不夸张地说，他的手艺尤其是烹饪海鲜的本事，简直可以说已臻化境，是我活到半百遇见的一等一高手。五星级酒店、黑珍珠餐厅，虽然擅长摆盘，若以味道上比拼，在他的功夫面前恐怕要显得花哨而不实！民间有高人，可叹因缺少平台和机会给他们展现才华，最终大多是隐没在了人间。

我们老家台州靠着东海，靠海吃海，以前一直吃的本地带鱼，多为清蒸或清煮，很少红烧或油煎。蒸好几小段装在盘子里，虽然量不多，箸头剔剔蘸蘸，连汤汁都津津有味。但是时代渐变，带鱼也像其他物品一样，舶来品越来越多，自从洋带鱼进入市场以来，以更低廉的价格、更丰富的肉量，将本地带鱼渐渐排挤出去。我家厨房里，带鱼多成了油煎，母亲把它们切成一指来长的段，油煎之后摊在圆簸箕上晾晒，可以保存很久。吃时拿几段出来煮熟，那叫“做人家”（节省），会过日子。时日久了，以至于我只记得油煎带鱼的香，而忘了它的本味——鲜。

然如今，柔嫩鲜美的本地小眼带鱼，时令来时竟然要卖到几百元一斤。要吃一盘用清蒸来保住本味的雷达网小眼带鱼，成了一件极其奢侈的事情！想解解馋，都不是那么容易了。

带鱼凶残，物价也凶残。

2019.7.11

七夕和乞巧

中国人自古以来的爱情观，似乎有走极端的嫌疑，非要无所不能地把人的心肝儿撕成片片粉碎，方为极致的悲剧之唯美。且看经典的民间四大爱情传说——《牛郎织女》《梁山伯与祝英台》《白蛇传》《孟姜女》，哪一个故事里的鸳侣得了善终？只在白蛇传里，添了个别扭的尾脚，说白素贞之子长大后高中状元，于雷峰塔中救出母亲。心灵备受折磨的我们暂时松了一口气，放下哀伤，忙自己的事情去了，却也从来没想过：这白蛇若果真从雷峰塔里出来，许仙还活着吗？还能活几年？这人蛇结合的娃，到底是人寿还是仙寿？否则，长生不老的白素贞，不是照样要忍受与亲人分离、与宇宙同等漫长的孤独和思念？还有一个《孔雀东南飞》，我也是看不下去的，一旦往深处想去，必是痛不欲生，恨不得自己从来没听过这个故事。

七夕在我眼里永远是个悲伤的日子。也怪我入戏太深，毕竟只是一个编出来的故事嘛！七夕，民间是很热闹的，因为这是姑娘们的节日。姑娘，自然指未嫁的年轻女子，涉世不深，哪里能真正体会到织女的苦情？

七夕这个节日，古代称为乞巧节。何谓乞巧？意思是祈求自己能变得心灵手巧，那么向谁乞求这个“巧”呢？天上的织女，纺织业的神仙。古代对女性的要求，除了仪容，另外一个重要方面是女红的技能高低，女红活儿不行，长得好看也会被认为是笨手笨脚，不是好女人。拿我奶奶举例子，她天生块头大，巴掌大，脚也大，裹小脚什么的都不成功，在过去找婆家是很麻烦的，但她女红的活儿好，是女子学校里教女红的先生，手虽然粗大，绣起花来一点儿也不含糊。小的时候，奶奶还想教我绣花，谁知我虽然有一双纤纤玉手却是个教不出的材料，主要是对针有恐惧感，总担心一不留神忘了那细细的针放在哪里，便扎了下去，譬如草席上、椅子上、毯子上、毛衣上，让人坐立难安。我奶奶长得不秀气，外表挺霸气的，但我那学问很高的爷爷还是娶了她做老婆，因为一个有耐心绣花的人，她的心一定是很静的。俗话说，女人，大美为心静，中美为修寂，下美为形貌。修寂，可以熏香、练字、吃斋、念佛，可以做一切使自己静下来的事情，但归根结底，是借助外力来修炼内心。而真正的心静，它是从内心由内而外生发出来的天然气质，它像我们点的那炉沉香，散发来自灵魂的香气，感染周围的环境。它必须带着自发性、原创性。静的过程中，思想却没有停止运转，一直在酝酿其独一无二的特质，就像奶奶指下那枚细细的绣花针，在一张白布上，描绣出她内心世界里的细小变化。

求织女赐予心灵手巧的天赋，这跟织女的爱情悲剧故事没什么必然联系，纯粹属于女人间的事罢了。七月七这天，民间的姑娘们是很高兴的，织女高兴不高兴我就不知道了，或许看到民间姑娘们这么兴高采烈，她的情绪也会被感染，暂时放下悲伤，忘却自己与亲人的骨肉分离之痛。在我们老家台州的多个地方，这一天有大型的祭拜和祈福活动。

玉环人拜七仙女的特色是独创的巧人酥，它属于一种乞巧果，但与大众普遍认为的油炸类甜食乞巧果子有区别。玉环的巧人酥形状为巴掌长的条形，有点像个小人偶，带馅，无外乎麻芯、豆沙、椒盐、莲蓉、五仁等，类似月饼的馅料。既是拜七仙女，民间就很注重这个“七”字：除了巧人酥之外，还要备齐七种时令水果、七杯酒、七色丝线绳，祭拜完毕后，丝线绳系在孩子的脖子上。样样都要凑成个“七”，我们现在可能觉得有点强迫症嫌疑，但也反映出古代人们对此祭拜认真和重视的程度，务求尽善尽美。农村里的姑娘还会去采来七色花朵，撒在盆中，夜晚端出去放在露天的天井里，更迫切一点的干脆放在屋顶上面去，用来接露水。那露水不是露水，据说是牛郎织女的眼泪。接了他们的眼泪来干什么呢？第二天用来擦眼睛，说是能明目，或者用木槿叶子浸泡了这露水洗头发。木槿是具有护发功能的，我在专门写木槿的文章里提到过，我们的前辈就是用木槿来进行头发洗护二合一的。

用“眼泪”来擦眼或者洗头发，总给我一种涩涩的感觉。这对儿悲情的异地夫妻，也给人间制造了足够话题。以前还会听信大人的话，夜晚在黄瓜架下屏气凝神，偷偷听牛郎织女互诉衷肠，有轻轻的啜泣，有柔柔的情话，有心酸的泣诉，也有相逢的欣喜，其实都是我们自己美好的想象而已。真的在黄瓜架下听到什么窃窃私语了吗？没有，除了蛐蛐儿蟋蟀执着的呐喊，还有几只夏蝉的聒噪。小时候是不会明白的，大人们说的那些神奇现象自己怎么感受不到？或许大人们只是想让我们这些夜不休的娃娃们安静下来，早点睡觉。

对于这个七月七，温岭石塘人搞得更大了，他们有规模相当的小人节。小人，在台州方言中指小孩子，临海人更多用“小佬人”称小孩。这些方言并不是浙江省内通用，万一用错是要出问题的，譬如我记得老师讲过，临海人说的“小佬人”是小孩子，到了宁波一带，“小佬人”就有“小老婆”的意思，万一讲错，是要闯祸的！

温岭石塘的小人节，就是专门为未成年人准备的节日，他们还用纸扎成彩轿子、彩亭子，其精致程度跟我们临海元宵节的细吹亭、锣鼓亭有一比。当地有专门从事此行业的手艺人，扎的纸亭子有一、二、三层。三层的叫“满金亭”，上有精巧装饰如彩画、人偶等，用三层满金亭的一般是满十六岁的孩子，或者条件好的家庭，对祭祀用品要求高。这些亭子等祭祀完毕都要烧掉，在劈劈啪啪的鞭炮声中，载着人们祈求的愿望，烧给天上的七仙女。利用火进行焚烧，让实物化成烟化成空气，这是民间认为人与神沟通的一个重要渠道。

“纤云弄巧，飞星传恨，银汉迢迢暗度。金风玉露一相逢，便胜却人间无数。柔情似水，佳期如梦，忍顾鹊桥归路。两情若是久长时，又岂在朝朝暮暮。”这是我老本家秦观最著名的一首词《鹊桥仙》。词中悲喜交集，细思让人肝肠寸断，仿佛一段白生生完美的藕节，被横刀斩断，那丝丝缕缕不断的，都是滴着泪的藕丝……这最后一句，虽是抱着乐观态度看待问题，实则也是无可奈何的自我安慰，普天下，哪一对儿有情人愿意如此？哪一对儿有情人能够忍受如此？

人间的姑娘们求仙女，拜神仙，祈求好手艺好姻缘，殊不知天上的仙女，多么羡慕人间的自在和柴米油盐的相守呢！懂得珍惜身边人吧。

2019.7.16

九仰坪

先生老家富阳有个地方叫九仰坪。第一次听到这个地名，误以为是“久仰坪”，心里嘀咕：这个地方什么来头？口气挺大，难道有什么能让人高山仰止的典故？

狗年阳历最后一天，冬雪，我们开车进山。在这之前，我略做攻略，才知道自己一直误解了，此九仰，非彼久仰。

九仰坪的全名应该是“杭州市富阳区新登镇湘溪村连山自然村”，但人们似乎更多知道九仰坪大名，它大气开阔，朗朗上口。坪为开阔平地，在新登一带，以坪命名的地方特别多：天井坪、大树坪、猛虎坪、白羊坪、塘边坪……九仰坪此名的意思是：要到达这个目的地，需经过九座大小不一的山岭坪地。这九座坪分别是哪九座？众说之间有分歧。根据富阳农林局的景区指示牌，这九座坪分别是：大高坪、小高坪、塘边坪、吃饭坪、香水湾坪、阴山坪、天久坪、四季坪和蹋脚坪。可以称为“坪”的山岭间平地肯定不止这九座，在中国文字中，九是一个被高度虚化了的数字：九五至尊、九九归一、九九八十一难……它代表着极致、顶级。富阳人说："要想登上九仰坪，头需仰上九回九。"这个九，不一定是数学概念上精确的九次，它指次数多，其中，也带着一种被神秘化了的敬畏之情。

雪中的九仰坪有一种我未曾见过的韵味。在落雪的季节，它当然没有了传说中那让人惊艳的花海，没有紫色的满山红和赤红的映山红绵延成片，也没有了浓浓秋意渲染出来的红杉落叶古道。它没有了漫山遍野粉色野樱花熏蒸出来的浪漫与唯美。冬雪覆盖下的九仰坪，寂静、沉默、严肃，好像一个正在沉思的人。

在众多坪中，为什么九仰坪一枝独秀，鹤立鸡群呢？它并不是新登的最高点。新登第一高峰为唐峰尖，海拔七百多米，九仰坪位置处于唐峰尖山腰地段。当我们沿着并不陡峭的山路往上走，确实有一坪更比一坪高的感觉。雪地上，被行人和车轮压出来的地方，裸露出暗黑色的泥土，让人分明辨出那是一条路。快到坪的最高点时，那条暗黑色的泥路，仿佛变成了看不见尽头的一条天路，在灰蒙蒙的冷冽的雾气中，通向云霄而去。这景象让我震惊不已，眼看着一条好好延伸的路，被两边参差团簇的灌木丛拥簇着，突然就消失在能见度极低的环境中，恍若断了去路的悬崖边，让人惴惴不安，不敢靠近。

而其实，那一边只是下坡而已。

这时站在九仰坪最高点，答案就揭晓了。这里的山窝窝里，深藏着一个世外桃源——被称为最美原始古村落的连山村。它静静躺在山窝里，被唐峰尖连绵的山峦轻轻怀抱，安静得像一个熟睡的婴儿，而实际上，它却是一个老态龙钟的耄耋老人了。

连山村小得惊人，十分钟步行走完。这也算一个村？游人常产生这样的疑问。村口有章氏宗祠，证明这里住的是章氏家族后人。据族谱记载，该村鼎盛时有一百多人，如今仅剩不到二十位高龄老人不愿搬迁，坚守在家园土地上终老。明末清初，章氏祖先选择了这块深藏不露的山坳定居，也是为了躲避外界的战乱，想不到百年下来竟然能够在此安居乐业，香火不断，真是难得。

章氏家族里的章氏仔钧公家训，让人印象深刻，且看这几句："传家两字曰耕与读，兴家两字曰勤与俭，安家两字曰让与忍，防家两字曰盗与贼，亡家两字曰嫖与贱，败家两字曰暴与凶……子孙不患少而患不才，产业不患贫而患非正，门户不患衰而患无志，交游不患寡而患从邪……"可见章家老太公的学识非同一般，这"两字"经，字字简要有力，字字浓缩一方为人处世的大智慧，实在是比那些长篇累牍的说教来得震撼人心。这家训，不仅章家后人，吾辈人人应揣摩而学习之！

站在九仰坪上看连山小村，那雪景，是让我终生难忘的，它让我想起了北欧山谷里的小山村，两者竟然如此神似。几十多座黄泥石头墙垒成的房子抱团在一起，就像当年为躲避战乱而躲在这隐秘山窝里抱团求生的章家人。"人"字形屋顶覆盖黛瓦，部分被雪遮掩，略显黑白斑驳。这些房子搭建在古老的梯田之上，高低相错，屋后有参天古木拥围：古茶、古榧、古枫、古槭、古银杏、古连香……据说这些树木的年龄比章家几代人还要老，天然石英砂岩里渗出来的山水，原来不仅能造就高寿的老寿星，还能滋养百年老树呢！

这些人的生活，想必也是极其简单的，与外界隔绝情况下，欣欣然营造着自己的小生态：挖笋、采药、食野蔬、饮山泉，摸溪里的螺蛳、掘地里的番薯、摘树上挂的白果、抓屋前跑的土鸡，可都是舌尖上的山林野味呀！采菊东篱下，悠然见南山，按照祖先家训，既耕且读，即便清贫，也不落下对心灵的滋养。我们今日营营而求之的农家乐、民宿，跟这里比起来，多出了些东施效颦的尴尬。从来都是，天然最好。

山里的雾气很浓，浓得化不开，迷人眼。远眺城郭，只见一片迷茫，十几米开外，只闻其声，不见其人。面向唐峰尖山峦这一侧，能见度高出许多，仿佛那些蓊蓊郁郁的古树，将雾气吸了大半进去。从坪顶下眺进村的古道，也覆盖着皑皑白雪，雪地上的印迹稀少，好似无人出入之境。三岔路处有一泓碧水未结冰，绿得像一块儿极其深沉的翡翠。

一丛已经枯黄的狗尾巴草在坪顶的冬风中摇晃。狗尾巴被一撮半指长的雪压弯了腰，茎却仍旧倔强地挺立着。平常不起眼的狗尾巴草，此时突然变得像秋日的芦苇那样美，那样沧桑。几个来自杭州的旅游的人在旁边支起帐篷，燃起炭火，说要在山顶过夜。我听说九仰坪上不仅有铁皮石斛这样珍贵的药材，还有云豹这样的珍稀野生动物，下山的时候，见到路边有奇怪的动物脚印，不禁替山顶上那些旅行的人们担心起来。

离开九仰坪，从山顶往下眺望连山古村那个场景一直无法淡忘。它的色泽那么自然，那么美，在雪天里，有一种出奇的娴静淡然、与世无争，安详得就像村里那些已经做好随时面对人生终点站的老人，他们孤守在祖先植下的根上，坚定而无欲无求。

和大自然共处，最后融为一体，真的不需要想太多，把自己交给它就是了。

2019.7.18

仙居八大碗

中国人喜欢数字八，这是毋庸置疑的，房子买八楼，车牌号和电话号码要带“八”，结婚日、喜庆日选带八号的日子，红包要包进带八的金额……带个八，仿佛充电似的给自己充满了自信心，就能觉得比别人厉害出一大截。付出金钱来证明自己比别人优秀，给了自己满足，给了他人激励，倒也挺好。如果没有经济实力，一般不会想那么多吧？没实力还要装八，那叫“霸王硬上弓”，很容易扯伤自己的！

“八”这个数字在中国历史上一直是被垂青的幸运儿，王公贵族喜欢，平头百姓喜欢，除了“王八”“王八蛋”，我还真是一下子想不出什么关于八的不好说辞。南方人对这个就更讲究、更崇拜了，八即发。八八八，发发发，念上几遍，神清气爽，上下通气不抑郁，对生活顿时充满了希望，眺望得到前程似锦的光芒。要是安排的编号为四，整个人就像哑了火一样，蔫了，话说这心理暗示的效果还真是明显。广东人这么喜欢八，据说跟佛教的盛行有关。说广东人迷信，其实是受佛教的影响所致，释迦牟尼的生日是中国农历的四月初八，在清朝，这一天是个例外，不理刑名。佛教喜欢八，喜欢到什么程度呢？佛教中的八宝，又称八吉祥，用八种物象来象征佛教的威力，这是八种略显复杂的图案（轮、螺、伞、盖、花、罐、鱼、长）。其中比较难以从字面理解的是“长”。“长”为盘，是一种无穷无尽盘起来的幸运结，代表着思想和福祉等绵延不尽地传承下去。还有佛教中的十八罗汉，本来应该是十六罗汉，硬生生给增加了两位。

对于道教，“八”的意义更加毋庸置疑了：八卦、八字、八方、八宝……八卦代表了整个宇宙的运行规律，是世间万物的衍生基础，所有现象都可以用它来找到解释，一个八卦，把宇宙间的万事万物都囊括在里面了。道士根据一个人的生辰日期，找出对应卦象，推算出他一生的运势，这就是我们经常听到的“生辰八字”。当然，我是不相信这些的，但存在即合理，八卦的这套理论在中国历史上驰骋那么多年不倒，自然有它的特殊意义，譬如，它周密的理论系统，足以成为人们精神上的寄托或指引，为在漫漫生命旅程中对自己和世界产生质疑与迷茫的人答疑解惑、指点迷津。

台州仙居，闻名知意，传说是仙人居住的地方，有著名的5A级景区神仙居，总而言之，被认为是神仙青睐的地方。我奶奶祖籍仙居，得名王仙送，这名字也很有意思。想着我奶奶当年也是一个呱呱坠地的小女娃子，带给家人多少希望和快乐，故而长辈赠名“仙送”——神仙送来的礼物，倏尔白发苍苍，伛偻地牵着我的小手，憾未能早点相逢在人世间。生老更迭，代代繁衍，用大跨度的眼光去看人生、看历史，有时候真的会让人情何以堪，感慨一生是如此短暂。

奶奶跟我讲故乡的八大碗，是的，就是仙居鼎鼎有名的八大碗。

当然，没有烧给我吃过，至少没有一次性、具有仪式感地烧过。从我有记忆的时候起，家道已经衰落，经过九曲巷大火之后，直接返贫，八大碗成了奶奶口中的传说。

仙居人的八大碗，分为上四碗和下四碗。上四碗包括敲肉、翻碗肉、海参和莲子。莲子是甜品，没有莲子用白扁豆代替。翻碗肉我写过，可以参见《紧火粥，慢火肉》一文，文中最后提到了翻碗肉："仙居有名的翻碗肉，同样诠释了'紧火粥，慢火肉'这个原则。翻碗，顾名思义，一顿不吃完，将肉翻个面装入另外一只碗里，留待下餐继续食用。并非肉多得吃不完，而是平常百姓'做人家'（节约）的一种表现。毕竟以前吃肉是件大事情，是归入打牙祭范围的，一般只有在婚宴、寿筵或节庆日子里，才有机会大快朵颐。制作经典翻碗肉的过程需经过焯、炖、蒸几道程序，光是文火慢炖这一道就需要至少两个小时，没个半天工夫做不出这道菜。但出锅的肉色泽诱人，红亮肉皮泛着琥珀般的光泽，肥而不腻，入口酥糯……"至于八大碗中的海参，之所以入选一则因为食材高档、营养丰富，二取的是子孙之意，因为"参"在台州方言中音近"孙"、寓意多子多孙、人丁兴旺，家族昌盛发达。

下四碗是：大鱼一整条，不斩头尾，通常用鲤鱼，鲤鱼跃龙门，寓意好得胜过鱼肉本身味道。肉皮泡，将猪皮炸起来晒干，吃的时候用温水泡发，下汤尤佳。豆腐，是大块大块的盐卤豆腐，因为又大又白皙，当地叫它人脸豆腐，其实是巴掌大小，说人脸是带了民间常用的夸张手法。最后就是仙居人最爱吃的本土美食泡鲞。

泡鲞像我们临海的泡虾，但又不同。仙居的泡鲞是拳头形的，面粉团下锅油炸，里面裹着切碎的鲞（咸鱼干碎颗粒），条件好了，面粉里调进鸡蛋液，就更香了。炸好了像黄皮梨子，实笃笃模样，其实外脆里韧，很有嚼头。

泡，在台州方言中多指油炸，油炸导致泡起（膨胀起来）。台州人很少直接说油炸的，炸油条说泡油条、泡天罗丝。泡油筋爪是炸番薯干。油泡，是豆腐切小块炸起来的……别看泡鲞土里土气，它可是八大碗中的“鳌头”。八大碗中具有代表性的一道菜，不是大鱼大肉，不是海参或鱼胶，而是“土鳖子”泡鲞。泡鲞土得实在，土得接地气，是仙居人的心头所爱，在八大碗里排第一碗。我还记得奶奶跟我说泡鲞时的表情，是带着一种本土性骄傲和亲近感的。因为炸泡鲞耗菜油，返贫的我们自然无力承受，只有几次乡下关系最好的亲戚（比如树叔）来探望时，又恰逢大节，奶奶才会做一做泡鲞，当然是没有蛋液也没有鱼干，整一块加了点粗盐的油炸面饼。端上桌时奶奶总忘不了解释一下目前的窘境，条件有限，巧妇难为无米之炊，大家都能理解的。偏我是小孩子口没遮拦，说：“奶奶，奶奶，泡鲞没有你说的那么好吃！”事后奶奶一定不忘再跟我解释并且描述一遍正宗泡鲞的做法和味道，这让我很为难，毕竟要带着想象力去品尝一种食物，对直白的小孩子来说，太具有挑战性了！

光是吃太无聊，仙居人把八仙引入了八大碗，饭菜上桌一定要摆在八仙桌上，排列摆放严谨有序，虽然菜品朴实，仪式却是十分隆重，每道菜对应一位神仙：莲子对应蓝采和，海参对应韩湘子，敲肉对铁拐李，翻碗肉对汉钟离，肉皮泡对何仙姑，大鱼对吕洞宾，豆腐对张果老，而这泡蚕，对应的竟然是曹国舅。曹国舅出身皇室贵族，想来未成仙之前，过的也是钟鸣鼎食极其富贵的日子，却被仙居人用来对应最本土的朴实小吃泡蚕，看来在仙居人心中，泡蚕才是真正的人间美味啊！

2019.7.24

与谁同坐轩

时序更迭，浅夏已至，卉木萋萋，荷色渐起。生命总是在轮回，与谁同坐轩前，一年一度的新荷，又弥漫了水面，赏荷的时节，又将来到。

天下园林之翘楚——拙政园里，有一颗小巧却莹亮的珍珠，镶嵌在西园一岛东南角，它有一个特立独行的名字——与谁同坐轩。

与谁同坐？清风，明月，我。这话是苏轼说的。这句话从不同角度可以读出几个意思：一、吾清高自傲，孤芳自赏，俯视人间，才华如我者几？谁能与我同坐？二、洒脱，顿悟，出世。历经世事无常、百种沧桑，最后发现，心融自然，才是风月无边。三、人性中的终极孤独。人生的本质是赤条条来去无牵挂，无论谁，相对于宇宙和时间来说，终究不过是天地之间一沧粟，来于尘，归于尘。

与谁同坐轩是一座水岸边的迷你小亭，这个亭子的主题是扇子：顶盖是扇形，花窗是扇形，美人靠是扇形，石桌是扇形，扇形吊顶上悬挂着一盏扇形宫灯……此轩为不折不扣的一个扇亭。轩背后的山上有一小小笠亭，造型为斗笠状，看似简单，其实是为配合水边与谁同坐轩而设，当我们从合适角度远观，笠亭与扇亭无缝对接，拼成一把打开的折扇，如此精妙的心思，实在是匠心所至，惟妙惟肖！与谁同坐轩，一个江南园林的水岸小亭，因为其特殊造型与地理位置的巧妙而大放异彩，被人们与北京颐和园里的扇殿相提并论，所谓南扇亭，北扇殿，遥相呼应。

甲午战争前三十年，相对来说社会暂时稳定，经济较为发达，洋务运动轰轰烈烈，出现了曾国藩、张之洞、李鸿章等一众名臣，被认为是大清王朝最后一段繁荣时期，这段清朝的回光返照期被称为“同光中兴”（同治与光绪）。这时的苏州，出现了一位传奇人物——以盐业发家的张履谦。张氏祖上并不从事盐业，而是在山东做扇子生意，制扇卖扇，仅以维持生计。早期沿街叫卖，忍辱负重，自是吃了不少苦头，渐渐地苦尽甘来了，开盐场，开钱庄，开典当，开百货店……因为盐场在苏北，后来张家全家迁至吴地。

张家的发达速度令人咋舌，从承包盐场开始，仿佛踏上了财富快车道。当时的清政府实行盐税承包，给盐商发牌照，谁拿到这个经营资质，就像拿到了芝麻开门的通行证，财富快速积聚，张家迅速成长为两淮大盐商，成了纳税大户。纳税多，捐款多，自然更得清政府青睐，张履谦得了户部山西司郎中的官职，并给自己心爱的长孙，后来被称为昆曲名家的张紫东也捐了个小京官当当。这个在金汤匙银汤匙里培养出来的张紫东也是个传奇人物，咱们这篇里暂且不表。

光绪三年，张履谦以6500两银子的价格，买进拙政园西园，估摸着算一下，大概相当于现在的人民币100万至150万之间。当时正值拙政园最破败的时期，虎落平阳无人识，一代名园蓬头垢面，颓废不堪。张履谦斥巨资进行了修缮改造，现在看到的很多著名建筑，如卅六鸳鸯馆、十八曼陀罗花馆、浮翠阁、留听阁、塔影亭等，都是当时的杰作，当然也包括这个小到不起眼却星光灿烂的与谁同坐轩。

与谁同坐轩的实墙上开了两扇门，也有人说它们是窗，是团扇形状的落地窗，一扇对着倒影楼，一扇对着卅六鸳鸯馆，俱是隔水相望。轩前荷风阵阵，烟波碧碧，熏风自南来，荷香自水开，扇形造型仿佛拉开了广角镜头，使人环顾四周时可见不同景致，似一卷画轴在眼前铺展开来，所以亭虽小而视野开阔。我们去的那日，正逢雨天，无数雨点落在新舒展的荷叶上，在空蒙的水汽中，莹莹发亮，颤颤滚动，真真诠释了大珠小珠滚玉盘的美妙景象。两只鸳鸯缱绻相伴在水面悠游，另外一只鸳鸯不知何故落了单，独自在雨中的塘边一隅徘徊，让人看了颇为伤感。这幽幽温婉的雨中荷塘，一时间，竟让我看得发了呆，入了神！

与谁同坐？遥想张履谦当年，生意场上金戈铁马，意气风发，福禄寿喜，都成了囊中之物。当初6500两银子买了个破败的园子，也是遭到很多人反对的，认为园内冤魂太多，阴气重，比如投井的奴婢，吊死的丫鬟……各种人间悲喜剧埋葬在这草木萋萋的园子里。但阳气正盛的张履谦拍着胸脯说："凭我三年运气，就敢买！"这时的张氏绝对是一个唯物主义者。

我很敬佩张氏的为人，一个人的成功绝不是没有道理的。从遗留不多的记录中可以看出，他是一个审慎又务实、低调又自律的人，在做生意上深谙经营之道，在生活中深谙做人之道，他的智慧，是多年从商沉淀出来的脚踏实地与极其优秀的契约精神。

张履谦大力修缮拙政园西园，两年后举家搬入，沉寂了许久的拙政园里，又开始上演影影绰绰和悲喜交加的故事，响起了清越委婉的昆曲之音，升腾起了春夏秋冬的人间烟火之气。张履谦将此园命名为“补园”。一个如此精致而奢丽的江南私家园林，为何要取这么一个又破又土的名字？补园，捡漏捡来的破园子修修补补。张的刻意低调在这里表现出来了。

中华人民共和国成立后，张家将补园捐给了国家。人说富不过三代，张家偏偏打破了这个魔咒，张家后人在各个领域均有建树，据说有一家门出了十四个同济人的辉煌，被人们津津乐道。取舍之道，拿捏有度，得失之间，智者见智，可以说是张履谦开创的家风和处世观，不仅撰写了自己成功的一生，也给后代带来了福报和启示！

2019.7.25

小巷

不知从哪里飘过来一片厚重的云，原本蓝天白云下晴朗通透的小巷，突然变得阴郁起来。云翻滚着，势力渐长，一会儿，整条小巷上空阴云密布，原本温柔安静的小巷，也变得诡异起来。

小时候便在这样一条小巷里，见证着她的脾性。说她是个撑着油纸伞的江南女子，那一定只是给外人的第一印象，对于深居其中的人来说，这女子，若是鲜活的，她必定也是有城府，有脾性的。油纸伞遮住了她的幽怨，留给他人的背影之美，是观赏者眼里的影像和揣摩。幽怨是只可远观而不可亲近的，亲近了，你会被那旋涡卷进去，拔不出来。

而在我心目中，那样的巷子，更像我爷爷。

墙角，长满了墨绿的青苔和爬山虎，爬山虎曲虬的藤蔓，如同爷爷手臂上苍老凸起的筋脉；黑瓦白墙的风火墙，也像他一样冷峻、固执、威严。木格子窗棂泛出的蜡黄灯光，让我产生了一种错觉，爷爷仍然在病榻上就着美孚灯的昏暗光线，手不释卷，当下欠缺的，只是窗格上一个黑色的剪影而已。

小巷不语，像爷爷的寡言。他有那么多故事，可是选择了把它们埋葬在心底。巷子越深，埋在他心底的故事和经历就越神秘。那些故事，伴随着他的离世，如书籍焚烧后的灰烬，没有留下只言片语，他选择了随风而散。

小巷不是完全死寂的，它还有一丝生命的气息，断断续续，时而游移。你看那墙角的木槿，每年六月如约而来，清丽的粉紫中泛出粉红，带着青春的气息。爷爷说，诗经里有“有女同行，颜如舜英”一句（舜英即木槿），他把我这个小孙女比作舜英。每次我去看他，他用两指捏捏我木槿花般绯红的小脸蛋，经年严峻的脸上，便如埋藏在海下的礁石浮出海面，泛出一些水的温柔光泽，又像残垣断壁边的木槿开放了，在古老厚重的沉寂里，开出了一丝生命的气息。

老台门，是小巷里常见的建筑，厚重的木板门上，挂着两个兽形锁环。门常常是紧闭的，即便是虚掩，也沉重得推不开去。爷爷的心门，也是沉重得推不开去。走过一个世纪，看人来人往，改朝换代，宦海沉浮，亲人遗世，最后明白生命如蝼蚁，渺小又脆弱。善始善终，往往只是一厢情愿的希冀而已，孤独和沉寂，才是生命的本质和最终结局。于是，不再反抗，也不再抱怨，从此只低眉顺首，静静等待命运的宣判。

只有我，这不经世的小孙女，才能偶尔推开那道沉重的老台门，像一只欢快的花蝴蝶，飞进色调单一的老宅。因为不经世，所以无惧、无畏、也无知。因为不经世，不知大自然的威力，摘了花儿木槿、凌霄、牵牛、美人蕉，放在爷爷床头。爷爷闻着花香赞赏我，不知是为了抚慰我，还是真的感受到了外面世界的气息。

巷里头的古井，已经干涸了，曾经我们靠着那汪清水，度过炎热的夏天。多少次我趴在井边，摸着冰凉湿润的井石，好奇地往里头张望，想看看那只坐井观天的青蛙，是不是正在高谈阔论，发表演讲，还有他的拥趸们，肯定只是一些比他更小的生物罢了。井水映照着天空，表面泛出水银般光泽，变成一面亮堂的镜子，映出我的脸庞。顽皮地投下一块小石子，镜子被击碎了，碎波荡漾。奶奶紧张地跑过来，把我拉开，她怕我掉到井里。后来果真发生了小孩掉进井里的事故，有人说半夜井里会传出说话声音，从此我再也不敢去井边张望。

古宅渐渐地蒙上了蛛网和灰尘，或是因为主人的离世，或是因为住户搬离，尤其是年轻人，无法忍受这种枯燥的单调感和沉重的压抑感，他们的搬离更像是逃离。墙边的野草，一年年绿了又黄，黄了又绿，大自然依旧遵循着它威而不动的轮回，谁的力量能改变它？檐下的石臼果真被雨水滴出了一个浅浅的坑，诠释着“水滴石穿”的威力。

走进小巷去找爷爷和奶奶，我从来没意识到，自己是走在他们生命的尾声里。我从来以为，一直会这样下去，可以一直这样天真、无忧、无惧，撒着娇，有最爱我的人陪伴着、宽容着。我从来没有想过，所有的吟咏都会终止，所有的剧情都会落幕。时光对于一个小孩子来说是缓慢的，可以大把挥霍，恣意浪费而仍然怨其走得如此之慢，而对于生命末尾的老人来说，每一分钟都是握在手中为数不多的沙子。

那些古宅里，还留着我童年的依稀印记，被大火烧过的地方，虽然后来又重新造起了房屋，我仍然能够大致定位出当年我们住过的位置。火烧掉了房子，没有烧掉青石板地，更没有烧掉我的记忆。宅子可以破败，墙垣可以倒塌，而那些走过路过、跳过格子的青石板地，变得更加光滑，坚实依旧，下雨天经过雨水的冲刷，更加明净了。

三十多年了，巷子里早已没有了爷爷奶奶留下的气息。时间总能冲淡一切，再苦涩的味道，也会被稀释掉，再深的伤疤，也会愈合。生命总是需要前行，即便我们并不愿意。小巷也是有尽头的，再幽长的巷子，再沉重的过往，最终，还是得走出去。

2019.8.5

松花与乌饭麻糍

古甲磨云拆，孤根捉地坚。这么刚硬的松树也会开花，虽然开出的花，不太像花。

虽不像花，却是珍贵的营养品，能把黏人又好表现的糯米，收得服服帖帖，这让我想起了一句话：一物降一物。

5月12日那天，母亲给我发了个信息："今天是牛生日吃乌饭米麻时。"这个信息外人可能看不太懂，天书一般。母亲已入耄耋之年，为了方便跟我们沟通，也去学习使用手机和微信，这些新技术本来她都是极抗拒的，就像我抗拒开车一样，但总有一种力量能够让我们克服那些惧怕与刻意的躲避。她戴上眼镜，用拼音吃力地输着字眼，譬如她说的"乌饭米麻时"，其实指的是"乌饭麻糍"，我们老家的一道时令美食。

古语有云：不时不食，老一辈人特别注重这一点，什么时令该吃什么，不用设置提醒，他们脑子里牢牢记着这些，时令一到，脑子里那个无形闹钟就会本能地发出提示。农历四月八日是牛的生日，该吃乌饭麻糍，更何况我属牛，在母亲眼里我可能就是一头犟牛。

乌饭麻糍，既然是台州特色小吃，杭州自然很难找到。我去了趟菜场，见有人在卖乌饭叶子，非常新鲜，嫩叶里透着一抹奇异的绯红，仿佛那些绿色光滑的小叶子害了羞一般。踟蹰许久，还是没有勇气购买。做乌饭不是一个轻松的小活，更别提乌饭麻糍了。我撩了一小枝乌饭树叶，带回家，全当欣赏和纪念。

牛这一生，是很辛苦的，它有一种自发性的勤奋，热爱劳作，就像我一样，用不着也不喜欢别人逼迫我干什么事，自己热爱的东西一定会不遗余力做到极致。牛出生后长到一岁半，就要开始耕田，当然是需要人类教它怎么做，没有那么具有天资的牛，生下来不用教就知道怎么耕田。人给牛的鼻孔打个洞，穿上牛绳，天还没亮就牵出去调教，这也是为了培养它早起劳作的习惯。春耕没开始前就得着手教，这叫未雨绸缪，以便春耕到来时这牛就能派上用场了。为此民间编了驯牛曲，农民一边唱一边教牛耕田：“做牛耕田，做女人纺棉，做和尚化缘。”这很有意思，不知道这牛听不听得懂呢？大约只是驯牛人的自我陶醉罢了。

小牛长身体时，农民会给它吃补品，比如黄酒炖鸡蛋之类。对于农民来说这可是极其奢侈的耗费，但，没有投入就没有产出，这一点，就算思想再简单的农人也能明白，长身体时候的牛养不好，以后得不偿失。对于养家糊口的根本依靠，农民还是要舍得去投入呵护的。他们给幼牛添加营养品补身子，等牛长壮实后，不需再投入这么多补品，但农民也绝不会忘记它的贡献，他们将每年农历四月初八定为牛的生日，这一天是耕牛的息耕之日，禁犁停耙，享受人类对它的全方位礼遇，而这一切，又与乌饭树产生了诸多联系：人们不仅制作甜糯的乌米饭或清香的乌饭麻糍喂牛，还用乌饭树嫩叶捣的汁给牛擦身子，称为“浴牛”，据说牛用此汁擦身体后，整个夏天都可以避免被蚊蝇叮咬。以此类推，人们认为这一天吃过乌米饭或者乌饭麻糍后自然也有同样功效，并且在夏天，身上不会长痱子了。四月初八这一天，老家的大街小巷里会冒出不计其数的临时摊位，老婆婆开了门，搭块板子就现做现卖乌饭麻糍，唠唠叨叨跟你说这一天吃乌饭麻糍的重要性，当然，最后你只能选择其中的一两家来下单。

人类做的很多事，其实也是为了让自己的生活更具有仪式感，毕竟，漫漫人生路中，没有仪式感支撑，容易活得迷茫而颓废。以牛的名义，吃乌饭麻糍，让我们也可以有理由尽情享用这种神奇的美味！

我为什么说乌饭麻糍神奇呢？

有一些美食，它涉及的食材以及食材之间的搭配，就像一个人找到了命里注定的真命天子一样，非他莫属，别人无法取代。你很难想象得出，当初是谁迸发出的这个灵感？是谁在怎样偶然的机会下，发明了这种令人意想不到的食材配对，从而创造出如此独一无二的美味？

首先看色：淡紫色的糯米皮子里裹着深紫红豆沙，一浓一淡，相得益彰。糯米皮子外表滚上一层金黄的松花粉，当松花粉均匀地蘸上后，透出下面的淡紫色糯米皮，色调如此隐约、柔和，你用手指碰触一下那皮子，有一种冰凉滑腻的感觉，一段乌饭麻糍居然让我想起了大热天里爱人凉腻腻的手臂。

再尝味道：只吃豆沙过于甜腻，糯米皮子中和了这种甜味。被滚上了松花粉的乌饭皮子虽然无味，却明显透出两种香：乌饭叶子和松花粉的清香。前者清爽朴素，后者醇厚高贵。和，恐怕也是乌饭麻糍这种小吃里蕴含的美食理念吧！

松花确实是个高贵稀有的东西，很久以前便是如此。主要是难得，稀少。它是松树的精华。要整一斤松花出来可不是个容易的事情。台州人有句俚语叫“半日松花”，意思是费时费力地整半日才整出一点点松花，指不定还随风而散了。“半日松花”听起来更像一个词语，而不是句子，这就是台州俚语的特色，看似简单短小，没头没脑，实则背后内涵丰富：或讽刺，或劝诫，或揭露，有声有色兼有味。台州的俚语有时候很戳心，有时候又活色生香，土式的幽默，让人啼笑皆非。

话说采松花不容易，松树长得高大，人们制作了简单的钩子，伸向高处摘拉，半天做筋骨下来，身板再好的人也扛不住腰酸背疼，低下头看看自己采摘的成果，也就那么一点点。这一点点成果还得过筛过晒，经过好多程序才能弄出一点点松花粉来。少而精必贵，松花粉价格昂贵也有理有据了。俚语“半日松花”，虽然用在不同语境下有不同意思，基本上比喻的还是指不靠谱的人或事情——辛苦酸痛半天还整不出一点点像样的松花粉，台州人认为那就是个费力不讨好的事情。

松花也是个时令很强的东西，清明前后，山上的马尾松开出了金黄笔状的松花，又叫松笔头。花粉飘飘洒洒，不习惯的人还会花粉过敏。小部分被人类收集起来制作美食。其他地方的人，值此时节也会制作松花团子或饼子，也是将糯米坯子滚上金黄细腻的松花粉，外表明艳异常。明朝正德年间的《姑苏志》记录了当地人在春夏之交用松花调蜜做饼，在当时“颇为佳盛，僧家尤贵之”。也有人用咸馅的，譬如雪菜馅、笋馅，各有各味，只是咱们台州人好像很难接受咸味的松花团子。

完了来读一读苏轼的《花粉歌》，这又是一首像黄州《猪肉颂》一样的打油诗：“一斤松花不可少，八两蒲黄切莫炒，槐花杏花各五钱，两斤黄蜜一起捣，吃也好，浴也好，红白容颜直到老。”不管老苏的配方是不是真的科学有效，他那种淡定和心甘情愿随遇而安的心态，真的太值得我们学习了！

2019.8.7

那碗立夏饭

今天特地跑到老娘舅家吃了一晚豌豆饭。

豌豆是精心挑选过的小颗嫩豌豆，米饭粒粒分明，嫩红的火腿粒均匀散布其中。一小坨豌豆饭倒扣在黑色的敞口碗里，煞是精致可爱。点了罗宋汤配饭，番茄糊浓浓酸酸，这碗豌豆饭被我一小口一小口，细细地、慢慢地品尝光了。

感觉意犹未尽。坐在餐厅里，舌尖上的熟悉感让我恍如置身江南水乡清风送爽的田野里。小时候的豌豆饭里，豌豆是同样的豌豆，火腿却是用腊肉粒代替。是那种纯粹的肥蜡肉，被晾得干硬，质地像冬瓜糖，颜色蜡黄得跟黄脸婆的脸色似的，闻着有一股大油蒡味，入口后，香味却出奇的厚重。今年六月初在浦江三江楼吃到的铜锅土豆饭里，找到了那种熟悉的味觉记忆。

从前豌豆饭一般是在立夏吃的，称立夏饭。江南大部分地区吃立夏饭，但不一定都是豌豆饭，也可能是芋头饭、蚕豆饭、土豆饭（如浦江三江楼的铜锅土豆饭），抑或是用五种不同颜色豆子与粳米煮出来的五色饭……虽然做饭方法略有不同，配料也有不同，立夏饭大都会用上咸肉腊肉，属于咸饭，这一点是相通的。

四时天气促相催，一夜薰风带暑来，雨碎江南，万物生长，薰风在柔柔地、小心翼翼地唤醒那个冗长又任性的夏天。夏风抚出了草木更浓的绿意，摇动细碎的花影，夏的姿色，便渐渐地、不羞涩地漫开了。人们的胃口，需要在这个时节得到一种巩固和促进。所以在浙江丽水地区民间流行的一句话是："立夏不吃立夏饭，两只脚杠软咣咣。"人们用吃茶叶蛋来拄心，吃立夏饭来拄脚，这个拄，是支撑的意思，为了拄得更稳健、更牢固，金华地区的人们，会在豌豆饭里加入笋丁，意寓吃了这碗饭，两根脚骨便会像春笋一般壮硕有力。民间的想象力可真是丰富又出人意料呀！脚骨壮硕如春笋，眼睛圆亮似豌豆，那么白色的糯米、粉红的火腿或蜡黄的咸肉，又像的是些啥呢？

初夏的豌豆，鲜甜糯滋，属于田中鲜。初夏的笋丁，鲜美爽脆，属于林中鲜。不管它们意寓着什么，这两者在一起，足以制造出蔬鲜的极致，然后，加上腊肉的荤香……这就是立夏饭的魅力：有蔬之鲜、肉之香，还有稻米的大地气息，它们配合得恰到好处，一点儿也不油腻。立夏饭出锅时，连锅巴都会被毫不留情地铲光、抢光、吃光。

杭州人说话带儿音，他们把豌豆饭叫作咸豆儿糯米饭，南烛叶揉汁做的乌米饭叫作立夏果儿。杭州人说话还喜欢带伢语，立夏饭叫作"烧夏夏饭"，让人感觉好像又回到了牙牙学语的年纪，这大概也是杭州人心底深处掖着藏着的童心和恋旧情结吧！立夏也成了孩子们用来"耍子儿"的日子。立夏前一日，孩子们向邻居们“兜夏夏米”，即向每家每户讨要一碗米，兜齐了这“百家米”，便在野外搭火煮饭，从林里挖根竹笋，从田里偷把豌豆，就算没有醇香的腊肉，这煮出来的百家饭分给大家吃，自是其乐无穷，原来共享经济在民间、在孩子们中间，早就出现了！

老人们说，吃了立夏饭，夏天就来了。是因为我们吃了立夏饭夏天才来，还是夏天来了我们才吃立夏饭？这么多年来，从来没有人质疑老人说这句话的真实性与客观性，我们居然都心照不宣地遵循着节令的习惯，用美食送别春天，用美食迎来夏天，用美食致敬每一次季节的更换，因为这么做，让我们体会到了生活中的乐趣和仪式感，让我们变得充实快乐，只要一句“老底子传下来的”，就够了，又何必去孜孜不倦辩论它的逻辑性与客观性呢？

快乐从来不是靠辩论逻辑性和客观性得来的。相反，这两者常常使我们虽然辩出了“因为所以、科学道理”，却失去了难得的快乐能力。

树在摇动着它浓密的新叶，栀子花在清晨悄悄地开放，石榴的红裙扬得如此华美，睡莲娴静地睡在水中央，天色如洗，深深的巷子里，传出音调婉约的卖花声……多美的初夏呀！在这个时节，江南草木生娇，花开几回，有烟雨霏霏，有凉风为伴，而炊烟升起之处，是桌头一碗色彩丰富的立夏饭，仍然冒着腾腾的热气。

这一碗立夏饭里，是煮进了很多希望与慰藉的。

2019.8.9

雪中黄公望

结庐，古人指建屋造舍，源于陶渊明名句“结庐在人境，而无车马喧。问君何能尔？心远地自偏”。结庐是一种比较低调的说法，庐一般指较为简陋的屋舍，像张履谦那样买了拙政园西园而斥巨资重建，虽然也刻意低调地将其命名为“补园”，但“结庐”二字跟他的这种建屋造舍，实在是相去甚远。

庐，简陋者有茅庐，当年卧龙先生诸葛孔明蛰伏的地方。黄公望在杭州富阳庙山坞这个山坳坳里结的庐，比茅庐是强出不少。它有一座像模像样、带黑瓦片顶和门槛的木门，比“小扣柴扉”里的柴扉，又隆重许多。木门连着篱笆。推开木门，石板路将我们引向黄公望结的庐——小洞天。此庐有东西二厢房。东厢房为平房，是主人吃饭睡觉的地方，里面的灶台、水缸、木箱子、八仙桌等，好像从未挪动过，还留着黄公望当年生火做饭的气息，恍然觉得只是一次“寻隐者不遇”的际遇而已。

南楼是一座有架空层的小楼，视野比东厢房高阔，两者之间以走廊相连。要说东厢房满足的是人的生理需求（吃饭、睡觉……），那么南楼满足的就是人的精神需求了，它可以称为茶楼，也可以称为画室，当年八十岁高龄的黄公望就是在这座小楼里，看数个春夏秋冬在眼前轮回，创作出中国十大名画之一，山水画的巅峰之作《富春山居图》，将富春江两岸数十里风光的精华，尽收其中。

这个庐，很小。明显主人也意识到它的小，故取名小洞天。小是小，周围环境却不错，屋子周围林深木茂，门前是云溪竹径，一路修竹参天，蓊郁蔽日。一进此庐，抬头望天，倒是真的有一种坐观洞天的意趣。黄老先生在一幅画中说："此富春山之别径也……当晨岚夕照，月户雨床，或登眺，或凭栏，不知身世在尘寰矣。"

结的虽然是朴素简单的庐，艺术家的内心世界，却是无比宏大与丰富，没有孤独寂寞，哪有机会使灵魂在宏大的精神世界里自由自在驰骋！只有那颗纯粹的赤子之心，才能真正做到心远地自偏，不为名利所诱惑，在无边寂寞里，开出绚丽的花朵来。

生活是简单而清贫的，所有的积累和信息采集，都是为了诉诸于笔尖而服务。几年如一日，这位老人在富春江数十里的江岸线上来回奔波，观察，领悟，进一步观察，更深刻领悟。"袖携纸笔，凡遇景物，辍其模记"，富春江两岸的每一道峰峦，每一棵树木，每一块岩石，每一天每一个时辰里，波涛与烟云的变幻，大概都被他琢磨得里外皆透。他神神叨叨的样子，甚至有时候被他人不解而遭到质疑，《六砚斋》笔记中形容他那副样子是"终日只在荒山乱石丛木深筱中坐，意态忽忽，人莫测其所为"。殊不知，庸常人等，如何看得出那是大师在构思或者寻找灵感？常人眼中是意态忽忽，在大师心中，彼时早已风起浪涌，正酝酿着一系列足以流传千古的神来之笔。圣人伟人之心，庸人岂能看透！从来没有一个传世之作是可以被随随便便炮制出来的。

我们是在狗年最后一个下雪之日去的黄公望森林公园。如今在小洞天周围，多出了许多配套景观，比如黄公望纪念馆、结庐牌坊、半山腰的观音像等。纪念馆前有六君子湖，在深冬的雪气中凝成了一泓冷碧，水面上，弥散着一层薄而清透的冷气，风拂之不去，如凝结了的烟霜。湖边半山腰上巨大的观音石像，手握净瓶，盘坐于莲花宝座之上，那泓碧水，便引得人遐想，仿佛是从净瓶里倾泄出来似的。

雪中走黄公望森林公园，最令人印象深刻的是云溪竹径里的雪景。石板路两边的竹子皆高有数丈，在顶部对接蔽日，雪落在竹节上，微积而不落，远看如同一条条斑驳下垂的虚线，景象着实奇妙。黄公望森林公园里竹茂林深，多有珍贵古木，如银杏、杜仲、鹅掌楸……白雪堆积在乌褐的枝干上，给枝干枝丫齐齐描上一道白边，它们在雪季静静矗立，相对无言，山谷里只回荡着我们的说笑声，显得格外清朗。眺望前方远山，只见浓雾紧锁，苍莽迷离，像有仙气溢出，重峦叠嶂之间，便生出许多奥妙深邃来，此时能够体会到黄公望先生所说的“入山眺奇壑，幽致探无穷”了。这里的山，一年四季都有不同景致，对于一个内心世界丰富的艺术大师来说，那自然更加是奥妙变化无穷了！

都说文字是心灵的体现，画亦然。看多了矫揉造作、浓墨重彩的渲染，回头看看《富春山居图》，发现它是如此的清新脱俗却又细致丰富，恬淡得出奇，就像黄公望老先生的心灵一样，能够真正地做到醉心林泉，潜心静气，甘于寂寞，而无问东西。

“今日已无黄子久，谁人能画富春山？”诚然，那样不为名利所动，耗尽余生精力去做一件事的孤勇，今日能有几人呀？

2019.8.13

洗头

端午回临海老家时，见老妹在家洗头，母亲端过来阳台上放置了好几天的一锅淘米水，说：“用米泔水洗头吧，养头发的。”这锅米泔水“养”在阳台上好几天了，母亲是用来浇花的，想不到还能用来洗头……

当然母亲的建议被老妹断然拒绝了。现在我们有功效齐全的各种洗发水、护发素，洋气一点儿称之为香波，商家变着法子制造出各种奇特诱人的香味，设计出赏心悦目的包装，谁还会用米泔水来洗头呢？包括母亲自己，也只是说说罢了。

但米泔水洗头不是没有道理的，据说现代的傣族姑娘们，还保留着此传统。米泔水里有稻米上被我们搓洗下来的种皮，这种皮富含营养素，从某种程度上讲，它算是米的精华所在，而我们平常的煮饭习惯却将米淘洗甚至搓洗好几次，含有丰富营养素的种皮都被水洗走了。老人说，经常用米泔水洗头，能使头发摸起来柔顺，看起来光洁发亮，比洗发液更有效果呢！

古时候没有洗发液，但古人又蓄着长头发，一年四季无论天冷天热，男的女的都束发、盘髻，髻上包头巾。碰上油性发质，这成天盘着捂着的长发，必定藏污纳垢，油腻非常。洗头是一个很伤脑筋的问题。古人洗头比我们现在麻烦许多，但又不得不重视，因为需要保持个人卫生和维护形象。贵族女性排场更大。二十世纪八十年代我国曾经出土过一个汉代的“赵姬沐盘”，是一个叫赵姬的贵族女性洗头用的铜盘。根据墓中配套的洗头用具来看，这个赵姬洗头时有多名仆人服侍，大致情景是这样的：赵姬身穿浴衣，坐在凳子上，头往前倾，将长发反向披拂下来，仆人用水壶和水瓢，盛水冲淋在她的长发上，“赵姬沐盘”，是放在地上接冲淋下来的水用的。我想起了小时候奶奶也是这样给我冲淋头发：坐在天井边上，乖乖地低头，将头发反披下来，奶奶用“皮勺”（一种木柄橡胶勺子）舀了温水冲淋在我头上。咱没有“沐盘”，水直接流到天井旁的水沟里去了。最喜欢这样被奶奶用温水柔柔地冲洗头发，被人服侍着总是舒服的，被深爱你的人小心呵护着更是轻松无比的舒服，就像一朵在深谷里绽放的花儿，完全没有任何戒备心。到了本该给奶奶洗头的时候，斯人却已经逝去多年，每每一想到这，难免眸子里就升腾起乌云，心情灰暗起来。

当然，不讲卫生的人也不是没有，名人中，王安石和嵇康，就是两个不爱洗头洗澡的典型例子，纵是才高八斗，恃才傲物，纵是位极人臣，这不讲卫生整天臭烘烘的样子，也是讨人嫌的。还有个窦元宾，虽然不如王安石有名，却出生在宰相之家，祖父是宰相，自己是宰相，可谓名门之后，位高权重。窦元宾本人也是才华横溢，可也不爱洗头洗澡，浑身散发出酸臭味，走过路过，路人掩鼻，当时人们就送了他个绰号叫“窦臭”！欧阳修在《归田录》里说他不喜欢修饰自己，体味不雅，这说得很客气含蓄了。烂穷人家，没有好的沐浴条件还可以理解，这当朝宰相竟然长期不洗头洗澡，说直白一点儿就是深度懒癌患者，用什么奉俭、狂放、个性来形容，都是挺虚伪的了。

言归正传，没有洗发液和护发素的年代，人们不会停止对美的追求，美发是关乎面子工程的重要一部分。米泔水洗发是有效果，可那得有米吃啊，古时候不是每户人家都有条件常年吃上白米饭的。另外一种被用来洗涤的大自然产物是皂荚。鲁迅先生的百草园里有一棵著名的皂荚树，当然它的名气是托鲁迅先生的福。几年前我们一家三口去参观绍兴鲁迅故居，特地带女儿寻找那棵皂荚树，其高大繁茂，颇能令人回忆起文章中当年百草园内的情形。我小时候，望天台尼姑庵的后门小院里，也有一棵皂荚树，但那棵树身材纤弱，几乎没结过像样的果子，曾经因为好奇心驱使，将掉在地上的皂荚与衣服一起揉洗，并没有产生丰富的泡沫，当时是很失望的。尼姑庵的主持人桂贞，有一头稀稀拉拉的长头发，长是长，辫子细得很，辫子末梢比一支羊毫还要细。照理说尼姑该是剃光头的，我一直不解为何桂贞有留长发的特权，母亲解释说桂贞其实是俗家弟子，并关照我不要去多嘴多舌。桂贞的发量如此之少却留到膝弯不肯剪去，大概也是受古人“身体发肤，受之父母，不敢毁伤，始之孝也”的熏陶，但母亲又说桂贞是孤儿，是被静芝姑娘（尼姑庵的原住持）捡来收养的，我似乎又感受到她小心翼翼护理那头稀疏长发后面的淡淡忧伤。

桂贞不用皂荚洗头，她有另外的法宝：木槿。

在《木槿：朝发暮落，不叹舜华》这篇文章中，我提到了她用木槿洗头发的故事。“桂贞种木槿的第二个用途是用来洗头发。很神奇，木槿的叶子堪比护发素，在那个没有护发素的年代，聪明的女子照样有护发奇方：她们将木槿叶子洗干净后加盐搓出汁液来，冲开水进去，冷却后滤掉叶子，剩下的木槿叶汤汁黏黏稠稠的，装到瓶子里去，这就是最原始、最天然的护发素了！用这汤汁洗过的头发乌黑顺滑，自然垂下，连发夹都很难夹住。桂贞的头发很长，垂到膝盖以上，平时盘成发髻，见她在院子里梳头，从来也没有缠成一团糟的情况，多少是木槿护发素的功劳吧！”

桂贞的菜园子，那片好看的木槿篱笆，篱笆里的蚱蜢，篱笆边上的月季老树桩……都随着望天台六号被铲为平地而消失了，在这块地方，崛起了一座宏伟的庙宇——纪念戚继光的戚公祠。我试着比对当年自己住的房间、后院和桂贞菜园子所处的地方，大致在如今停车坪所处位置，心想着这块平地上，曾经是多么立体而有趣，那些生灵活现的故事，现在是抓不住摸不着了，从此只存在于一个如同虚拟空间般的记忆里——回不去的老家。

2019.8.19

壳酿

曹雪芹在《红楼梦》里将苏州山塘一带称为“最是红尘中一二等富贵风流之地”，富贵风流已不在，老街身影中流露出更多的是沧桑与变迁。从虎丘出来后我们直接去了山塘老街，因是雨天，路人行色匆匆，包括我们这些外来的游客，也不得不牺牲掉很多四处行走、自由探索的机会。

想在山塘老街上寻一处正宗的蟹粉灌汤包，未果。雨渐大，天色渐晚，人渐饥。行至一家糕点铺的檐下小憩，被主人家精心摆放的精致点心吸引了。姑苏特色青团，婴儿拳头大小，用保鲜膜紧致地裹着，油光发亮，一侧晕渗出乌红的细豆沙，在灯光照射下如同包了浆的青色玉石。苏式桂花糕，象棋棋子大小，用模子拓出一朵小雏菊形状，玉色半透明，里面凝固着三五颗薏米仁和桂花糖。乌米饭，装在用蔺草精心编织的小兜里，正中央镶嵌一颗娇小的红枣。玫瑰果，淡淡微粉的玫瑰花形状，又像迷你莲花烛台。水晶虾饺，每个半透白的饺子躺在装蛋挞的锡纸托子上，半边闭合半边开口，露出里面真材实料的虾仁与蟹黄，形态优美如斜倚在贵妃榻上玉襟半敞的美人儿。竹叶牛肉、粽香排骨、回味满香鸡，俱是用粽叶包裹成小卷，外用金线捆扎。最引人注目的是一种叫“八宝蟹”的小点心，将调了味的糯米八宝饭塞在整个蟹背壳里，以保鲜膜包裹，是店家的招牌作品。

在底材里塞入其他食材，这种手法叫作“酿”，酿虽是客家语，在我们老家临海的方言中，瓜瓤的瓤也读成“酿”或“娘”音。比如锦荔枝（金癞瓜），临海方言中叫“红娘”，意为有红色瓤的瓜。客家酿菜名闻遐迩，这种酿的手法，就是在一种底材中植入其他食材，不管这植入的方式是塞进去、挤进去、抹进去、夹进去、包进去还是裹进去，俱为“酿”。山塘老街的八宝蟹，只不过把客家酿菜常见的蔬菜底材换成了螃蟹硬壳而已，我姑且称其为“壳酿”。

去年回老家，妹妹说我们这里出现了一种新奇的好吃货，是现下的网红美食，叫糯米蛋。去紫阳老街上逛荡，看到了卖糯米蛋的摊子。摊主揭开一个偌大蒸笼的盖子，一笼明晃晃的糯米蛋出笼了。明晃晃是因为每个蛋外面用锡纸服帖包裹，打开蒸笼那一刻，仿佛打开一笼白花花的银锭子。糯米蛋取材于咸鸭蛋，蛋壳顶部开小口，沥出蛋清，将咸蛋黄留在蛋壳里，继而填入彩色糯米饭，蒸熟之后的糯米蛋本质上像蛋黄粽，只是粽叶变成了鸭蛋壳。

糯米和肉糜是做壳酿的两大主要原料。广东人将糯米饭与虾仁、瑶柱等酿在青口贝里，肥美的贝肉摆在糯米之上，此饭蒸熟后无比鲜美香糯，青口的鲜汁将每一粒糯米浸润渗透，糯米饭成了主角，原本光彩照人的青口肉反而成了配角。肉糜做壳酿最知名的就是“田螺塞肉”了，用的是大个头儿的中华圆田螺，个个儿浑圆肥实。田螺塞肉虽是客家菜经典，因其做法精致，味道鲜美，在我们江南一带也是大受欢迎的，在《田螺小记》一文中，我提到了杭州老字号知味观的田螺塞肉："这道菜费的工夫极大，需把每颗田螺里的肉挑出来剁碎，与猪肉糜拌均调味，重新塞回田螺壳里去。田螺肉有嚼劲，猪肉糜鲜香，炖煮时汤汁渗透进螺壳里，这一口吃的是鲜美异常。那时候为了吃这道声名远播的田螺菜，会搭乘拥挤的公交车，大老远赶过去排队，现在反倒是少了这么点精神。"那时候千里迢迢赶过去吃的田螺，在知味观西湖边的本部老店二楼，为了一道喜欢吃的菜可以和爱人或朋友一起，不辞辛劳地奔赴过去，那叫一个折腾，也是一种充满活力和向往的折腾。现在倒好，上了年纪，对美食仍然心心念念，这种折腾精神却越来越淡了。

把田螺里的肉掏出来，和着猪肉、葱姜、香菇木耳等材料剁碎，又塞回田螺里去，这花的工夫，比吃这道菜来得麻烦多了。所以我好奇到底是谁第一个发明了这道不嫌麻烦的菜。一定是有闲又有趣之人。普通人哪里会想到这么九曲回环的做菜方法？客家人在做菜方面的用心可见一斑。不久前我写的另外一篇文章《捣珍》里，也提到了客家的捶丸，捶打肉糜至极致，方能使丸子紧致，弹性十足，俱是用了匠心和气力在里面。夏初去珠海，旅居珠海十多年的表弟一定要请我们夫妻俩吃客家菜，其中一道全猪汤、一道酿豆腐，俱是客家菜经典。全猪汤当然不是整头猪煮汤，而是指用猪的各个部位，猪骨、猪肠、猪舌、猪肝……杂碎熬出来的汤，又称客家猪杂汤。汤清鲜甜无油腻，不仅味道鲜甜，养身子也是极好的。酿豆腐不用说了，是客家酿菜的代表作，每逢宴席必有此菜上桌。我们吃的酿豆腐，装在砂锅里，有豆腐，有油泡，也有油豆腐，里面俱塞了肉糜，充实得很。令人惊讶的是肉糜与豆腐嵌得牢牢的，在砂锅中滚煮并无分开脱落现象，这酿菜的技巧，其中必也有奥秘。

咱们台州人有句谚语，叫作“螺蛳壳里做道场”。在一个极其狭小的空间里腾挪，照样能施展拳脚。这句话可褒可贬。贬者言其小题大做，或埋怨提供的条件不足，使自己没有发挥空间。从褒的方面看，倒也不失为赞扬一种能力：即使在条件不足情况下，仍然能够发挥超乎寻常的潜力，把事情做到极致。对于有能力的人来说，在没有条件的情况下也要创造条件，外部环境很艰苦，却能化压力为动力，积聚能量，突破瓶颈。

人与人真是不同啊！你抱怨吃螺麻烦，人家却能不厌其烦地炮制出田螺塞肉，以追求美味的极致。抱怨永远是留给失败者的，这话还真是有道理。

2019.8.26

鹿鸣宴

古人喜欢鹿，因鹿与“禄”同音，但中国人的内敛又不允许自己过分露骨表现出对“禄”的追求，鹿作为“禄”的同音隐喻形象，便频繁出现在生活中的方方面面。

除了这个原因，鹿的本性温和驯良，谦逊礼让，不贪食，不霸道，热爱和平，有尊卑和集体意识，这些都是主导中国几千年的儒家文化特别崇尚的品质，认为它“信而应礼”“恳诚发乎中”。儒家文化中，用鹿来象征仁德兼备的君王。咱老家临海的别名是鹿城，我在写《鹿城》这篇文章时，文末提到：“鹿，既是善兽，亦是瑞兽……神话中，鹿寿有千年，五百岁后全身变白，古书中将白鹿的出现视为天下太平的征兆。《宋书·符瑞志》：‘王者孝则白鹿见。王者明，惠及下，亦见。’出现了既孝且明的君主，国泰民安，也是顺理中的事。”

鹿还是仙兽，是长寿的象征。五百年的鹿是白鹿，一千年成为苍鹿，两千年成为玄鹿。我们小时候见过家里的中堂挂画，常常画的是老寿星、仙桃、仙鹤、灵芝、神龟、金蟾等吉祥物，《西游记》中的南极仙翁，即我印象中的老寿星，他的坐骑就是一头白鹿。但《西游记》把白鹿丑化了，化成妖精，跟一个白狐狸合谋作祟，要吃小儿心肝，当然《西游记》的意思是，这仅仅是来自神仙们对唐僧团队的考验而已。

综上所述，中国人对鹿的喜爱，超乎寻常，这是一只几乎找不出什么缺点的动物。一定要找缺点，可能也就是在丛林游戏里太孱弱了一些。但儒家文化是不讲丛林游戏的。儒家文化里，长幼有序，尊卑有别，规则是对话的前提，教化的目的也是为了完善和巩固规则。丛林思想在儒家眼中属于蛮莽思想，需要进行教化，使其成为知书达礼和遵守规则之人。

中国古代的科举制度，曾被很多人痛批，特别是号称具有“新思潮”的人。万事不可极端片面评价之。在封建社会，一个人想要凭借一己之力改变自己和后代的命运，要么起义，要么走读书之路。起义是将脑袋吊在裤腰带上的决定，几千年历史里没多少人有这个胆量，更不要说成功之渺茫。科举制度给所有人，不管穷人、富人、平民还是权贵，提供了一个公平竞争的平台。没有这个途径，穷人和平民哪有其他逆袭的机会？贵族世世代代是贵族，强者恒强，弱者愈弱，科举的存在调剂了这种严重失衡。穷人逆袭成功的例子，给千千万万底层人士提供了希望和源源不断的驱动力，驱动着他们去拼搏，去抗争，为改变命运而战。我们传统的文化和戏曲艺术中，便也出现了许多描写这一类励志故事的作品：如某某某高中状元，衣锦还乡，迎娶寒妻，为父报仇……一贯走的是先苦后甜的路线。任何解决不了的难题，最后都会因为“高中状元”迎刃而解，各种故事便围绕着这个主题编开了，一发不可收。

为了保证科举制度的公正性，对违反规则者惩戒的严厉，大概除了谋反就是它了。我仍然记得以前读到过令人触目惊心的俞鸿图之死——雍正年间因为泄露考题而被冤杀的官员，也是中国历史上最后一位被腰斩的官员，因惨状过甚，后来雍正皇帝也动了恻隐之心，从此废除了腰斩这个刑罚。说他被冤杀，是因为他本人的为人还可以，只是家里人动了贪欲，害得他被腰斩，这有多冤！身边人是魔鬼，逃也逃不掉。

在科举这场没有硝烟的战争中，最后过五关、斩六将，成功登顶的仅寥寥数人。这几人是靠自己双手拼出来的命运，值得最好的奖赏。旧时的莘莘学子，啥也没考时叫童生，第一道要面对的关是院试，考中了叫秀才，成为县官的门生；第二道关乡试，每三年在省城举行，考中了叫举人。考中举人，意味着仕途的大门已经向你打开，就算继续考考不上去，也有机会当些小官吏，比如七品芝麻官，虽然用芝麻形容其官小，好歹也是一方百姓的父母官。从秀才进阶到举人意义重大，它意味着“潜力”，意味着“希望”，也意味着“尊严”。一般人就不敢随便欺负你了，因为你是个潜力股呀，指不定哪天又进阶到进士，有面见皇帝的机会，指不定哪天就平步青云，令人刮目相看了……可以想象为什么范进中举后会如此狂喜。考中举人，这是人生一个重大转折点，因为机遇的大门在面前打开了，尊严和社会地位迥然不同了，虽然以后怎么样谁也不知道，但至少没人敢再随随便便地欺负你、鄙视你。

举人的第一名就更加风光了，称为“解元”，譬如那个习惯性意气风发的唐解元唐伯虎，名声在外不是没有原因的。举人开始享有不少特殊待遇，比如可以坐“公车”上京赶考，那都是免费的。在乡试后的第二年春天，这些怀揣着希望和梦想的年轻人，坐着“政府”提供的免费车子，到京城参加礼部举行的会试。会试这道关过了就有机会见到天子真容，因为皇帝会亲自主持会试之后的殿试，那就是产生状元的场合。

十年寒窗，用艰苦磨砺自己，就是为了有朝一日，能够有机会站在金銮殿前，瞻仰金字塔顶端的无限风光，就是为了等待一个机会，从一条鲤鱼一跃而成飞龙，虽然传说中的霹雳会烧去尾巴，那个痛，跟从此开挂的人生比起来，简直不足挂齿！

举人的另一道风光是获得了参加鹿鸣宴的资格。鹿鸣宴由巡抚大人主持，参与者为主考官、各个级别的学官和学监，还有就是这些潜力种子——新科举人。等级划分是很严格的，官员按照官职大小，举人按照名次，按次序就坐，一重重礼拜之后，所有宾客就坐，才能同时起筷。尊卑和次序是绝对重要的礼仪，分毫不可僭越。其次才是食物的精致和排场。

席间，不仅有美食，让口舌饱享中华食馔之精粹，还有笙歌簧乐，以飨视听。宴会上管弦丝乐齐奏，唱《诗经》中的《鹿鸣》曲，作“呦呦鹿鸣”，一呼百应之状，仿佛林中的鹿发现了美食，呼唤同伴一起来分享，以示鹿的善良友爱和分享美德。同时跳魁星舞。魁星是古代神话中掌管文笔的星宿，虽丑而富才学，手中握有朱笔和墨斗，点谁谁文采横溢，一路杀青，直冲云霄，这就是所谓的“魁星点斗，独占鳌头”。

还有一种人也有资格参加鹿鸣宴，那是中举一甲子（60年）后的官员，逢鹿鸣宴，也可以作为榜样元老重返鹿鸣宴。苏东坡《鹿鸣宴》中有一句："他日曾陪探禹穴，白头重见赋南山。"中举后60年，至少也在花甲之年了，白头不说，尚能饭否？还能来参加鹿鸣宴，已经在人瑞级别，一是给后辈们树立一个光辉榜样，要兢兢业业、活到老干到老；二是显示皇恩浩荡，也是笼络人心的一种方式。清朝浙江巡抚黄昆圃，就得了这样的荣誉，六十年后重返鹿鸣宴和级别更高的御花园琼林宴，写诗记录现场："蕊榜新开敞盛宴，漫劳车马问衰年，雀罗门巷群相讶，鹤发重联桂籍仙。"看黄先生这首诗，到了这个鹤发的年纪，其实内心的兴奋早已经很淡然了。人类与自然一样，新陈代谢，我的过去，就是你的现在，我的现在，就是你的将来，没有想象中那么惊喜。他在赴琼林宴后写的记录诗更加体现出对人生的看透与倦鸟归林心态："天鼓声喧晓漏馀，春风吹雨洒庭除，婆婆老眼看新榜，仿佛青云接敝庐。"人嘛，得不到的总是在骚动，得到之后，发现其实不过如此。今日以为自己或家人终于上得青云俯瞰人间，其实以后的路漫漫其修远兮，能如黄先生般，在鹤发之年得以善终，以荣誉之身被邀请当作下一辈的榜样，那才可以算得上是一种圆满吧！

2019.8.29

交秋之雷

昨日是特殊的一天，送女儿去高中住校的第一天。报到、交费、领取生活用品、开家长会……寥寥数字，涵括了将近五个小时的拥挤不堪和大汗淋漓。

昨日是极为闷热的一天。那热，是典型的杭州热，说像汗蒸，更像干蒸：密闭的蒸房里烧着火红的石头，没有一丝丝水汽，体内的汗被高温逼将出来，整个人像贴在炉壁内的白塔桥火烧饼，被烘干了。干蒸过头，人会虚脱，这就是我将女儿在学校里安顿好、跌跌撞撞回家后的感觉，人一靠到沙发上便软瘫了，昏沉沉睡去。

突然轰隆隆一声炸雷，宇宙像一只被刀劈开的脆瓜，惊醒了我这无思无梦的好觉，心脏怦怦狂跳，以为出了什么大事。抬头望窗外，是一番极富动态的暗色系大片了：天穹泼墨，风起云涌，雷霆欲起，摄人心魄。望不见影子的风，在疾走的乌云中显露身形，仿佛在用撕碎云团的方式，宣泄自己的愤怒。天空整个倾轧下来，高楼的顶部，已经要插入云层了，那是一种将被吞噬的态势。

窗外忽明忽暗，似风雨中飘摇的老灯，苟延残喘，随时都会被彻底扑灭。不远的天际，在乌云翻滚的大幕之上，突然出现一道毫不犹豫、凌厉插入大地的银色分叉，像黑森林里诡异的枯枝，又像人心脏里的降支血管。它没有声音，却如撕裂了你眼角般骇人，昏暗的房间里顿时被照得惨白惨白。紧接着，天边的声音跟上来了，仿佛重重云团后面有一辆巨大无比的高速列车由远至近，疾驰而来，轰隆隆的声音先是沉闷，继而变得清晰，泰山压顶般压将过来，那气势简直要让人窒息。然后，在我还没有完全做好心理准备之前，一声本年度听到过最响的雷声，在头顶上炸开了……

我没有经历过战争，对战争的印象仅仅来源于书本、电影、电视剧等信息源，那个雷声，让我感觉到这个城市被“轰炸”了，在云端里放雷不是雷公、电母，而是越职的巨灵神，那一刻，杭城的芸芸众生，一定也像我一样，被惊得呆若木鸡了……

今年的秋交之雷，气势竟然如此之大，不知道民谚对此有何说法。早已过了立秋，今年的秋交之雷在立秋二十日之后响起，看来今年的霜冻，会来得晚一些了。秋老虎不会这么轻易地败下阵来，指不定还会时不时回头咬几口，忽冷忽热，让人无所适从。

既然声势做了个足，雨便下得肆无忌惮了。大雨倾盆，恍然入夏。雨珠子浑圆壮实，带着惊人的力度，砸在凉棚顶上，敲击战鼓一般，搅得天地间这场雨水大战，水汽热气一起蒸腾。一些雨借着风的推波助澜，噼里啪啦敲击我的玻璃窗，那种咄咄逼人的态势，使窗内的我也感到不寒而栗。它们责问般无休止地撞击玻璃，前仆后继。可我不知道到底是什么问题，使得它们如此不惜粉身碎骨也要将灵魂拷问进行到底。这些雨是疯了！我暗自叹气。

不过到了今天，才知秋雨的好。天气瞬间变凉了，好似一日之内，交秋完毕，顺利进行了两个季节的转换更替。退暑热，降气温，最有效的就是下一场雨，一场秋雨一场寒，十场秋雨要穿棉，若把入夏比作爬山，这气温的阶梯式下降，便是爬到山顶之后开始踱着步子下山了，比起上山的那段经历，自然是要悠然舒爽许多的！

下面，我们就等着蟀鸣日盛、秋高气爽的日子了。虽然，敏感之人难免开始悲秋，“常恐秋节至，焜黄华叶衰”，又怕夜雨惊窗，洗秋凉，夜来霜。我们不妨从另一角度看待秋的到来。你看，届时有天高云微、满目金黄的盛景，有菊黄蟹肥的舌尖盛宴。嗅觉方面也不输却，满城丹桂飘香，令人如行馥郁的云雾之中。秋收而悦，满口满心，全是自然的馈赠！

当知足呀！既无岁月可回头，何不泰然处之，随遇而安，带着欢喜心，把日子过出味道和才情来。不同季节，有不同滋味，那才叫作五味人生。

2019.8.30

夜走西溪

确切地说，是在傍晚暴走西溪。六点三十分从洪园内出发，先走到邬家湾停车场，此时还没有那个暴走的雄心壮志。暮色中，西溪湿地的西门（亦即邬家湾停车场）出奇安静，又分外绮丽，绯红晚霞落在树影上，让烟青色的天空多出了几分柔媚。一轮明月挂在天边，极远，小如黄豆，却让人无法忽视。它在广袤的天空中，与地面上的景致遥相呼应，若是没了这轮淡淡的月，整个画面便会失去一种结构之美。进出的汽车也开得轻手轻脚，像自动屏蔽了声音似的，怕是毁了这暮色之静美吧。

此时的我，突然觉得自己这些年来，一直枉费了杭州向我展示它的美所做的努力。身在福中不知福的我呀！此时此刻，才起了要暴走西溪的雄心壮志。

这个季节的湿地沿岸，行者的眼是被绿色养着的。花倒是不多，也不艳，开的都是星星般的小花儿，马鞭草、蓝猪耳、紫萼蝴蝶草……成片，但低调得很。

邂逅的第一座石桥叫问云桥，名字起得很有禅意。我站在桥上感受了一下，然，未感受到问云的禅意。那座桥实在是太短，也太普通了，我本以为它可以造得更精致些的！桥下水边长了大片茂盛的浮萍，一尺来高，我从未见过如此高的浮萍，远看像一片菜地。或许那水生植物并不叫浮萍，暮色中遥望不清，总归是浮萍的一种。

七点整，路边的灯齐刷刷亮起了，给人一种要迎接谁庄严登堂入室的错觉。树上的蝉并无停歇之意，仍然在声嘶力竭地鸣叫，只是那鸣叫中多了点嘶哑。叫了一天，也该累了吧！真难以想象在那么小小的一只躯壳里，有这么大的能量。

邂逅的第二座桥叫芦雪桥，意境很美，但现在只能靠想象，因为芦花盛开的时候还没到来。芦雪桥比问云桥长五倍有余，精致照样是不够精致的。不过站在这座桥上远眺，视野开阔了许多。桥段外侧是杭州绕城高速，透明的隔离墙上映着远处橘红的灯光，树的剪影变得深刻而沉默，天边残余的亮光之处，乌灰的夜云形状诡异。绕场高速外有广福禅寺，可惜被隔离墙遮挡了大部分，否则从这个角度拍过去，也是一幅不错的构图。

十五分钟后走到西溪景区出口，横贯在我面前的是霸气的文二西路，朝左走，去五常，朝右，进城。我自然是进城了。马路斜对面是九橙创投中心，楼下有一众小食店和便利店，此时发现自己有些饥饿，但还没到饥肠辘辘的程度，于是决定继续暴走。

又过了一条不知名的桥，百米来长，却没有桥名，桥两边种满月季和茑萝。月季行将败萎，茑萝却发得正欢，反射着路灯的光，油光发亮。路灯下，人行道旁的绿色植物也特别耀眼，譬如冬青，叶子也是油亮油亮的，那种绿，像沉淀了多年似的，厚重有力，杭城的夜晚真是不寂寞的。

紧挨着中石油加油站旁，是章显国际科技产业园，楼下也是一连排的菜馆子、小吃店、私房牛肉面，还有无处不在的黄焖鸡米饭。饥饿感更强的我，眼中那些菜馆子的名字似乎变得更具有吸引力了，也更加生动有灵魂起来。这时候一根蜘蛛丝拂在我脸上，愕然发现自己不小心破坏了一只蜘蛛许久的努力，它现在吊在半空，显得孤零无助，四下无依。这不是一个理由，但我决定还是克制自己，继续赶路。

然后又到了西溪宾馆入口。过南高桥车站、朝天莫港桥车站、华里酒店、西溪壹号创业商务中心……这时脚底早已开始疼痛，步子变得沉重，脑子也不太清醒了，开始质疑自己决定暴走的初衷到底是什么？本来一直是一个人的暴走，现在身子里多出一个人来，这个小人儿开始变得喋喋不休，不停质疑，使我不仅要遭受身体上的折磨，同时还得应付它灵魂的拷问，情况变得复杂了起来……

然后我遇到了两只胖蜗牛。不，它们不是胖，只是体形大而已，是我平生在野外见过的体形最大的蜗牛，每一只有小笼包那么大。大约是饥饿所致，比对蜗牛体形的时候，竟然会联想到小笼包，同时又自然而然地联想到法式焗蜗牛的美味——六只蜗牛呈五角星形排列在焗盘里，面上覆着浓香的芝士……而这两只本该待在焗盘里的巨型蜗牛，竟然在西溪银座旁的人行道上“散步”。此时的它们，就像在聚光灯下一般引人注目！这绝对不是一只蜗牛正确的生存方式！我有点激动起来了，但我没办法告诉蜗牛，它们这么做有多么危险，而蜗牛也没办法告诉我，到底是什么驱使着它俩要爬到马路对面。也许这后面有一个轰轰烈烈的故事，譬如为了爱情，譬如为了归宿，譬如蜗牛甲爱上了马路对面的蜗牛丁，而它的好哥们蜗牛乙在劝说无效的情况下，决定陪着好兄弟赴汤蹈火，也许这是一个关于爱情和友情的故事。又或者它俩本身就是情侣，可为什么要一起爬到马路对面去呢？心安之处即是家，难道是为了逃离什么？

我蹲下来去看它们。它们相当肥硕，触角有力，肉质丰满，真的是做焗蜗牛的好材料。但它们此刻正处于极其危险的状态中，随时会被路人一脚踩扁。然后我看了看周围，不远处真的有一个被踩烂的蜗牛遗体，顿时惊恐了起来。看来这是集体行为，并不只是蜗牛甲和乙的个体行为！

我终于还是没有等着看两只蜗牛安全爬过人行道，因为它们实在爬得太慢了。这种慢不是悠悠然的，我看得出它们在努力，但生为蜗牛，爬得慢是天意，爬得快才是诡异。好在夜色已晚，路上行人已经十分稀少，它们的命运，只能交给天意了。

然后又遇到一对儿年轻情侣在吵架，拉扯着电动车。这么年轻就吵成这样，以后那么长的日子怎么过呀？不过，想起自己年轻时也会任性，为了各种问题吵吵闹闹，好在几十年下来，也没有到相看生厌程度，然后就会知道，爱你的人和不爱你的人，这两者之间的区别了。

八点半到西溪谷和西溪银泰，此时再也没有什么其他想法，你就是告诉我一加一等于三，我也懒得去争辩了，霓虹灯再美，美不过一碗牛肉面的香味。

该吃饭了！

2019.9.4

榨菜鲜肉月饼

时间过得真是快，又到一年八月中秋，都说流年似水，这是急急湍流的水啊，拦都拦不住。时下，夏的热情未消，秋色还在遮遮掩掩之中，秋意也没浓到满眼满心程度，地铁站里，两边墙上大幅的月饼广告，却早早为情怀做起了热身运动。

广告里仍然是广式的月饼，有一些新的说辞，新的修饰语，每年商家都在艰难而努力地寻找突破口，图片也被美化得无可挑剔，可总还是逃不出广式月饼的定义——那种让我们感觉越来越淡，却又不得不吃的甜点。

杭州人口味偏咸，尤其是杭州附近地区，腌得极透彻的酱鸭、板鸭、咸肉、青鱼干……常常是年货里必不可缺的。咸肉咸鱼喜欢跟鲜笋放一起烧，每到春笋抽出季节，每天中晚餐里必有咸肉烧春笋，几乎不加任何调料，煮得鲜透，是地道的杀饭菜，我婆婆家便是如此。

所以，纵然月饼在大众思维中一向被认为是甜点，到了杭州人这里，也给整出了咸味馅来——据说只有杭州人才懂得其美妙的榨菜鲜肉月饼。

要把榨菜鲜肉月饼做得恰到好处，是一门考验技术的活儿，我总觉得那里面，多少还含着灵性的成分，否则差别怎么就那么大哩？榨菜鲜肉月饼只有好吃，或者不好吃，没有模棱两可说不清的“马马虎虎”“还可以吧”。

榨菜得选。太咸的榨菜，自然是难以下咽的。榨菜在这里不能当下饭菜使，味道要寡淡、温和，还得脆嫩，剁成细细的末，几乎吃不出颗粒感。猪肉，新鲜是必须的前提，新鲜得似乎能感受到猪临终前那哀哀的目光，不好好对待这鲜肉都对不起猪的牺牲。

在一个榨菜鲜肉月饼里，主角当然是鲜肉，人们就是奔着吃那一口热乎乎的鲜肉去的。榨菜是配角，起到增加味道层次感的作用，并将肉的鲜美之味吊出来。主次明确才能干好事情，榨菜过多过咸，配角要抢主角的位置，结果落得被食客抛弃。

杭州人懂得关于榨菜鲜肉月饼的美妙，其实就在于刚出炉的须臾。“凉了就不好吃了”，是通俗的说法，更浅显直接，听得明白。临海大饼也是如此，糖炒栗子也是如此，梅花糕也是如此……那些令我们心心念念不忘的乡土美味总是如此，它需要你虔诚地站在路边，耐着性子规矩排队，自觉遵守着不成文的规定与和谐。我见过桀骜不服管的人，对这个不满那个不满，总有许多的怨气与愤愤不平，为了出炉的那一口美味，却也能收敛起脾性，乖乖等候。别说瓜瓜菜菜不起眼，民以食为天，看过《少年派的奇幻漂流》，我们知道饥饿能激发人的兽性，而美食，却在抚慰我们肠胃的同时，舒缓着因生活而疲惫的心灵。

每年中秋临近，有些早发的桂树，已经在路旁飘出了隐隐的暗香，待到金风玉露一相逢，杭州城又是一年“桂花蒸过花信动，桂花开遍满觉陇”，这桂花香里，还夹带着秋实的香味，糖炒栗子六月黄，榨菜鲜肉月饼香，一座城市的秋，竟然同时满足了五官的享受需求。

2019.9.9

银杏林遭殃了

周一的早晨，我骑着电动车上班去。

这大概是一年中最舒服的早晨了，穿短袖不觉冷，穿长袖也不觉得热，城市里的气温就像人的皮肤那样舒服。这个季节睡觉也是最舒服的，不开空调，只用一条夏天的薄被，当然要全棉的，最好是用得有些年月的那种，抱着被子睡觉，达到人被合一的境界。

我们小区附近有河岸景观。咱们这条河属于余杭塘河支流，在地图上细细的一条，水量不大，水流也很缓，但它滋养着水岸两边的园林景观。跨河的短桥边是社区幼儿园，这一角落的景致最精致。幼儿园与短桥相接处有一棵老树，像樱花，又像梨花，后来我用了识别花的应用软件，发现更像郁李，每年开花的时候，满树粉白，兀自造出一方胜景。从幼儿园传达室的顶上，泻下一片凌霄，开花时又是另一番胜景。站在老树边、短桥上往河里张望，那桥下有几处集结的睡莲，开粉色或白色莲，恬静得可以。与之不远处的水面，有成片成片的浮萍。桥下河边还有美人蕉、鸢尾等水边植物。杨柳从高处垂下绿丝绦，轻拂着这些水边植物，极尽温柔之态。这一处小而精致的水岸景致，一年四季具有不同韵味和风情，成了枯燥的城市生活里的亮点。每每踱到这里，我便忍不住站在短桥上，安静地欣赏着季节带来的变化。

河岸边是我们小区的绿化地，有一个供居民运动、散步、休憩的小公园。女儿从出生后到上小学前的几年，我们一直住在那里，所以这个地方是承载了女儿最初的成长记忆的。她每天的一项生活内容就是在大人的陪伴下，去小公园玩耍。那里有花花草草，有公用的运动器械，有滑梯、云中漫步、跷跷板……在那里，她呼吸着室外的空气，结交年纪相仿的朋友，开始着人之初的社交体验。我印象最深的是她在公园里吹泡泡的情形：买的是一个一尺来长的小装置，在空中挥舞，可拉出扁长形状的大泡泡。因为与一般肥皂泡机不同，她被这玩意深深吸引了，挥着泡泡机，在公园的小径里向我走过来，那身姿和手势俱是袅袅娜娜的，引得我不停发笑。女儿从小像个假小子，这时候倒成了一个袅袅婷婷的淑女，我故意拿这话取笑她，她发现这样做使妈妈很开心，表演得更加卖力了。那时候，我深深感到女儿的内心是如此大气，并且与我心灵相通。

河边小公园里最美的景色就是银杏林了，那一片银杏林不大，每年时节来到，就在这片草地上，给我们造出一个金黄的梦。整个小公园像是域外奇境，一走进它，仿佛走进另一个金黄而通透的时空。我曾经为它写下《银杏知秋》的美文，女儿也写了《一首好久不见》参加作文竞赛，它令人心动的震撼之美刺激了我们的灵感。

我们等了一整年的金色的梦呀……

我骑着电动车去上班，在初秋的凉风里悠然自得。经过那片银杏林的时候，看到一对儿老夫妇在打白果，老爷爷打，老妈妈拾，和谐温馨。

但是再看，就看不下去了。那一小片银杏林，虽说不大，里面银杏树的结果能力，却特别好。这个时节，树上的叶子还没有变黄，只在扇子边缘稍稍开始泛黄。白果已经挂满树枝，开始泛出淡淡的黄色，虽说果子还没完全成熟，硕果累累的视觉感，已经是很强烈了。想来老爷爷体力是极好的，双手持一条又长又粗的杆子，重击在银杏树的枝丫上，嘭、嘭、嘭、嘭、嘭、嘭、嘭……好像催人早起的更夫。每击打一次，银杏树枝颤抖一次，因为果子尚未熟透，不是每一次击打都能掉下果子来，老爷爷敲得更重了，似乎还带着些许不得的恼怒。老奶奶带了一个容量颇大的白色袋子，蹲在草地上，全神贯注捡拾掉落的白果。

那一阵阵，一声声，是敲在我心上的，也痛在心上，这些银杏树，它们就像我的朋友和战友一样，站在这里，当它们硕果累累的时候，当它们变得最美的时候，我们也应该随着那盛放的喜悦而喜，为什么一定要占为己有呢？

尚且青色的银杏叶子连同细枝被打得七零八落，树下铺起了银杏枝叶的“残骸”，一小枝上有一小串白果，但也连着好多未黄的银杏叶子，老奶奶便将白果摘下，银杏叶和枝条弃之，这些“残骸”在树底下积成一小圈非自然坠落的银杏叶。

第二天早晨我又经过那里，没看见打白果的人，但发现被摧残掉下来的银杏叶和枝丫更多了，被击打的树木棵数也增多了，地上掉落的叶子一层一层越发厚了起来，树上的叶子自然也更稀疏了起来。

后记：第三天经过银杏林一看，老爷爷带来四位老奶奶打银杏树了。银杏树快被打秃了，这个秋季告别美轮美奂的金叶盛景是毫无悬念的了。为什么不能再等几天，等白果子熟了自己掉落下来呢？也许就是怕被别人抢了先，所以不惜把留给大家的美毁掉，来满足自己的一点点小欲望。

2019.9.11

浦江的仙华山

仙华，只听名字，便有仙风道骨的华彩在里面，它让我又想起了《西游记》中紫阳真人出场的那段描述：“肃肃冲天鹤唳，飘飘经至朝前，缭绕祥光道道，氤氲瑞气翩翩，棕衣苫体放云烟，足踏芒鞋罕见，手执龙须蝇帚，丝绦腰下围缠，乾坤处处结人缘，大地逍遥游遍，此乃是大罗天上紫云仙……”在瑞气与祥云之间，神仙难掩其光芒，五彩霞光喷薄而出，令凡夫俗子不能直视。这就是神仙呀，那么耀眼，那么令人无法忽视，否则那些历史上有建树的大成者，怎么毕生都放不下对得道升仙的追求呢。

浦江的仙华，对应的却是一位女神仙——轩辕黄帝的小女儿玄修，小名仙华。

正统的历史记载中并没有关于轩辕黄帝女儿的记录，神话中提及的黄帝女儿天女魃，是旱神，《山海经》中呼其旱魃，所到之处，土地变成赤土，寸草不生，说起来也是个灾星。但她有操控天火的能力，战斗力强悍，是黄帝手下的重要大将之一。在剿灭蚩尤这场战斗中，魃立了大功，力挽狂澜，打败蚩尤请来的雨伯和风师，洪涝灾害变成了旱灾。这场战争黄帝赢了，蚩尤被杀了。但天女魃的神力耗尽，变成僵尸，再也上不了天界，她为父亲的统一大业牺牲了自己。

《山海经》里说魃奇丑无比，是个嘴里会喷火的光头，真是无法想象丑到什么程度，难道是继承了知名丑女、黄帝第四任妻子嫫母的基因？黄帝的小女儿玄修（仙华），历史上无记载，关于她的故事是来自浦江当地的民间传说，她却是长得又美丽又温柔，心灵手巧，是标准的窈窕淑女。丑女嫫母怎么又能生出这么漂亮的女儿来了？抑或玄修是黄帝第一任妻子嫘祖的女儿？若是嫘祖女儿，怎可称为黄帝的小女儿？她们之间的关系无法考证，我们且当作神话传说来看待。

传说玄修是跟随哥哥渊龙来到浦江的。当时南方动荡不安，黄帝派皇子渊龙来镇守浦江，玄修便跟了过来，在如今的桐庐、诸暨、东阳和浦江一带都留下了足迹。渊龙虽然被黄帝“外分荒服”，但他能在其位，谋其政，在当地获得很高威望。浦江民间一首歌谣描绘了渊龙镇守浦江时的神威——“头戴紫金冠，脚踏擂鼓山，东边黄罗伞，西边大旗幡”，这些后来成了仙华山上四座山峰的名字。

黄帝自己也下基层，经常到南方巡视，传说他先到今天桐庐境内的桐君山拜访神医桐君子，讨教炼丹修道方面的高见，桐君子就给他推荐了如今缙云的仙都和浦江的仙华山。关于黄帝与缙云仙都的渊源，在我的文章《仙都游记》里可管窥一二。仙都的鼎湖峰上，传说就是轩辕黄帝置鼎炼丹的地方。桐君子说，此山有天下第一石之奇，是修道炼丹的好地方，于是黄帝将自己发明的鼎置于鼎湖峰顶部炼丹，最后也是在峰顶乘五彩神龙飞升而去。

黄帝选中仙都鼎湖峰作为自己炼丹修道的地方。桐君子说的另一处“天下第一灵山”，指的就是如今浦江的仙华山。神医从两方面阐述了此地的优势：一是地形特殊，在战略上易守难攻，再者历史背景深厚，文化源远流长，定了此地，便有安镇天下的作用，至少也是心理暗示。其二是环境上的“神”与“奇”，此处宜居，阴阳相生，奇峰秀水中孕育灵气，适合修炼得道。于是仙华山成了玄修的修炼之地。黄帝听从了桐君子的建议，在这两地连线区域打造自己的南方活动阵地，传说他还利用水路行渡，想念女儿的时候便由水路过来看望玄修，兼顾传医送药、海陆采物，真当是炼丹、治国、维系亲情三不误。

玄修爱上了浦江这个地方，对其感情极其深厚，她选择了留守此处，终身未嫁，把大爱献给了一方百姓。她襄助父亲，在当地教会百姓种麻养蚕，织布织绢，同时采风问俗，教化生灵，治病救人，助弱扶贫，牺牲了一个女人的小爱，成就对一方生灵的大爱，当地百姓对她充满感激，把她升天的那座山峰称为“少女峰”，织布的清虚洞称作“织绢洞”。

爱生爱，美生美，善生善，感恩是最好的回馈。宋儒留诗云：“山林重帝胄，香火明民衷。”浦江人民对自己爱戴和感激的天女玄修，无需言语，经久不衰的鼎盛香火，便是最好的说明。

2019.9.18

吃蚂蚁

小时候看书，书中提到一道菜名“蚂蚁上树”，被这奇特雷人的名字吸引了，深深印刻在脑海里，从此毕生难忘这个菜名。但书里没图片，也没介绍，我想当然认为，那是一道炒蚂蚁的菜。

蚂蚁能吃，这是老早就知道的。从技工学校出门左转的饭店老板，在自家收银台上放了一瓶自制蚂蚁酒。那么多黑压压的蚂蚁，也不知他怎么捉来的。那酒并没有卖出过，罐子一直放着，最后，好似成了店里一个象征性的图腾。饭店生意每况愈下，从炒菜慢慢转变成卖馄饨、面条、包子的店，但只要那罐蚂蚁酒在，仿佛还是当初那个店，档次从没降格过。我一度认为那罐蚂蚁酒，其实是店主的某种精神支撑。

所以对于“蚂蚁上树”这个菜，我想象中就是一盘黑压压的炒蚂蚁。至于蚂蚁为何要上树？这树又是什么？倒是从来也没想过。

后来在杭州工作了。当时杭州有一家做得很大的川菜馆，且有很多连锁店，味道正宗，走的是平价路线，一时间人气旺盛。第一次去，拿起菜单，第一眼就看到“蚂蚁上树”，居然不贵，心中甚喜，想：今儿个终于要圆儿时的梦了，蚂蚁上树，那是非吃不可的了。结果菜端上来一看，是肉末炒粉丝，完全颠覆了儿时的想象，当时就觉得哭笑不得。

肉末因为剁得极细碎，粉丝又条条分明不粘连，肉末附在粉丝上星星点点密布，曾经有那么一位想象力丰富抑或是视力不佳的食客，赐了这么一个雷人的菜名。倒也好，助其扬名立万了，要是沿用肉末粉条的称呼，估计至今还是籍籍无名。

你看想象力多重要！它可以把鸡蛋配小葱说成“两个黄鹂鸣翠柳”，豆芽菜放汤说成“一行白鹭上青天”，汤里飘根大葱是“猛龙过江”，辣椒干炸黄鳝是“乌龙过火焰山”……没想象力没脑洞，小葱是小葱，大葱是大葱，豆芽还是豆芽，吃到嘴里也没了那个味儿。

蚂蚁上树属于一种挺误导人的菜名，菜里压根儿没蚂蚁。不过作为中国人，对这种情况也早已见怪不怪，就像老婆饼里没老婆，鱼皮花生里没鱼皮那么自然，就说我们台州的本土小吃麦虾、泡虾，最初也都是没有虾的。

但真有人吃真蚂蚁。比如说云南人。云南人的吃口很奇特，让人又爱又恨，专吃些稀奇古怪的东西。吃花，也就罢了，好歹还能营造出风雅的格调。吃虫，就让人毛骨悚然了。知了、蝗虫、蜂蛹、蚕蛹，这些还算正常，史书医书都有介绍的。竹虫、柴虫、椰子虫、水蜻蜓，外地人是闻所未闻。当然，这感到毛骨悚然的是外地人，作为一个云南人，没吃过虫，都不好意思承认自己是个云南人。

云南人吃的蚂蚁叫酸蚂蚁，一种生活在怒江两岸、瓜子仁大小的黄色蚂蚁，腹部下面有一个透明的小黄球儿，里面装着饱满的酸液。这酸汁可够味儿，够酸爽，古时云南山区里的少数民族买不到醋，就用这黄蚂蚁的蚁酸代替醋酸使用，把蚂蚁捉了装进罐子密封，不加水，让那蚁酸自然地、慢慢地渍出来。

当然黄蚂蚁也可以炒着吃、炸着吃，用香油文火轻炸，让蚂蚁在温柔的“煎熬”中化为香脆小菜，下酒是极好的，有点像我们江南地区的“炸炊皮”（小虾皮），只是多出了独特的酸爽味道。

蚂蚁通常和蚂蚁蛋一起被制成美食。这蚂蚁蛋，要是不厌其烦地分离出来制成酱，还真成了古往今来的稀奇货——周朝人口中的蚳醢。蚳为蚁卵，醢为酱，蚳醢即奇货可居的蚁子酱是也。周朝王室有醢人团队，醢人是头头，手下有阉奴、女醢人、女奴等六七十人，这些人专门负责给周天子制作各种酱，比如鱼醢、蠃醢、蜱醢、蚳醢……这些酱一般用于祭祀或者搭配国君的日常饮食，各种酱配不同主食，譬如干肉片一般蘸着蚳醢吃。关于周朝的“醢”我在《菹》一文中曾经做过介绍。分工之细令人惊叹，就比如做蚳醢，上面这些人只顾每天孜孜不倦地造酱，这材料还需由其他人来寻找，负责寻找收集蚁卵的人叫“鳖人”，一队鳖人翻山越岭、掘地三尺去找蚁窠蚁窝，四处奔波还得有收获交差，并不是一件轻松的工作，找不到蚁卵交差，还不知要面对什么样的惩罚和不幸呢，真当憋屈得慌。但我们从中可以看出，咱们中国的美食文化从周朝开始已经发生了一个质的飞跃，周朝天子舌尖上的幸福程度，已经大大超越了之前所有的一国之君。

民间有一种迷信说法，说吃啥补啥。鱼眼补眼，猪脑补脑，后来衍生到吃“像啥的”补啥，比如春笋吃了脚骨壮健，豌豆或螺蛳吃了眼睛圆圆亮亮。女儿成年后大腿粗，母亲说是小时候我给她吃了太多鸡腿所致，让人哭笑不得。蚂蚁虽小，力大无比，“能举等身铁，人食之能益力气，泽颜色”。就因为蚂蚁相对意义上力大，所以吃了它，人也会变得力大，这逻辑我也是不置可否，但这话是李时珍老爷爷在《本草纲目》里说的，自然具有权威性和说服力。人们掘蚁冢、推蚁封、挖蚁塿，非得要将蚁泡酒、油炸、炖肉、制酱食之而后快，便可以理解了。

2019.9.24

方圆之道

中国人好像不太喜欢方。

方，有棱有角，一不小心撞着，轻者乌青，重则流血。譬如我家的床，有四个突出的方角，十几年下来，没少撞到我的膝盖，每次疼得我龇牙咧嘴。俗话说，“一朝被蛇咬，十年怕草绳”，人是会吸取教训的动物，可是这床角，十几年了硬是没磨合好，隔三岔五撞我一块乌青，最后，习惯了。乐观点想，好歹这痛感，还能提醒我活着呢。

当年搬到新房搞装修时，选的是方方正正的风格，柜子、桌子、台面、茶几、沙发……无一不是有棱有角的硬朗形状。一进家门，颇有严肃感觉。后来终于买了一张弧形的根雕茶几，在客厅里摆成弯月形，中和了一下屋子里的棱角感。

中国人比较喜欢圆。

圆形元素随处可见。毕竟太阳、地球、月亮都是圆的，不知对圆的感情，是否来自宇宙间一种原生意识。八卦、太极、五行，天干地支，四时更替，首尾相接，无限循环……各种各样圆形的图腾和标志。人们设计商标时，也偏向于选择圆的形状，在一块硬币大小的小圈圈内做文章。

无论抽象还是具体的镜像中，圆无处不在。

圆因为没有棱角，摩擦力极小，怎么碰也不会伤人，做轮子滚得远。性格上的圆，在中国历史上更是被推崇了。圆到一定程度，圆到一定境界，就练成了“中庸之道”的武功大法，可以明哲保身、暗度陈仓，驰骋中国历史好几千年。

圆润、圆滑的人，像抹了机械油似的，精明而世故，又像满身黏液的泥鳅，怎么也抓不住它。见风使舵，船不容易翻。我曾经听到一个自认阅历较常人丰富的人，她传授我一条处世秘笈，是这样说的：“别人喜欢什么，你就捧上什么味的鸡汤，学着点哟”，这老练是达到一定境界了。

可我不并想做一个捧鸡汤的小二，去伺候不同口味的客官。再说了，这频频依着人家口味换鸡汤，不累吗？活得战战兢兢，天天患得患失，严重者甚至导致心理疾病，还不如一心一意专心熬制自家的秘制鸡汤呢！喜欢你家鸡汤味道的人，自然会成为忠实客户。不喜欢你家鸡汤的人，强求无益。众口难调，你能满足全天下人的口味？不可能的。

世上人好比五颜六色的调料，我们真没有办法去调和所有颜色，所有颜色调起来就是一团黑了。也没有办法获得所有人的喜欢。你去问问变色龙，它活得轻松不轻松？违心不违心？还不如做自己呢，爱你的人更加爱你，恨你的人更加恨你。别再试图做和事佬了，那薄薄的一层情面，早已糊不住时代巨变造就的大裂缝。

那裂缝是什么呢？是价值认知上的撕裂，是趋势判断上的正误，是前行方向上的分道扬镳。一个要往南去，一个要往北走，你就是孔老夫子再世，能把他们中庸起来？异想天开。

在这样的背景下，圆突然失去了它们原本可以得心应手、游刃有余、路路通吃的优势，变得无所适从了。它滚来滚去，试图找到一个折中的位置，竟也变得十分困难起来。因为这世界越来越多的人方起来了，找到了自己的位置。

方块越来越多。类似的方块聚集在一起，开始筑城砌墙，建造它们的城堡。而这时我们发现，一向受人欢迎的圆，就像一块块鹅卵石，它们根本无法聚集在一起建造城堡。原来圆滑的圆，也有它的致命弱点！

方圆之道，在不同时代背景下，有不同的诠释。方的时代来了，还拿圆的方式来处世，难怪会碰壁。

2019.9.26

金石滩的礁

金石滩的礁，让我震撼。

这是我至今在国内去过的最靠北的海边。它跟济州岛的海边景貌有几分相似，礁石皆清癯嶙峋，颜色接近乌黑，海水冷冽冰凉，即便在八月的上旬，仍然不适合下海游泳。

那些礁石的形貌、纹理，奇特却又有规律可循：或斜披，如被风吹得飞扬的发；或蚀如蜂巢，虚孔遍布，仿佛是来自远古的天外来客，毕竟，它们的诞生可以追溯到远古震旦纪，也算得上是亿万年前的沉积岩标本了。

从前的海平面，一定是比现在高出许多，你看那些如今高耸着、如石笋般挺立的海礁，上面布满了数不清的鹅颈藤壶遗迹，密密麻麻，像倒扣的小碗，在海风中早已风化形成无数管状的小孔。还有蚝的半边壳，嵌入石头，也已与海礁融为一体。

在这样的景象面前，时间突然被无限制拉长，当你面对着上亿年前在这里曾经发生过的故事，地壳的运动，生命的奥秘……缓慢的生物进化在这里给了我们一种错觉，误以为它们是一瞬间发生的事情。

接近傍晚的海浪是温柔又有点倦怠的，它轻轻地漫过来，吻一吻沙滩，又恋恋不舍地退回去，一次又一次，周而复始。海浪与沙滩，像一对儿心无挂碍的人儿，全然不顾其他事物的存在，只沉浸在自己的游戏里，直到在月光和星辰下睡去。

而礁石，一如既往冷冷地矗立着，不管是烈日下，海风里，夜色中。它是如此严肃，不动声色。海浪的性格就生动多了，有时它会厌烦起来，甚至发怒，滚滚而来，一次又一次冲击着黑色的礁石，被撞得粉身碎骨仍然不懈怠地卷土重来，似要把心中的压抑发泄殆尽方才罢休。有时候它又变得乖巧识趣，轻轻撩拨着礁石，带着孩童试探性的冥顽。而礁石，还是那么严肃。

突然我觉得这倒是像一家子了。浪，是不受约束的孩子，总想着往外跑。沙滩，是那个永远敞开胸怀等着拥抱孩子的母亲，孩子每一次回归，她都如同初见般迎之以亲吻和拥抱。而礁，那沉默的父亲，它不苟言笑，努力维持着自己的威严。它看过斗转星移，经历过地壳运动，它一言不发冷眼观察的样子，大概是咽下了太多太多撕裂的痛和埋葬所致吧。因为每一粒沙子，每一个珊瑚虫化石里，都藏着一个很长的故事……

礁石是沉默的。可是那上面的每一个印记，每一道伤痕，每一条纹理，好像都在说话，它们是凝固了的象形文字。礁石是丑陋的，它又黑又瘦，被腐蚀得千疮百孔，形成拱桥一般的海蚀穹，可是当它们接二连三在海边绵延十几里后，却又形成了一种震撼人心的象形之美！你看那恐龙探海，如此惟妙惟肖，一只恐龙伸出脖子低头吸水，连眼睛都长在正好的位置上，退潮时，海水好像是被它吸去了一大半。传说恐龙的身子下面藏着一个淡水泉眼，而这泉眼，正是通往银河的入口，这里涌出来的水，是可以饮用的延寿神水，不知牛郎织女，可曾发现过这个神奇的泉眼？

金石滩有一块石头是国宝——鳌鱼滩景区内的龟背石。岩石表面赭红，有规律的小方块形龟裂，如同乌龟脱水后干裂起翘的背壳，是全世界仅有的两块龟背石之一，大连金石滩这块龟背石，比加拿大的那块龟背石要大出一倍以上。

海边礁石地上，遍布数不清的小水潭，它们既独立，涨潮时又连成一片。水潭里绿色的海藻和深青的海带，逐浪而飘。寄居螺、寄居蟹，多得像天上的星星，数也数不尽。我们光脚踩进潭里，小鱼小蟹在脚边爬来爬去，怪痒的。等我轻轻蹲下来，凝神屏气想要兜一条小鱼的时候，那些虾米大小的生物突然变得警觉异常，只要我身子有些轻微移动，它们便像流星走月一般，三五成群朝着一个方向逃逸，眨眼间消失，速度快得连眼睛都跟不上。在一块岩石的缝隙里，我发现了一只胖海星，它的腹部呈耀眼的金黄色，背部棘皮呈烟灰色，上有醒目又诡异的橘红色花纹。这只海星的一只脚不知为何嵌在岩石缝里，已经被压烂了，其余脚上细小的管足一吸一张，好似努力要活下去的样子。我动了恻隐之心，将它从岩石底下挪出，放归大海，不知算不算是救了它一命?

这里的海岸，是一个古老得连时间都无法说明白的世界。那些沉默的礁石，像中了魔咒一般失去了言语，站在北方冷冽的海水中，固执地思索着。它坚持着自己的执拗，却又从来没有松开过大海的手。暮色中的海浪卷起千堆雪，镜头中的画面，竟然让我回忆起圣彼得堡夏宫外冰封的波罗的海：白茫茫一片，白得宏大、震撼。在海边，人的内心是没有细嗅蔷薇的敏感的。越靠近大海，越感觉到自然的威力，被环境感染，心胸拓宽，顿生“东临碣石，以观沧海”的豪迈之感，才会明白海纳百川的意义——纳的有小鱼小虾小蟹，也有扶摇而上九万里的鲲鹏。

2019.9.30

琼林宴

古人认为人活一世，最爽的事情有四件：久旱逢甘霖，他乡遇故知，洞房花烛夜，金榜题名时。此四乃人生至乐也。

久旱逢甘霖，是活命，眼看着要步入绝境，突然天雷滚滚，老天开恩继续赏饭吃，心理上会觉得自己福报所至，便有了希望和正面的暗示；他乡遇故知，这点我的感触并不深，我外出求学到杭州，与老家仍然在同一省份。到了新的城市，因为一个人，爱上一座城，渐渐建立了新的生活圈，孤独感和隔离感并不强烈，那个因他乡遇故知而涕零的人，我想他肯定经历了我们不知道的艰难；洞房花烛夜，要说这是人生至乐还得有个前提：洞房的，需是自己的心爱深爱之人，从此以后名正言顺牵手，想想都是遮不住掩不住的幸福喜悦，若仅仅说的是洞房的春宵之乐，那未免也太肤浅了。只是，在包办婚姻占多的封建社会，能与自己心仪心爱之人步入洞房的，那都是像中了奖似的稀缺；至于这第四者……窃以为，在科举时代，金榜题名才是王道，从此有天子恩禄，有美眷佳人，财富、尊严、地位、美人……啥都会有，早上还在茅草房里埋头苦读呢，晚上已经是有资格奔赴琼林宴的座上宾了。春风得意马蹄疾，一日看尽长安花，那才是真正登上人生的快意巅峰了。

琼林宴在鹿鸣宴之上。鹿鸣宴算是乡宴，最牛也是由巡抚主持，相当于现在省长级别。而琼林宴是由皇帝主持的，是国宴、御宴，就算皇帝不能参加，也会任命亲信重臣陪宴。琼林宴上最风光的自然是状元郎了，只要不是长得特别丑特别猥琐，很容易成为皇亲国戚选婿的第一人选，纵然皇族看不上，娶个达官显贵的千金也是轻松之事。这是新人融入朝堂、建立关系网的一个绝好机会，尤其是通过联姻这种相对更为稳固的方式。各家朝堂元老们也是带着骨碌碌的眼睛来的，忙着为自家寻找心仪的乘龙快婿，为家族增加新鲜血液，培养新势力。

琼林，长满玉树琼花的林子，只听名字便觉仙风阵阵，好似来自海上仙子国。其实它指的是宋代皇帝的御花园琼林苑，位于开封府新郑门外金明池对面。此宴会起源于宋太祖赵匡胤，赵匡胤亲自主持殿试，亲自宣布名次，由皇帝亲口念出一甲三人名字，阶下卫士齐声传名，这种操作称为“传胪”。然后皇上赐宴于御花园琼林苑庆贺。开国皇帝总是比较勤勉的，啥事都要亲力亲为。

科举时代鼓励“万般皆下品，唯有读书高”，对于那些过五关斩六将、最后披荆斩棘一路杀到读书链顶端的几个幸运儿，国家自然会给予至高无上的荣耀，也只有这样，才能刺激更多的人在这条路上前仆后继。对国家来说，这是一个选拔人才较为有效的方式，对读书人，尤其是出身寒门的读书人来说，也是一条通过自身努力改变命运相对公平的途径，否则，越权贵越垄断，越穷的人越没有翻身机会，只能永远处于食物链最底部，被重重大山压着见不到一线希望的光芒。

最顶端永远是最耀眼的，就像我们常常只看到第一名状元的风采，而忽视第二名和第三名，更不用说其他登科的进士。如果这个状元不仅才高八斗，颜值也是高人八度，进退有度，气宇轩昂，那真是人中龙凤，国之瑰宝了。实力与颜值齐飞，不用说就是当朝的全民偶像，有时候连皇帝也会被这美男学霸的风采折服。北宋真宗时有状元名蔡齐，“堂堂伟岸，进退有法”，宋真宗也被迷住了，令金吾卫清道，状元郎骑高头大马游街夸官，从崇政殿到东华门，万人空巷争睹新人容颜，这样的风头，啧啧啧，羡慕死众人……此时此刻，才真正体会到“金榜题名时”所带来的极致荣耀与自我价值实现了吧！

之后去参加皇帝在御花园主持的琼林宴。等级是十分严明的，状元单独一席，榜眼和探花共一席，其余登科进士四人一席。用的餐具也有等级之分，比如只有状元才能用金碗和刻字的纪念性银牌。皇帝赐御酒、宫花。宫花插在帽子之上，就像我们在戏曲里见到的样子，以示喜气和轻松气氛。偏有个严肃的人——曾经砸缸救人的司马光，对此不以为然，琼林宴上不愿意戴花，觉得戴宫花是轻佻的，助长浮夸风和奢侈风，便抗拒之。结果还是同年好说歹说，劝他随随喜，“君赐不可违也”，何必在这种小事上横生枝节？后来司马光想想也有道理，“乃簪一花”。说起来还得感谢这位同年，要是当初琼林宴上为了这个戴不戴花的问题硬头颈犟着，皇帝心想你小子翅膀还没长硬就要跟我对着干了？那真是要叫作“小不忍则乱大谋”了。

琼林宴上除了餐具高级，菜肴更是精致奇特，荟萃大千世界里的奇珍异味，古人只用一句话描述就够了——“极天厨之馔”，此物只应天上有，人间哪得几回见。见了天子，参加天子举办的琼林宴，做了天子门生，那就等于是上天了呀！从低阶层跃入高阶层——传说中的跃龙门，鲤鱼变成龙。唐朝的“烧尾宴”，其名字就是这个意思，鲤鱼尾巴被烧掉，变成真龙，虽然有短暂的痛，但从此得到质的蜕变与飞跃，需要与一些旧的羁绊做个断舍离，本质上还是封建社会里森严的等级观念。

朝为田舍郎，暮登天子堂，这是科举时代多少读书人的终极梦想啊！也是那些贫寒读书人唯一的希望所在，只有靠苦读拼出一条血路，才能解决大部分解决不了的问题，比如贫穷、卑微、徒受欺凌、爱而不得……幸运者最后有机会参加鹿鸣宴，更幸运者直上琼林宴，袍笏加身，衣锦还乡，春风得意之时难免意气风发，胸壑中便有了很多意欲大展拳脚的蓝图。琼林宴是个美好甚至可以说是唯美的开始，可是在我看来，更多地像一种假象。一个人进入官场之后，等待他的，绝不会是如此唯美瑰丽、仙境般的景象。就像我在《我的老祖宗秦鸣雷》里所写的，年轻时，总有远大抱负和美好愿景，想着成龙成凤，提笔写下“总有风云时际会，化为霖雨济苍生”这样的豪言壮语，数十年仕途颠仆之后倦鸟归巢，才明白了人生真相是——“但得此身长健，堪称陆地神仙”。

琼林宴，是个唯美的开始，可是，也只是一个唯美的开始而已。

2019.10.8

蟢

蟢是什么？蜘蛛。

不是所有蜘蛛都可以叫蟢的，只有长腿细身的喜蛛，才可以叫蟢。

不少人怕蜘蛛，见到这小小虫子就像见到庞然大兽般惊悚，明明可以易如反掌地一脚踩扁，却惊恐奔逃，动作夸张。

我也怕蜘蛛，但没有如上所述的夸张。最见不得的是花背蜘蛛，背上好像长着一张人脸，相当诡异。有一次回老家去乡下山里挖金蝉花，在旧农舍墙上邂逅一只背部花纹特别奇怪的蜘蛛，挑衅地盯着我看，好像恶灵附在了这只小虫子身上，恐怖印象便在脑海里抹之不去。

唯独蟢，我是不怕的。它们的身子才米粒大小，无花纹。八条腿细长，呈现半透明状，极其轻盈。一只蟢的重量是可以忽略不计的。也许正因为它太轻了，感觉自己一口气就可以把它吹走，故而不是那么害怕了。

而且在我们家乡的习俗里，是不能伤害蟢的。小时想要欺负蟢的时候，被大人见到，会被立即阻止。蟢的出现代表着好事将临，特别是当一只半透明、轻盈的蟢从它那张精致的网上垂下来，四处无依地挂在半空，在老人眼中，这叫“蟢（喜）从天降”，了不得的喜事要发生了。

有没有喜事发生，那是仁者见仁智者见智，人一旦有了某种信仰，心理暗示就开始起作用了，至少会变得乐观起来。之后一段时间，只要是平平安安的，那都是蟢的功劳。就算出了什么倒霉的事情，人们也不至于想要跟一只小虫去讨说法。作为一只结网的蜘蛛，蟢比其他蜘蛛来得幸运多了。

蜘蛛向来被认为是讨厌的东西，挂满蛛网的屋子，没有生命，透出死亡的气息。蜘蛛还被民间列为五毒之一，为了驱杀五毒，人类可是想尽了办法的，科学也好，迷信也好，总之对五毒是深恶痛绝，避而不及。为什么小小的蟢却免于其难呢？

首先，正如我前面所说的，蟢不是那么凶悍，不是那么爱滋事。大部分蜘蛛带有或轻或重的毒液，人的皮肤，尤其是小儿，接触到蜘蛛，有可能被毒液感染。而蟢看起来干干净净，清清爽爽，没什么毒性。其次，蟢织网本领特别高超，可能也是由于体态轻盈，织网的成功率很高，织出来的网也出奇精致。当一缕阳光照射在新结的蟢网上，网上还挂着细细晶莹的晨露，如一副碎钻拼成的八卦迷宫图，那是蟢的杰作，一只微不足道的小虫，让我们惊叹自然界有这么多鬼斧神工。蟢的网精致周密如八卦图，又如福万，人们会像我长辈那样认为，神灵会通过自然界的一些特殊渠道，给他们暗示：“壁蟢吊，好事到”“蜘蛛吊，财神到，朝报喜，夜报财”……

蟢被当作占卜的工具，还有一个民俗中的有趣活动是“喜蛛乞巧”。《东京梦华录》记载：“在七夕日，妇女望月穿针，或以小蜘蛛安合子内，次日看之，若网圆正，谓之得巧。”在七夕节，蟢成了织女与民间女子之间的信息传递使者。巧，本来是一个看不见摸不着的东西，用它来形容对一种技术掌握的精湛程度，也是一种评判女孩的标准，是抽象的。在乞巧节中，女孩们虔心膜拜，却无法印证织女到底有没有把巧传授给自己。结果会织网的小蜘蛛蟢，被选中用织网来传递不可言传的神谕：当女孩们第二天打开盒子，网的质量就是神仙要传达的意思。没有网，就是乞巧不得。网越密，越圆正，得到的巧越多。

蟢体态轻盈，在蛛丝上收放自如，即便只从一根蛛丝上垂挂而下，只要不遭到外力破坏，收上去轻而易举，很少发生“坠毁”的意外。于是长辈对蟢说：“壁蟢壁蟢，有喜上开，无喜落来。”意思是：有喜事你就爬上去，没喜事你就掉下来，貌似一种占卜的语气。但是有意思的是，人们明白，只要碰碰蟢的长脚，它一定就会往上爬回去的，因为织网能手和轻功高手蟢，从来就没发生过坠落的意外，所以，有喜事那就是铁板钉钉的事情了！我才理解为什么蟢在蜘蛛家族中鹤立鸡群，独得人们青睐：因为它总能给出一个令我们相当满意的答案。

一切神的暗示皆源于心灵预期。

2019.10.10

做梦吃绿豆芽

我一直不明白，为什么台州人把做白日梦比喻成“做梦吃绿豆芽”？

绿豆芽，绿豆浸泡后发出嫩芽，在菜场里属于低档蔬菜，两块钱可以买一箩，炒出一盘应急素菜。

绿豆芽脆，但寡淡无殊味，须与其他风格明显的食材搭配方有味道，如火腿、香肠片、鳝丝等。

说实话，绿豆芽，它，从来也没做过什么光彩照人的主角菜。在台州的知名地方小吃麦油脂里面，绿豆芽不可或缺，但也仅仅是配菜而已，因身材细长，发挥着它极好的填充和连接功能。

台州人做梦不说做梦，说“乱梦”，梦里是不讲什么严谨逻辑的，脑细胞像坏掉的琴键，音符随机跳跃，此起彼伏，乱得很。从字面上看，台州人的意思是：在胡思乱想的梦中，居然还美滋滋地梦到吃绿豆芽，简直就是异想天开！

我本以为，依着台州人的原意来形容异想天开，应该用“做梦吃鲍肚”“做梦吃燕翅”之类说法，方能显出异想天开的遥不可及和滑稽可笑。但是在这句俚语的初创之时，一定是绿豆芽的珍稀程度超过燕翅鲍肚，人们才这么说。自古以来聪慧的台州人，难不成会在绿豆芽这件事情上犯迷糊？

这么一想，我就去查了。还真找到依据了。原来绿豆芽食用史起源于宋代，当年它也是身份高贵，得了雅号“如意菜”，取其形似如意，又白美独异、冰肌玉质，被美誉为寸长的金芽、白龙之须，听起来，已经是御用的档次。

宋元时期，豆芽的吃法主要是去绿豆壳后，过沸水略焯，然后以姜醋汁凉拌，或以肉臊拌之，那时的豆芽，是绝对的主角菜。古人发豆芽不容易，不像我们现在有自动豆芽机，可以定时补水加湿。古人发豆芽，全靠自己上心：绿豆用冷水浸泡两宿，候涨换水。豆子铺在湿润的纸上，得定时查看水是不是干了。但又不能一次性多加水，因为水多了，脆嫩的豆芽会烂根。所以古时发豆芽这事，需要在白天完成。

“做梦吃绿豆芽”，人在做梦，势必已经在熟睡中了。“乱梦”乱得天马行空，哪里还能时不时醒过来，定时检查豆芽的生长情况？水多，烂了；水少，又干了。夜里人要睡觉，不可能成功地发绿豆芽。如此一来，恍然大悟，原来台州人的意思，并非指绿豆芽昂贵吃不起而只能在梦里享用，台州人要说的是，你既然选择了睡觉，就不可能发出绿豆芽来；你选择晚上发豆芽，就别准备睡觉了。不付出劳动，哪里来的收获？只靠脑子里想想而不动手，那是凭空想着天上掉下馅饼来啊！

做梦是吃不到绿豆芽的。吃绿豆芽这白美独异的寸金之芽、白龙之须，是要付出代价的，这个代价是睡眠。又想呼呼大睡，又想发出绿豆芽来，那是懒汉不切实际的白日梦，是癞蛤蟆想吃天鹅肉，是期待不劳而获的痴人梦呓。

不过技术在进步，聪明努力的人，发明了豆芽机，彻底解决了这个“做梦吃绿豆芽”的矛盾，但这个俗语由于它生动形象的讽喻、扎实广泛的群众基础，在民间被保留了下来，也时时提醒我们要保持头脑清醒，做事要稳重，一是一，二是二，有多少力量放多少炮仗，不要“乱梦吃绿豆芽，拉屙挂叮当”，什么都眼高手低，说的比做的多，晚上躺在床上想想都是豪情万丈，第二天起来还是一副老样子，异想天开的念头永远悬在半空，没个靠谱的边际。

2019.10.16

黯然销魂钢管鸡

桌上三个菜：文丝豆腐、桃心小发糕、色拉冰激凌卷。最赞的是文丝豆腐，谐音文思喷涌的“文思”，即嫩豆腐不知用了啥秘密武器，批成细细的挂面模样，每条两三寸有余，悬浮在半透明的羹汤中，和着嫩红的火腿丝、乌黑的水发木耳丝，有殊味。钵正中点缀着数颗通红的枸杞用来增色。

我探了一下头，隐约可见厨房里刀光火影，厨师用一个“人”字形的铁丝勾子，勾住鸡翅膀，那鸡便像做体操般地穹起双翅，又如跳水者以站立的姿势垂直落水，被浸入大油锅里油炸。

我觉得单以油炸，是不能使一整只鸡熟透的，果不其然，服务员说那鸡之前已经在木炭吊炉里烤过了，油炸不过是最后的点睛工序，给鸡身淋上糖油，使之红亮诱人。末了，再用喷着蓝色火焰的喷枪在鸡表面拂拭几下，制造出更焦香酥脆的口感。

厨房门外的餐台上，最引人注目的就是这些钢管鸡了，几乎每一桌都会点一只钢管鸡。如我仅有两人的聚餐，也鼓起勇气点了一只，皆因闻名已久。

那些鸡按出炉的先后排在餐台上，等着服务员端走。我认真地看着，它们姿态各异，还真没有两只是一样姿势的。单说头，有的鸡头往后仰，趾高气扬；有的鸡头往前倾，垂头丧气；有的鸡又或左或右地歪着头，一副吊儿郎当的模样。有腿粗的，往上缩将起来，好像是害怕下面熊熊燃烧的木炭；有的腿相对纤长，自然垂着，似是看清命运，放弃挣扎。不过，鸡爪和鸡屁股一律是被剁掉的。这情形，好像是鸡在临死前的那一个姿态，被戏剧性地凝固了起来。

然后有一根粗大而中空的钢管，由下至上，毫不留情从它身体里穿过，从肛门附近穿进，鸡颈附近穿出。这场面是震撼的，看着就生疼。面对这样一只在自己面前毫无遮掩的鸡，谁也禁不住要老脸一红……

如果那只鸡知道自己将要被做成钢管鸡，临死前肯定是不开心的，至少我是这么觉得。这种死的方式因为不雅观，是颇失尊严的。人们在它死后，给它封赐了高端又性感的名字：火焰鸡、钢管鸡，以及并不丢人现眼的标价，似乎要弥补这只鸡所做出的、丧失了部分为鸡尊严的牺牲。譬如我手里这张菜单上，写的菜名是："黯然销魂钢管鸡"。销魂不够，还得是黯然地销魂，比之单纯的销魂，多出一些无端愁绪、莫名伤感和苦苦寻找自我的情怀。我不知自己品尝这只鸡时，该以怎样正确的黯然姿态去品尝。是边吃边感怀鸡命易逝、鸡生不易，由此对食材产生佛性领悟以及感恩之心？还是推鸡及人，从而悟出生命短暂，应当及时行乐满足口腹之欲为上？无论如何，想来编菜单的那位，当时是用了心的，或许我还没揣摩透他富含深意的暗示。

轮到我们这桌上鸡了。有意思的是，那简直就像命里注定一样，它是属于你的，就是你的，宿命注定它要成为你餐桌上的镇桌之宝，而不是其他桌子上的主角。否则，怎么不是别的鸡，而偏偏是它呢？这种相遇的缘分，在我们来到这个餐厅、决定点什么菜之前，似乎就已经冥冥之中安排妥当。所以，我必须在动手撕下第一片鸡肉之前，好好地端详它：它，为什么如此特别？

我愕然发现，我们桌上的这只鸡，果然与众不同。其他的钢管鸡，头或后仰、或前倾，或左右耷拉，而我这只鸡的头，竟然挺了脖颈微微颔首，那头形和方位如此之正，以至于它看着我的样子，如同王的凝视，淡定无比，霸气无比，全然并不在意自己赤身裸体并且焦头烂额。而且它的眼睑半闭着，眉头微蹙，无端地生出一股王者的威严之气。

再看它的身子。头可断，身不可歪，两只翅尖缩起，交置于前腹。那胸挺得，好像专门练过站姿似的。你看它的两只大腿，壮硕有力，稳健厚实，即便只有两只腿，也给人一种四平八稳的感觉。不像其他鸡，肆无忌惮任由双腿大敞，一副生无可恋、破罐子破摔模样。它通体金黄，油滋锃亮，在灯光照射下更显耀眼夺目，那一刻，我简直要误以为它是凤凰涅槃。难道，这是所谓“火焰鸡”名字的由来和内涵？

服务员端上这只鸡的时候，二话不说将桌上其他菜拨开，于桌子中间腾出空地，将钢管鸡置于桌子中央，可见其待遇之隆重。这只鸡果然不负期望，它的完美和霸气，突然让我觉得，自己是在享受一次高规格的国宴大餐。

俗话说，吃鸡先吃腿，擒贼先擒王。但我实在舍不得破坏那造型完美的大腿，把好东西留到最后的心理又在作怪，我决定先从鸡的次要部位吃起，譬如，略微带着焦褐色的鸡翅尖。当我掰开鸡翅根与鸡身相连之处时，鸡油香迫不及待溢出，未见其肉，先闻其香。掰开肉，那滴着淡黄油星的肉竟然如此之嫩，完全没有丝丝缕缕纤维感，奇了！原来是一只可人可口的小春鸡。

在《小雄鸡，抵高丽》一文中，我提到过春鸡的概念："小雄鸡，也就是小公鸡，有人叫它仔鸡、童子鸡。童子鸡这名称最形象了，就是还没有生育过的公鸡。没生育过，不会打鸣，科普上是这么定义的。

小公鸡肉嫩，遇上微肥的，鸡皮下还有一层薄薄的膜包裹着淡黄脂肪，然后才是鸡肉。这层薄薄的脂肪搭配鸡皮是最妙的，之前厨师浇糖油，又用喷枪喷火，为的也就是将这一层鸡皮，倒腾出极致的口感来。他们也确实成功了！整只鸡的精华就在鸡皮上：酥、香、微甜，微咸，略油而不油腻，那一口，令我想起了北京烤鸭片皮鸭，面积有限的几处精华片皮，成了吃家必争之地……

这一顿餐，让我无酒无饭而饱。这一顿餐，与这只有着王者气质的钢管鸡相遇，我是带着敬畏心来吃的。

2019.10.18

国民乐事：嗑瓜子

啵啵啵，眼睛盯着电视，嘴里嗑着瓜子，不知不觉中，眼前的瓜子壳堆起了小山。

这种状态，大概是我们中国人日常生活中最惬意放松的状态之一了。

此时，未缴纳的水电煤气费、上有老下有小的生活重压、追在屁股后催促的客户、单位领导的不悦脸色……似乎都已神奇地从这个世界上蒸发。手指尖儿频攫，瓜子壳儿翻飞，嘴里回荡着甘与香，脑神经处于一种晕乎乎的放松状态。在嗑瓜子时，我们暂时忘记了生活的艰难，在嗑瓜子中，我们找到了生活的乐趣。

尤其是几个要好的朋友一起嗑，围着一盘瓜子坐成一圈，你一句我一句，按着默契的顺序轮流吐槽，不必着急，每个人都有发言的份儿。可以随时停下言论，也可以随时停止不嗑，可以随时重新跟上话题，也可以随时抓一把瓜子继续嗑，没有人会介意，极其洒脱自在，伴着滔滔不绝的吐槽宣泄，所有惆怅和烦恼烟消云散、荡然无存。这是一个绝佳的解压和社交方式！

为什么嗑瓜子能够令人这么放松呢？

一是瓜子便宜。松子更好吃，也会令人上瘾，但松子贵啊！一粒松子抵一把瓜子。即使在我小时候经济条件十分差劲的情况下，瓜子也是吃得起的，当然，平时没事嗑瓜子会给人不求上进的感觉，一般过年过节，家里囤的瓜子较多。记得有一年年关去乡下小姨妈莲莲家做客，莲莲打开她家的储粮槽，用白铁皮勺子从里面舀出一勺香香的葵花籽出来。我在外头瞄着，产生了错觉：觉得那个炕头大的储粮槽里，应该装满了一整槽香瓜子！莲莲每次只舀一勺出来，我们不解馋，但又不好意思自己去打开她家的储粮槽——那绝对是不礼貌的。

在答案未揭晓之前离开莲莲家，估计我整个假期都会心里不舒服。终于瞅准个没人的机会，我偷偷去打开那粮槽的盖子，结果大失所望：里面并没有如我想象的那样，装满了一整槽香香的葵花子。瓜子被装在一个大塑袋里，用绳子扎紧了口，每次莲莲就是从这个塑料袋里舀一勺出来给我们吃的。

每到年关接近，母亲就会去大街小巷或菜市场里淘瓜子了，各家炒货铺一一比较，最后选中我们认为最好的一家下单。这个差事别提有多美了，我会自告奋勇跟着母亲上街，拖油瓶般跟在她身后。母亲买东西是非常非常慢的，因为她要比较、思考、斟酌、还价，以求入眼的货色与兜里的钱，达到最大限度的平衡。她会站在一个铺子里跟老板扯东扯西半天，手里抓一把瓜子（那把瓜子是老板许可的试吃品），边嗑边扯，在还价过程中，穿插着一些与市井传闻、日常生活相关的唠嗑，毕竟小城镇里，低头不见抬头见，生意不成朋友成。这时候我也不是那么不耐烦了，因为我也得了一把瓜子嗑，自得其乐。等手里的瓜子嗑完，我们也该告辞了，继续寻找到下一家，同样情形再次上演一番。通常当天是不会下单的。把该拜访的炒货铺都拜访了，明天再回来下单。这也算是个市场调研的过程吧！

瓜子便宜，吃的时候，最重要的是花销这一条不用过多顾虑了，在经济压力这个本质性问题上，我们得到了解脱。其次是久食不饱，甚至还能促进肠胃蠕动，加快消化。中国人的餐桌上，餐前餐后常以一碟瓜子作为“散口”（台州话，零食），一杯好茶，一碟散口，作为一场完美桌宴的序曲或收尾。

我跟先生初识谈恋爱时，黏糊得不得了，每天待在小房间里等他下班，俩人吃了晚饭后，一起看电视、嗑瓜子。我恁是将瓜子一颗颗剥了壳攒起来，等他回家啊呜一口吃掉。生了女儿后，这个待遇就给女儿了。然而后来有一次他们吃不下了，我只好自己消灭剥好的瓜子仁，才发现，真的一点儿都没有嗑瓜子那个乐趣和香味了！原来先生和女儿，也一直配合着让我开心，一个愿意付出，一个愿意欣赏，没有比这更好的你情我愿的合作了。

西瓜子、南瓜子、葵瓜子这三者中，我最好葵瓜子。西瓜子太硬，南瓜子太咸，唯独这原味古法炒制的葵瓜子，微咸微甘，成就舌尖造化。不仅仅是舌尖的造化才让我们爱不释手，它的社交性、兼容性和价值回馈感，让我们沉迷于这种简单的重复动作中，满足了我们天生对频繁咀嚼的需求。它是一种慢生活的表达方式，是我们在谋生压力和紧张感之下，难得的休闲与放松。嗑瓜子，嗑重于食，嗑的过程是释放压力的过程，那种剥好的瓜子仁、松子仁、核桃仁，剥好的石榴籽，剔了刺的鱼，去了壳的蟹、栗子，甚至单纯取出包装的咸鸭蛋蛋黄……无趣就无趣在它剥夺了我们享受这个得食过程的乐趣。

咔嗒一颗，咔嗒一颗，我们的舌尖和指尖心照不宣地配合着，重复这简单而机械的动作。这简单而机械的动作却又是如此美妙，成了无数人的心头所好。嘴巴不再寂寞了，心里也悠悠然地慢下来、安静下来，开始热爱生活，细细品味日子里的小欢喜了，这有什么不好吗？

就该懂得享受生活。

2019.10.25

大虫

老虎明明是山中之王，又有山君、山神等尊称，却被民间某些地区称为大虫。

这条虫真大，大得可以吃掉人。

我原以为老虎落得如此一个不堪的外号，是源于虎落平阳，又或者是在景阳冈的那段人生低谷，一只样貌威武的“吊睛白额大虫”，被武二赤手空拳活活揍死，害得整个虎族威风扫地。

后来得知，并非《水浒传》首创大虫，晋代《搜神记》中已经有大虫的明确称呼，但《搜神记》这一段写得让人有点摸不着头脑：“扶南王范寻养虎于山，有犯罪者，投于虎，不噬，乃宥之；故山名大虫，亦名大灵。”前面容易理解，意思是扶南国王范寻将犯罪之人扔进虎山，老虎如果不吃此人，就将他赦免。但“故山名大虫”这一句来得莫名其妙，我有点蒙：老虎外号大虫的由来，跟这有什么因果关系吗？有没有能人解释一下？

扶南王范寻不只养虎断案，他还养鳄鱼，犯人被扔进鳄鱼池，鳄鱼不吃他，也赦免。乍一听这扶南王貌似昏庸，办事带着占卜的色彩，其实不然，这国王是带着一份怜悯之心，给死罪之人多一次活命的机会，到底是仁慈还是心软，仁者见仁，智者见智。扶南王范寻所处的时代相当于我国三国晚期，所处疆域相当于现在的柬埔寨洞里萨湖流域，当时被称为天竺国，那时的扶南国力强盛，与晋国有持续交往，曾经把一些天竺的特产带进了洛阳，比如“一丈三节”的稀奇水果甘蔗等。

老百姓把老虎叫作大虫，到底是畏惧的心理，还是蔑敌的心理？心想不必害怕，不过是一条体形巨大的虫而已？可是老虎的威风并没有因为这种蔑视性外号而减弱，在东北长白山听到真切的虎啸，坐在车里的我们也被吓得噤若寒蝉。虎啸并不会因为山林的茂密而削弱，反而穿林走樾，仿佛就在耳边，就在附近，让人心惊肉跳。虎未至，而威已至，这一点上，狮吼好像欠缺一点儿。

听着比较合理的说法是唐朝开国以后，老虎就不能叫老虎，因为李渊的爷爷叫李虎，需避讳“虎”字，所以老虎改称大虫。大不单指体形大，有“尊”之意，最厉害、最杀甲的，如大王、大人（旧时对官员的尊称）。虎避李虎的讳，唐朝官方文字中几乎不出现虎字，甚至民间的尿盆，原先大伙儿都叫虎子的，也改口叫马子，从而演化成后来的马桶，此事我在《马桶文化》中略有提及。这是一个很别扭的事情，因为虎是一个很常见的字眼，生活中经常会提到，就必须时时小心不要犯错。但唐朝是一个寿命很长的朝代，别扭是别扭，拗不过时间培养出来的习惯，大虫大虫地叫了将近三百年，居然也顺口了起来，以至于唐灭亡进入宋而无需避讳后，还有人一时改不过来。

道家人最有意思，认为地球上的所有动物其实都可以统称为虫，虫分成五大类：毛、羽、鳞、壳、倮。老虎是最大的毛虫，简称大虫，对应五行中的木。咱们人类也是虫，因无毛，属于倮虫，跟蚯蚓和蛇同类。实在不可思议，按照这个理论，人类是倮虫中的大者，是大倮虫。

台州人从小就对虎特别畏惧，我就是这样，邻居好事者经常拿拖拉机或大虫来吓唬我，说后山上有大虫，眼睛像灯泡一样，又或者说有拖拉机突突突开来了，听到这个我也会吓得瑟瑟发抖。大虫人人都怕，不足为奇，为什么还会怕拖拉机？至今我自己也无法解释。想来，大概是那种暴突的噪声，听起来特别嚣张且具有戾气，驶过身边时，指不定会突地喷出一柱黑烟和水汽，从小喜欢安静的我，便很难接受，就像讨厌路边打爆米花的土机器一样，它的不确定爆发让人猝不及防，提心吊胆。

台州人谈虎色变，从俚语中可见一斑，比如形容人作死：大虫头搔痒、大虫嘴里挖碎肉、大虫眼点灯……跟老虎屁股摸不得却偏要摸、给老虎脖子系铃铛一样，都是自寻死路、活得不耐烦的行为。而这三者中，我觉得最不令人同情的是第一种。大虫嘴里挖碎肉，可能是因为生活所迫而不得不铤而走险，试图从强者身上抢一点儿利益或资源过来。大虫眼点灯，是傻子的误判，因为大虫眼睛在黑暗中闪闪发亮，傻子便以为是灯火，去借火点灯，结果把自己送进虎口，这是笨死的。唯这大虫头搔痒者，求的是什么呢？在临海方言中，那叫“撩手痒”，就是太闲了，手痒痒作死，结果死了也没人同情。

2019.10.29

小小竹排江中游

夏日傍晚下班后，有个大爷便会在余杭塘河对岸的亭子里，打开气穴唱《呼伦贝尔大草原》。他像时钟一样准时，以至于有时候听到他开嗓，我们才意识到：下班了！

大爷最拿手的是唱到“呼伦贝尔大草原”这一句、尤其是“呼伦贝尔”这四个字时，音调回转如同大草原上的九曲十八弯，那洪亮的声音和十足的中气，没有人听到不佩服。

不知怎的他让我想起了父亲。

父亲唱的不是这首歌，父亲唱的是“小小竹排江中游”，当年红色儿童片《闪闪的红星》的主题曲《红星照我去战斗》，第一句便是“小小竹排江中游”。

父亲的声音没有这么洪亮：一，他体格不够健壮，一眼看过去就是文弱书生模样，没有那么充足的中气；二，怕影响了邻居，又或者邻居们会暗地里觉得好笑，碎碎念，所以他唱歌的时候也是束手束脚，不敢太放开，有时候开唱之前甚至把门和窗都关上。若是门没关上，正逢饭后无所事事的某邻居踱过，可能会被吸引过来，倚在我家门框上，一边剔着牙齿一边说："秦老师有两手的。"又或者有人只是"望秦老师嗫……哈哈哈哈……"言下之意是：看秦老师这个样子，真是太好笑了！在这种压力下，父亲自然会窘起来，不知所措，渐渐收声。

"小小竹排"当年是李双江唱红的，又或者说这首歌唱红了李双江，分不清到底谁成就了谁？李双江是父亲的偶像，父亲一直在模仿着他。但先天条件上的差距是不言而喻的。李双江的音色饱满有力，有金属质感，被形容为"音色如金"。父亲音色不差，但中气不足，缺少力度。如果把李双江的声音描述成一块包了浆有光泽的玉石，父亲的声音就是一块质地不差但表面磨砂的石头。

但我可以看到他的努力。他力求抑扬顿挫，比如唱到"江中游"的"中"字时，会加重语气，那特别突出的喉结猛地往下一沉，唱到"巍巍青山"的"山"字时也是如此。这首歌音域跨度比较大，唱到低音处，又是一个考验，复述第二遍"党的教导记心头"时，"记心头"那几个字父亲便低得几乎唱不出来了，声音在喉咙里"吼吼吼"地吼出不来，然后他开始做鬼脸自嘲，我们笑得不可开交。

印象中，父亲只会唱这首歌。可能他也哼其他的歌曲，但没有一首比"小小竹排"给我们留下的印象更深。准备开唱时，他先从自己破书桌的抽屉里抽出一本包着红色塑料皮的小本本，小本本上是抄记的歌词歌曲。歌词明明是背得滚瓜烂熟的，但他绝不会两手空空就开嗓，后来我觉得，他只是需要这小本本作道具来缓解手足无措罢了，毕竟不是经过培训的歌者，没有很专业的表演技巧。

我总是觉得饿，想吃肉，“小小竹排江中游……”父亲一开嗓，我总觉得他说的是“小小猪排”，无比令人向往。那时候吃一块猪大排简直是幻想。有肉吃时，也是偏肥的五花肉，带点皮的那种。邻居谁家烧大排，不得了，他家小孩准保四处炫耀，在院子里，手捏着骨头把子，光天化日下啃噬，啃完了肉还不马上扔掉，一个骨头架子又是吸，又是吮，又是舔，就是冲着馋我们来的，把人馋得口水往肚子里咽了一遍又一遍。

除了抄歌的红皮小本本，父亲还有两大抽屉的笔记本，基本上是朴素的土黄色工作笔记，有文章精华摘抄，也有他的政治学习感悟。他天生说话直来直去不知拐弯，又被人认为太迂，明明是单位里学历最高的，却得不到重用，最后甚至被委派去当仓库管理员，我们都是心有不平的。父亲却一点儿也不在意，他反而更加认真地管理起文具来，每一样小物件出入仓库都记得清清楚楚，也不会因为谁的地位特殊而模糊了原则，我想问他讨支笔都难于上青天。他的这种性格，自然又让很多人不爽，背地里说他“朝念”（方言，糊涂，脑子不灵光）。

我的父亲，他内心就是这么干净。虽然有些胆小怕事，有的时候害怕担当，他自己也认可了这一点，自嘲说“我只是个小人物而已，干吗呢”。在丛林游戏里他肯定只有被碾压的份儿，但是这一辈子，真的干净得透明。

“小小竹排江中游，巍巍青山两岸走”，唱到这里，父亲停了下来，“知道为什么巍巍青山会在两岸走吗？”父亲是物理老师，他开始跟我解释参照物和相对运动的理论，把竹排当作不动的，山就动了，如果把山当作不动的，那么竹排就动了……我依然记得父亲殷切希望我做出积极反应的目光，但我的数理化细胞实在缺乏得很，一只耳朵进，另一只耳朵出，无论如何，物理仍然还是考不出好成绩来。

其实后来我觉得父亲很明智。他曾经说过，有些口子不能开，一开以后就是还不完的债。什么债呢？当然是人情债。父亲的意思是，今天谁过来讨一支笔用用，一旦开了口子，明天就会有更多人来践行这个方法，等于他要拿公家的物品去还人情债，而这个人情债，是还也还不完，而且会越还越多的。所以父亲一辈子从来没有那种深陷泥潭的感觉，也从来没有什么焦虑感会困扰到他。人们说他“朝念”，其实他才是活得真正清醒、潇洒。

2019.10.30

糯米服砂糖

台州人喜欢吃糯米。

这糯米呢，又是一样令人生爱又生恨的东西。

有一年去扬州的工厂验货。第二天一早在宾馆餐厅吃早餐。扬州的点心精致，其中有红枣大小的油炸糯米团子。吃着吃着，嘴里嘎巴一下，吃出块石头来，当即大怒。同桌的生意伙伴见我反应剧烈，也十分震惊。待我定睛再看时，竟然囧得下不了台——原来是嘴里陪伴了我五年的那颗假牙，被黏性大的糯米枣给“拔”了下来！这颗假牙当时是在杭州最知名的一家民营诊所装的，医师拍着胸脯保证十五年保质期，结果第五年就给我制造出这么大一件糗事。从那以后，我对糯米便怀起了不小的警惕心。

奈何我们台州人是吃着糯米美食长大的。麻糍、炊圆、清明果子（青团、青饼）、番薯炸圆、乌饭麻糍、冬至擂园，哪样离得开糯米？炊饭也是清香又耐饥。甜者有台州特有的八宝饭，夏季上市，点缀着各色蜜饯的糯米饭冷却之后，冲进凉凉的白糖开水，是台州人的特有吃法。近年来我发现，用冰椰汁代替凉开水，似乎味道又更上一层楼。咸者有肉末浇饭，类似于温州的咸糯米饭，关键是那一勺浓稠的肉汁，能将每一颗糯米饭粒都悉心照顾到，油油地包裹起来，一天生活的充实感，好像全在那一碗肉汁浇饭里了。

糯米性黏，难消化，吃多了会“墩牢”（积食），人“墩牢”就“呆鼓鼓”的，甚至胃里反酸。我们家里人喜食糯米，父亲和我尤甚。父亲的抽屉里常年备着“食母生”——用来解积食的药片。食母生虽然是药，味道却干而香，甚至比某些零食还好吃，我便经常抠着他的破抽屉偷吃食母生。想想那个时候为了解馋连药都偷吃，还有后来觉得十分反胃的宝塔糖，也曾当作美味的零食。

台州人的俚语中有句话说：“一行服一行，糯米服砂糖。”糯米煮粥，稠稠的，要是加了白砂糖，说也奇怪，就变稀了，这里面自然是有科学道理的。粥一变稀，成了“清水”，大为失色。所以矛盾就在这里了，要么吃原汁原味的稠粥，要么喝甜甜的稀粥。霸道得能把我的假牙也拔出来的糯米，碰上砂糖就不得不服气了。

这句话也可以从另外一个角度理解。糯米圆子，通常是黏黏糊糊的，把它们摆在蒸笼里或盛在碗里，黏连成一片一团，不易分离，“破相”了。台州人冬至吃擂园，将雪白糯腻的糯米团子捞起后，直接扔进豆黄粉里，滚上几滚，那团子便成了焦黄色，送进嘴里，喷着豆黄粉香。我在2017年冬写的《冬至擂圆香》一文，详细介绍了咱们台州的冬至圆——擂圆，而豆黄粉是一种炒粉，是将炒熟的黄豆磨成细粉后加入十分之一左右的红糖，再加入一些熟芝麻拌匀而成。后来还尝试加入桂花糖，也别有风味。红糖用当地的老红糖比较好，到味。

糯米圆碰上砂糖豆黄粉，不服也不行。一股脑儿全身被裹得严严实实，不露出一星儿雪白肌肤，仿似穿了一件姜黄色的毛呢大衣。

另外一种粉也来征服糯米——金贵的松花粉。乌饭麻糍在捣臼里的时候，脾性拗，难搞得很，壮汉打麻糍，能把自己累虚脱，更不要说黄胖了，“黄胖捣麻糍——吃力否讨好”，老话早就在了。做乌饭麻糍不容易，产出量少，故而乌饭麻糍也比一般麻糍价高，它傲得很，不过到松花粉里滚一滚抹一抹，立刻变得服服帖帖，摸起来也出奇地光滑细腻。我曾经把乌饭麻糍比作夏日里爱人凉腻腻的手臂，并深感得意。

糯米执拗，个性强，常常是做主角的。但万物一定有它相生相克的东西，就好像中国古代的五行，五种元素互相克制，金克木、木克土、土克水、水克火、火又克金，成了闭环式的循环。相生相克的本质是平衡、制衡的思想。某一种东西，不管它是看得见摸得着的物质，还是看不见摸不着的思想，如果强大到没有什么能够克制它了，那么，结果并不是一般人所想象的那样，它就能够统治整个世界了。强大到没有对手时，本身就是自然界中的一种失衡状态，自然一定会以某种特殊方式，使它们走向灭绝，譬如恐龙。也可以说，最后它们自己都会把自己杀死。

2019.11.6

夏虫蛐蛐儿

斗蛐蛐儿这事儿，好像又开始时兴起来，听说有人成立了专门的团队和公司进行运作，参与赛事，开始走上正轨。

小时候男孩子会玩斗蛐蛐儿的游戏，作为女孩子，我只能怀着好奇心作壁上观，还须保持距离，万一某个男孩的蛐蛐儿败了阵，指不定会将气出在旁观的弱小女生身上，这种意外如果发生，好奇心的成本就高了。

男孩子斗蛐蛐儿，随便捉来的虫子，是不讲什么品相、档次的，输赢之间赌的也就是弹珠、卡片之类的玩具，或者代办点想要偷懒的事，比如做作业、打酱油和老酒醋。后来看电视剧，看绘本故事，看小说连环画，才知道原来斗蛐蛐儿有那么多门道，什么黄麻头、白麻头、红头大王、常胜将军，有人一战输了或赢了身家，有人为此掉了脑袋，有人一夜之间加官晋爵，还真是个一般人不懂也不敢玩的。

我记忆最深的是小学里的一件事。班上有个极受欢迎的男生，因长相清秀，又是学霸，用时下流行的话说，是班里女生们心中的男神。我平日里跟男神从未有过交集，一日下午，突然和其他几个女生一起，被男神邀请放学后去他家做作业，大家当然是受宠若惊了。到了男神家，作业做到一半，男神说："来来，给你们看个奇观，开开眼界。"他领着我们去厨房洗手槽旁边，猛地掀起水槽上方挂着的一面圆镜子，那镜子后面，竟然密密麻麻蜷着一堆蛐蛐儿，好像在开大会一样，当时我们全部震惊得呆若木鸡——果然是人间奇观呀！"这些是我养着的。"男神得意地说。那些蛐蛐儿为什么都这么听话不逃逸？水槽上方的镜子后面很适合做窝吗？我们百思不得其解，总之此后对男神更为崇拜了。我甚至回家后特地挂了一面镜子在水槽上方，期待同样的奇迹出现，痴痴虔诚地等了多年，蛐蛐儿也没造访我们家。

蛐蛐儿又叫蟋蟀，文艺名促织，著名的夏虫之一。为啥叫促织呢？古人云，促织叫个不停的时候，夏即逝，秋将临。秋凉快要来了，懒惰的女人啊，提醒你该织寒衣啰！女人置办不及时，被人称为懒妇，但织寒衣的工作迟早要做，仍然是逃不掉的，这叫吃力不讨好。女人还是勤快点，懂得未雨绸缪，也好让人家闭嘴。

促织之戏曾有过辉煌历史，有那么一段时期，斗蛐蛐儿成了贵族或有闲人士的一大消遣，到了明朝，此风尤盛，宫中尚促织之戏，责令各地进贡，蛐蛐儿成了贡品。想象多少人放下手中的锄头镰刀和各种活儿，蜂拥到野外搜寻蟋蟀，指望抓到个青铜大王、常胜将军，从此人的命运也会因为一只蟋蟀而改变。梁朝佞佛，人人放下锄头去做和尚；明朝佞促织，人人放下锄头去捉蟋蟀：都是走火入魔。自古有名的讽人毒舌“夏虫不可语冰”，原意说夏虫只能活三季，过不了冬，这个自然规律居然也能因为人类的喜恶而被掰弯：一只好蟋蟀要是成了名宠，主人会把它当作至宝伺候着，不仅用名贵药材调制饲料，天冷后，还把蟋蟀装在葫芦里，捂在怀中或泡在热水里，比对自己老婆还亲、还上心。本是一件茶余饭后的民间娱乐消遣活动，风气盛得过了头，各种病态变态的行为就出现了。

2019.11.8

诸葛美食

嘴馋了，去附近小超市淘零食。卧龙锅巴，这不是人家说的网红零食吗？尝尝。

卧龙先生在商标上，很正气地“看着”我。商标上的卧龙先生，比我想象得要刚一些。我印象最深的卧龙先生是唐国强演的诸葛亮，睿智中带些狡黠，反而更人性化。

对诸葛亮说不上喜欢，也说不上不喜欢，但小时候肯定是被三国演义洗脑了的，目中无人唯余诸葛先生，成年后理性多了，《三国演义》对诸葛亮过度渲染，不如叫《诸葛亮传》或《卧龙先生传》得了。

记得到了读小学的年龄，母亲带着我去人民小学面试，该校是我们城里排名第一的小学，后更名为哲商小学。班主任是母亲的一个朋友，据说属于极严厉型。因为早有耳闻她的严厉，我面试时极怕，不敢说话，加上性格内向，轮到面试时，便是个闷葫芦，“徐庶进曹营——一言不发”，老师问啥都不回答，局面僵持住了。一言不发就算熟人也不好给通关啊，这把母亲给急得，又不好当众人面发怒，无奈之下催促我说：“那就给老师说个《三顾茅庐》的故事吧，啊？”没想到这么一说我来劲儿了，滔滔不绝开始讲三顾茅庐的故事，那些早已烂熟在心了。故事还没讲完，老师就给我通过了，老师没耐心也没时间听我把故事讲完，不过此后大伙儿都知道我这人特能讲《三国演义》。

一切就从三顾茅庐开始了，诸葛亮的政治军事生涯、我的小学生涯。诸葛亮的星光如此耀眼，盖住了其他星星的光芒，他同时还可以称得上是一个发明家，不仅发明了木牛流马、连弩、孔明灯之类技术含量相当高的作战器械，连锅碗瓢盆里，都有关于他的传说。

最耳熟能详的馒头，我在《一个馒头引发的回忆》里，提到了馒头的起源，来源于当年诸葛亮七擒孟获中，用面团代替南蛮俘虏首级祭水的典故，因为代表的是南蛮之头，故称蛮头（馒头）。

上面所说的卧龙锅巴，来自襄阳，也是攀的诸葛亮的亲。要说寻根问宗，诸葛亮并不是正宗的襄阳人，他出生在山东，年幼时于战乱中失去父母，后跟了叔叔诸葛玄到襄阳投靠刘表。但诸葛亮看出了刘表的无能，必不能成大气候，失望之余离开省城到山里隐居去了。当然这种隐居是表象上的隐居，说实话是一种无奈之下的冷处理方式，实际上是韬光养晦，静候时机，同时他又从未停止结交有识之士和研究天下形势，否则你想，他若是真的两耳不闻窗外事，在那个没有电话、没有网络的年代，如何能对天下形势了如指掌到细微分毫？这种隐居，实际上是一种以退为进的待时策略，他的内心，其实是在积极备战，随时准备出山，所谓“金鳞岂是池中物，一遇风云变化龙”，隐居，只是在等待风云到来。

风云真的来了，那就是刘备。刘备听人推荐了卧龙、凤雏先生之后，不惜屈就身份请他出山，这就是前面我滔滔不绝给小学老师讲的《三顾茅庐》。那么锅巴跟卧龙先生有什么关系呢？民间传说刘备来茅庐时，诸葛夫人没什么好招待的，情急之下将锅里残留的锅巴倒入油中烹炸，以飨来客。那时候没有通信设备，拜访相当于打突袭，这是可以理解的。但算一算历史，这都该是发生在近两千年前的事了，那时候居然还能有一锅油来炸东西，想想有点不可思议，反正现在我感觉滴油贵如金。

卧龙先生在隆中卧伏的十年，不仅发明了炸锅巴，还有我们老家方言中说的“大头菜”，据说也是他挖掘出来的美蔬。大头菜学名芜菁，俗称“大头萝卜”，其实又不是萝卜，只是长得像而已。小时候没少吃大头菜，煮的、腌的，晒成的干菜，好像一年吃到头不停歇。这菜全身都可以吃，又不受时令和季节的局囿，很适合行军打仗时作为主要食材，据说诸葛亮后来在军队里，还专门派木牛流马到襄阳采购大头菜。因为诸葛军师对大头菜的充分利用和推广，后来有人就把大头菜芜菁叫作“诸葛菜”。

行军打仗中，时间是个关键因素，行军不是野炊，在野外生活搭灶做饭慢吞吞的，很危险，如何最大限度减少做饭和吃饭时间，成了智囊团要攻克的一个难题。聪明的卧龙先生，便将之前十年在隆中躬耕的生活经验拿出来了，譬如将大头菜制成菜干，香味浓郁，可长期保存，是优质的行军粮草之一。另外据说锅盔，也是诸葛亮发明的。何谓锅盔？就是把头盔当成锅，烤烤热，在上面摊饼子吃。饼吃完了，头盔也凉了，拍拍炭灰往头上一扣，继续赶路，再也不用什么搭灶、刷锅、洗碗、收拾……多方便！诸葛亮老家在山东，这摊饼子之招和灵感，不就是来自“山东煎饼”的手艺吗？摊大饼薄饼用铜锣，摊小饼厚饼用头盔，包些诸葛菜进去，不就是简化版的山东大饼吗？

诸葛亮为蜀国真可以说是鞠躬尽瘁，贡献了自己所有的才华、智力和精力，从谋略到生活经验，事无巨细。只可惜后继无人，一个人的星光灿烂，终究还是支持不了一个集团的中空与虚弱，他的个人能量最终被消耗殆尽。自从出现了一个既懂养生又耐心谨慎的强劲对手司马懿，诸葛亮的身体状况每况愈下。其实从唱空城计那出戏中，我们就已经感觉到他的独木难支。最后，诸葛亮亲自率领的精锐之师在五丈原与司马懿对峙。精通养生的司马懿从侧面打听诸葛亮日常饮食起居状况，了解到孔明早起晚睡、工作强度大而胃口不开，预测他将不久于人世，于是采用拖和熬的战术，任由蜀军挑衅，我自按兵不动。果然不久之后诸葛亮骤然病逝，魏军不战而胜。有人说，司马懿就是活活把诸葛亮给熬死的，也不无道理。

天空中最亮的星，却不能与天地同寿，甚至远不能与敌手同寿。星落五丈原，再多的努力，再宏大的计划，化为泡影。这正应了我母亲曾经说过的一句话：“谁活得久，谁就是胜利。”多么浅显的说辞，又是多么深刻！

2019.11.12

听月光

我知道她会来，中秋的月。

她每年都来，没有一次爽约。如果罕见地遇上雨夜，无论那些乌黑的层云是如何千方百计阻挡她的出现，她也一定会在第二天或者天晴后的日子，补我一个更圆的月、更澄明的光。她从不让我担心和怀疑，因为她一定会来，你知道对于我这种缺乏安全感的人来说，契约精神显得多么重要。

她一定会来，在薄凉的夜之中，在山川的空明之中，你看她慢慢地走过来了，披着轻纱，笼着氤氲，从天际与远山的结合处，款款走来。她一点儿也不急躁，只沿着树枝一点一点地往上爬，直到爬上树梢，那细细的枝丫，仿佛说好了似地点缀在月边，静止成剪影。

我用了“她”，不是非得要把月亮定义为女性，只是觉得，天地中任何一种形式的大爱，或多或少都带了些女性的气质。

月气高贵，冷艳，此时的天地是清朗的，秋气是清和的，月色是清丽的，我的心是微微发痛的。

这轮明月，我是看着它长大的，它是看着我长大的。从我听得懂童谣的时候起，它每一年陪着我过中秋之夜。奶奶的蒲扇和着打盹的节奏，一下一下，越扇越慢，全无睡意的我却越来越清醒。

睡眼蒙眬的奶奶对着我小声说："嘘，别出声，听，牛郎织女在相会呢……"我屏住呼吸，竖起耳朵，奶奶说，贴着瓜架下的藤儿，就能听得更清楚。这是多么奇妙的夜！我平生第一回做了探听他人情话和绯闻的事。牵牵绕绕的瓜藤儿在夜空中舒卷着，回旋缠绕，它们成了带有生命的，在天与地、虚与实、灵与肉之间传达悲喜的鲜活小生灵。

于是皎洁如银、清冷如水、搅进了许多寂寞的月光，在这个晚上，变得有人情味起来。我大概是真的听到了织女轻轻的啜泣，牛郎低低的安慰，孩子呀呀的吵闹，甚至老牛无奈的默叹。我真的听到了思念，听到了无助，听到了聚的喜、离的哀。中国古代四大爱情传说皆为悲剧，其中又尤以牛郎织女之故事最令人不堪细思。生离死别，这"生离"二字，在"死别"之前。死别乃天意，生离是人为，人为制造的生离，在我认为是要不堪于死别许多了。

若是牛郎织女都为神仙，有着与天地共存的寿命，那么一直活下去，每年见上一面，倒也好些。可惜这牛郎只是凡夫肉身，终究一日阳寿用尽，老牛、孩子，总有一天也是化土化尘，只留下天上的织女，与宇宙般漫长的回忆和思念作斗争，真真是四海八荒中最可怜的女人……

后来觉得这月亮，更像是织女的化身了。你看她如许温柔，又如许哀怨，如许静美却遥不可及，她在时空的经纬之间流转，却怎么也转不出自己的那些回忆……她穿过森林，越过山川大地，蹚过浩渺的东海，这个夜晚，如期来见。见了，却沉默无言。见天地，见沧海，见众生，唯独不敢见自己的回忆。

月光下，许多故事在发生。秋虫在草丛里觅偶。有人登上西楼，独倚栏杆，思念着某个值得或不值得的人。有人在月下独酌，打发寂寥的清秋。有人却在秦时明月汉时关的边塞，遥望中原……李白有关山月，辛弃疾有西江月，王维有松间月，张九龄有海上月……岂是月有别？月还是那个月，只是人境遇不同、心境不同罢了。

我知道她会来，中秋的月。我不知道她到底是谁？是嫦娥？是织女？还是月光菩萨？她背后的故事，一定是我们这些凡人之心无法参透的。也许今天的月光，并不是昨天的月光，也不会是明天的月光，但我总还是执拗地认为，千百年来，这月光，还是那月光。她从来没有变过，也不会变。她经历过一切，看过一切。她的心门已经关上，是再也打不开了。

中秋三五夜，明月在前轩。一年中，似乎只有这几天，逝去的至爱之人，他们的魂灵才得到引渡，得到圆满。就像奶奶说的小瓜藤儿，沿着细竹竿，在夜色中调皮地爬呀爬呀，四处试探，有了一点儿天上的讯息，便迫不及待传达到人间。而我在人间虔诚地等着，只为等着听一句：“他们在天上可好着呢。”

这时候我发现我的眼泪又来了。

2019年中秋

石蜐

初识石蜐在象山，那是继鲎之后，再一次让我被惊到的奇特海鲜。第一次吃到的石蜐，也是至今为止吃过的最大个儿的石蜐，此后，再也没遇见可媲美者。《三山志》记载的石蜐："坳中肉美，大者如掌。"此物野生，不可养殖，这些年采下来，恐怕是越来越稀有了，要再能找到大如掌者，简直要惊为天物了。

一盘清煮石蜐上桌，好似从远古海洋遗址里挖掘出来的化石，它竟然让我想起了数千年前咱们吴地百姓以贝类海鲜充饥留下的贝壳遗址，如此原始而蛮荒不化模样。"这是什么鬼？"我差点脱口而出。偷偷环顾席上众人，竟无人呈现惊讶之色。大约是因为这席间，外地来的见多识广，本地来的见怪不怪，唯独我这外地来的见识有限吧。见无人相问，我便也生生咽下了自己的疑惑，以前差点把洗手指水当成醋的尴尬经历记忆犹新，从此让我学会了在众人面前要三思而后言。

席间借口洗手溜出，踱到店家养海鲜食材的水箱边，装作不经意地问一老伯："阿公，你们当地叫这个什么呀？"语气中强调"当地"，是为了表示咱也不是那么孤陋寡闻，第一次见这稀奇货，只是想了解当地人的习惯罢了。"佛手，佛手螺唉！"老伯的普通话不标准，手读成朽，听起来像"腐朽螺"，不过聪颖如我者，结合该生物的外形，立刻明白他说的是"佛手螺"。"个么事毛好啜嘞（这东西很好吃嘞）！"热情的老伯对客人的回应十分积极，他捞出一个，边比画边用洋夹土的普通话跟我解释和示范怎么吃，我连连谦虚地点头称是。

回到席间，感觉自己突然有了底气似的，攫一颗佛手，剥开它柄部的"铠甲"，露出一小撮雪白的嫩肉。握住佛手的五个"指甲壳"，将嫩肉往那酱醋碟里蘸一蘸，那点儿柔韧小肉，味道老实赞，正如后人评价它的——甜若龙虾，鲜似生蚝。龙虾生蚝肉多肥腻，还不如这点指甲大小的佛手肉来得滋味可人！

我以看似熟练的手势完成与佛手的初次接触之后，感觉自己在他们眼中，也是一个见多识广的外地人了，谈笑似乎也更加风趣了，气氛也更加和谐了。然后这个时候再拿起石蜐好好观察，别人也不会觉得有什么怪异了。

要说怪，真是怪，在我看来，这生物不像佛手，倒是更像战场上被斩断的一只斗士的手。你看那五个状似弯刀的"指甲"，食指最长最粗，无名指次之，中指和小指退化萎缩，如依附在食指和无名指边上。突出的无名指仿佛在指着某个人。手腕上穿戴着质地细致紧密的软铠甲，那铠甲，很像蛇皮果的皮，真是形象至极！佛手，姿态多为丰润柔美，用来形容金华的佛手柑更加神似。

石蜐的可吃之处，那一小撮雪白的肉，也就在这鳞甲裹着的手柄里，五个指甲壳里是没什么肉的。但中间的指甲壳，是可以打开的，聂璜《海错图》云：“中三指能开合，开则长舒细爪，以取潮水细虫为食。”聂璜所说的细爪，其实不是我们通常概念里的爪子，它实际上是石蜐细须般的蔓足。潮涨时，海浪一波又一波地拍打着岩石，这正是石蜐最喜欢的时刻，冰冷的海水不断送来氧气和丰富的微生物，不需移动，无须奔波，只要紧紧吸附在礁石壁上，就可畅享大餐。此时，石蜐将中间的壳板打开，蔓足像盛开的菊花般飘逸在海水中，随浪轻拂，攫取潮水送来的浮游生物，这，不就是海洋版的守株待兔吗？

古人觉得那是石蜐在开花。他们把石蜐当成海洋中的植物看待，觉得它像植物一样，知时节而开花结子。郭璞《江赋》：“石蜐应节而扬葩。”《海录碎事》把这“葩”称作“石鲑葩”，说它“春夏生苗”“其子如粟”，还真是煞有介事呢！

如果没有人类，这海中小葩，倒也能在大海的怀抱里自得其乐，过着饭来张口、衣食无忧的日子。可惜人类不会放过这一小撮花生米大小的人间极味。采石蜐的工具很简单：一根扁平铁棍，一个桶，铁棍用来伸到底部，铲起紧紧吸附在岩石上的石蜐，桶用来装战利品。但采集的风险却相当之高，下午潮水退去的几小时内，是采蜐者争分夺秒、铤而走险的几个小时，他们的性命、生计、家庭、未来、希望，全部就在这潮水与礁岩的空隙之间。《海错图》里提到采蜐者命丧海中石洞的惨剧，因石蜐在冬季生长得尤其丰腴肥美，人们退潮时钻进石洞中采撷，但洞内温度较之洞外高，使人体发胀，假如洞口尺寸凑巧进来时刚好，身体发胀之后就出不了洞，变成了进得来出不去，潮水来时束手无策而被活活淹死。遇此情况，也是采集者缺乏经验或者带着强烈的侥幸心理所致。欧洲称其为“来自地狱的海鲜”，应该不仅仅指它令人生畏的容貌，同时也因为采集的风险之大，常常会有人因此丢失性命，但它昂贵的售价，又使许多人铤而走险、前仆后继。采蜐，成了一种痛并快乐的职业。

生容易，活容易，生活不容易，原来对动物，对人，都是一样的。

2019.11.22

笋丁烧卖不加醋

夜色将晚，走了半小时路，去找一家叫二烧的馄饨店。说是馄饨店，却是以笋丁烧卖闻名的。有人把它排在杭州烧卖好吃榜第一名。听人描绘它的好吃，却说不出所以然，只说是你吃了就想搬家到它隔壁，以便可以天天大快朵颐。

人要是好上某一口，自然而然生出一种近水楼台先得月的占有欲，比如邂逅某人产生了化学反应，冲动之下便要搬过去住到一起，就怕爱侣突然消失或离去，晚上看着你入睡，早晨看着你苏醒，方为安心。

吃过二烧，有那么一刻我也是有这种想法的。

二烧的烧卖，打败了我之前心目中的杭城第一好吃烧卖，拔得头筹。

林中鲜春笋，是杭州人最爱，江南人对于美味的诉求，向来是把鲜放在第一位，然后才是香或甘，或入味，或落胃。春笋，是江南人春天里最心心念念的舌尖记忆。等了一年十二个月，就等那星星点点的芽尖拱出冻土，唤醒迟钝了一冬的味蕾。我婆婆村里的人，个个都是吃笋大户，春天到了，对他们来说除了淘笋，好像其他事情都变得不那么重要了，春笋焖咸肉、春笋炒咸菜成了每顿必须的桌上肴，一顿要吃空好几碗！

用春笋丁做的笋肉烧卖，又是一年中烧卖的极品。但眼下这个时节，渐近初冬，春笋自然是没有的，冬笋也还未大批上市，店里的烧卖馅儿，用的是冷冻笋丁，味道却也如此之好，那么当春天来时，真正的春笋丁烧卖该会何其美妙呢？我痴痴地想象着。

二烧的烧卖皮子，大概是杭州城里最薄的烧卖皮子，它肯定在挑战一张烧卖皮子薄而不破的极限。一客烧卖六只，慵慵地斜在蒸笼里，肉眼可见肉馅的粉嫩绯红。皮子薄得宛如人的皮肤，又宛如一袭玉色绡纱，那嫩红的肉馅，便像裹在纱衣里的一个小灵物似的。皮子与肉馅之间，荡漾着温润的汁水，那是融化的皮冻。这小灵物头顶上扎一束白色的花，似石榴，似芍药，似芙蓉，又微微开口，露一点儿里面的馅儿出来，这半露半掩之间，突然就多出点带心机的小风情出来。我用筷子小心地夹起那朵白花儿，皮囊垂了下来，裹着里面的汁水漾漾晃动，口水便从舌根冒出来了。

吃这样的灌汤烧卖，正确的吃法是“先开窗，后喝汤”，杭州人将香醋从烧卖开口处浇入，待香醋融化在皮冻汤汁里，用牙尖将皮子啄开一个小洞，轻啜鲜美微酸的汤汁。喝完汤再吃肉馅和烧卖皮子。

烧卖皮子微韧筋道，肉馅鲜美，笋丁爽脆，先后有序，逐一欣赏，此为文吃。一个灌汤烧卖的享受过程刚结束，箸头已伸向下一个。武吃的人更加迫不及待，管不得什么前后次序，搛起烧卖直接送入口中，蓄势已久的皮冻汤汁在嘴里喷涌四溢，飙进喉咙，合着有嚼劲的笋丁肉馅和烧卖皮子一起嚼碎，荤素硬软一起在口中冲击迸放，也是酣畅淋漓，不留遗憾。

而我的吃法，介于文吃与武吃之间。“先开窗，后喝汤”，这个传统是要遵循的，但不加醋，只因觉得醋味会影响我对笋肉烧卖原始味道的最精确感知。肉的天然荤香，笋丁的天然甘鲜，汤汁的天然滑润，还有皮子的天然麦香……这些天然之味清爽纯粹，又何必多此一举，添油加醋呢？

吃笋丁烧卖不加辣酱、不加醋，就是我给笋丁烧卖最高的待遇，跟清蒸鱼、清蒸蟹一样，原汁原味的它们，暗暗地艳光四射呢！

2019.11.26

卅六鸳鸯馆

大清光绪年间的张履谦，可谓春风得意。由于生意经营得当，路子走得准，通过承包政府颁发牌照的盐场，财富迅速积聚，成为吴县首屈一指的富商，在两淮地区声名显赫。商而优则仕，纳税大户得了户部山西司郎中的官职，还给心爱的长孙捐了个小京官当当。

张履谦买下拙政园的西部花园，在废墟残垣上重新构建起自己梦想中的伊甸园，于是有了卅六鸳鸯馆、十八曼陀罗花馆、浮翠阁、塔影楼、宜两亭……还有小巧玲珑的与谁同坐轩，引入扇形建筑概念，空间虽小，却因精妙的结构和寓意，在江南园林之中名声大噪。很多人亲眼见到与谁同坐轩的第一反应是觉得它太小，与自己想象中的名轩相去甚远，等到了解了它的奇妙构造、绝佳视角、与天地山水融为一体的意趣之后，忍不住当场叫绝。

于是，在卅六鸳鸯馆里听昆曲袅袅，在浮翠阁前看莲叶田田，拈花，赏石。在这里，奇花异草遍地，太湖石玲珑矗立，每年夏天，女眷们在园内晒精致的扇子，竹扇、象牙扇、檀香扇……张家大园内固执地坚守着他们对扇子的热爱和情感，皆因祖上以制扇起家，对子孙要求的是一个“不忘本”的教育。

这是一道绵延高墙隔绝起来的世外桃源。一个男人，因为优于常人的胆识和能力，给他的家人们打造了一个远离贫穷与艰辛生活的乐园。

那是一个可以三妻四妾的年代，只要养得起，撸得顺，摆得平。令人惊诧的是两淮巨富张履谦竟然能够洁身自好，不让自己落入这种窠臼。他推崇一心一意一人，规定家中男人不得纳妾进宅。不准纳妾，在当时时代背景下显得过于严苛。故而张履谦在家中做出这个家规，是兼顾家中男性的需求，同时给家中的女人足够地位和尊重。世间道理就是如此，你给出尊重，最终自己也会得到尊重，这是因果平衡。明明有能力花心，却选择专注，一个人做人和做事的风格常常是相通的，成功也非偶然。

可惜张履谦的夫人董氏，未能有福气陪他在这美丽奢华的园子里终老。董氏病故，鸳鸯落单，张履谦未续弦。专注的人往往用情较常人更深，很难轻易让自己重新进入新的角色及处境。此时再去看与谁同坐轩，那本是繁华世界中缅怀先人的静静一隅，更增添了一层失偶的悲伤。卅六鸳鸯馆、十八曼陀罗花馆，本是家人们一起欣赏戏曲的所在。畔一池荷香碧水，听一曲深情缱绻。闭上眼睛，感受那在太湖石洞缝隙间游弋、在湘妃竹子林间穿行的《牡丹亭》曲音，和爱人亲人陪在身边的富足与心安，那曾是多么幸福满足的时光呀！

人，能力再大，斗不过时间，斗不过命运。天下没有不散的宴席，只是散得早散得晚的区别。爱人亲人，始终都要离去，谁也逃不掉咀嚼孤独的命运。“绿意红情春风袅娜，高山流水琴调相思”，是书法家高邕为卅六鸳鸯馆戏厅撰写的楹联。彼时说相思，不知相思真滋味，等到终于尝到了思念之苦，却已无语凝噎。

我曾想象那位沉稳大度的花甲老人，坐在与谁同坐轩的吴王靠上，遥望对面的卅六鸳鸯馆。那戏厅临水而造，是他专门找人精心设计的，顶层用卷棚顶，地砖下有地笼，在寒冷的冬日，从外面灶间通入暖气。地笼里的空格配合卷棚顶穹度，使戏厅内的音响效果达到最佳。这是一处用心用意的得意之作。戏厅里仍然有人在唱昆曲，唯独，少了那个心爱的女人陪他听戏看画，那个他可以全身心信任的人，也是全身心信任着他、把命运交给了他的人。这种富足中的忧伤，或许是我们这些为生存而奔波得疲惫不堪的平头百姓们难以体会的。

2019.12.9

宝石山紫云洞

最近一次去紫云洞，是半年之前的事了。一家人去爬山，暮色渐起时分到了紫云洞边上，我便提议：去看看游庄主在不在。

游庄主不会武功，她是一位美女。我最后一次在紫云洞见到她时，她身着苎麻长衫，腕上戴小叶紫檀佛珠手串，那纤纤玉手便显得更加白皙颀美了，当时我脑子里竟冒出了《龙头鳑》一文里对水潺的描写。

照例她泡茶，我们坐着喝茶，拉家常，节奏是很慢的。那日她泡的是一罐正山小种，台子后面堆满新收来的茶叶。这里原是寺庙，被她承包过来做成了茶室。茶室外天井里，从早到晚有老年人坐着，打牌、搓麻将、喝茶、聊天，打发时光。石阶上也有老人坐着，他们可以在这里坐上一整天，聊上一整天。间或会有爬山的游客不请自来，加入石阶上的坐谈会之中，他们大多是向当地老人打听爬山路线、风俗民情等，不一会儿就要起身离去。

茶室右手边下去就是紫云洞。貌似一个隐藏在地下的洞穴，拱出了地面，那些巨大的岩石成四十五度倾斜，态势逼人。有高低不平石阶通向幽深的洞穴，正是清人林纾《游栖霞紫云洞记》中所述："出拜宋辅文侯墓，遂至紫云洞。洞居僧寮右偏，因石势为楼，周以缭垣，约以危栏。据栏下瞩，洞然而深"。宋辅文侯指的是岳飞部将牛皋，死后被追封为宋辅文侯，墓在紫云洞附近。紫云洞具体的地理位置在杭州西湖边宝石山栖霞岭上，是栖霞五洞之一。栖霞五洞中最有名的自然是黄龙洞，上小学时我们就知道杭州有这么一个著名景点，而且我们经常拿"黄龙吐翠"这四字开玩笑，但林纾认为栖霞五洞中，紫云洞最为峭奇。

细观紫云洞的整体结构和态势，仿佛就是因为巨石坍塌倾倒而制造出来的三角区。巨石与地面斜交，洞顶如斜置的平板，看起来颇有危势，事实也是如此，洞中间的狭窄部分在近代曾经出现坍塌，使狭隘部分更加狭窄，如今只剩下能容一人通过的窄道。

洞分两厅，两厅由中间的狭隘通道连接。站在洞厅里抬头望天，感觉非常奇妙，看天势在一块小小的方寸之间游移着，变幻着。有行走的云，洒进来的雨，有树影摇曳，花香暗溢。落叶飘了进来，仿佛是来通知夏去秋来的消息。我想象着，传说中在这洞里闭关修炼的人，便是靠这些来感知季节的变换吧？摩崖上刻有十六字："洞中窥天，天小如掌；洞中瞰云，云出如佛。"想来此时，观天者的道行，也修炼到了一定的境界，以至于偶尔飘过的白云，在他眼中也变得祥和、淡定、慈祥如佛了。

紫云洞，紫云何来？在一个阳光明媚的日子里探访紫云洞，这个问题会得到直观的解释。宝石山上的石头属火山岩，本身带着暗红或赭紫色调，杭州新十景之一“宝石流霞”，不是指宝石山上的朝霞或晚霞，而是指深红赭紫的火山岩在天光照射下，与天边的朝霞晚霞连成一片，呈现出“流霞”景观。宝石山上紫云洞里的岩石亦是如此，当天光从洞顶射入，火山岩的色泽，使团聚在洞顶开口处的水汽雾气如紫云般缭绕，氤氲不散，恍似道家的仙气集聚。紫云洞因为在地面之下，洞内气温偏低，炎炎夏日里感觉最明显，一进入洞里，脚下便顿生凉气。再深入，阴凉彻骨，跟外界好似两个世界，更加增添了遗世独立的气质。《浮生六记》中描写当时在紫云洞中纳凉的人们：“有人设短几矮凳，卖酒于此。解衣小酌，尝鹿脯甚妙，佐以鲜菱雪藕，微酣出洞……”鲜菱雪藕，鹿脯小酒，在这别有洞天的阴凉清静所在，突然觉得古人比我们更加懂得如何享受生活里的小乐趣，不是吗？

洞里的七宝泉，在我看来，又是一奇。此泉位于巨石壁根，隐藏在逼仄倾斜的角落里，需仔细寻找才能看见。水极冷极清澈，墨绿墨绿的，无法判断其深度。因光线问题，那种绿是接近浓墨的色泽，像极一块嵌在石壁根部的墨玉，纹丝不动。石壁上方岩石的滴水，每隔几秒滴入泉池之中，发出千年不变的滴答声，才增加了一些动态元素。这简单重复的滴答声，在空旷的洞厅里，清晰洪亮如撞钟，它蕴藏着极大的能量，在它面前，我觉得自己渺小得不堪一击！是的，哪个人能说自己比得过一滴滴了上万年甚至更久的水？我们不过是在时间节点里小驻的蝼蚁罢了。

壁上有石刻：冰壶玉鉴、天地精华、洞天吟云、倚石看云等，突然间，我看到了一行格格不入的四字偈语：半生若梦。看到这四字，我的心猛地一沉，有点痛，仿佛突然有人走过来，揭开心上一块不敢揭开的遮盖，让我朝不敢想的地方去想。这与众不同的四字是谁刻在这里的？是曾经在洞中修仙的某一位吗？他都经历了什么？那四字里，我看到的是彻底的断和离。

人只说杭州好，人只知西湖、断桥、苏堤、白堤、岳王庙……大多来杭州旅游的人，游了西湖诸景之后，极少还会有力气和兴致去爬山阅洞，所以宝石山、紫云洞，在外地人眼中就不是那么知名了。如果来杭州时间许可的话，不仅要看西湖的水，还要看西湖的山和洞，尤其这个冬不炉、夏不扇的紫云洞，一定要去感受一下它那种遗世独立的道骨仙风。

2019.12.20

镬气

别不信，镬也是有灵魂、有灵性的。

食材、铁镬、厨师这三者之间，有一股神奇的闭环式气流，形象一点儿说，那种气流我感觉像八卦图里的阴阳之气。食材本是冰冷，铁镬吸收炉子的盛阳之火，厨师手操铁镬，就着火势做抖、筛、抛等各种动作，使冷热相生，阴阳调和，仿似太极推手。

原来烹饪也可以理解为打太极，这就是“中国道”的神奇之处，融于万物，皆有道可循。

那股气流，是镬气。

有镬气的菜肴有灵魂，它带着食材的本身特性，却又融进铁锅的阅历和故事，以及厨师的性格和脾气。清蒸出来的菜，总是少了些激情和刚烈，更不用说微波炉里转出来的菜了，皮囊而已。

无油烟烹饪让我们少了很多活色生香的乐趣。油锅下菜的刺啦啦爆裂声里，有多少有饭可吃、有家可回、有人等你的幸福感和温馨感在里面。一想到那场景，你不知不觉中加快了脚步，忘却了烦恼，只想奔向油烟味里、白炽灯下，奔向那简简单单的小团聚。即使人在异乡，无家可归，小饭馆里泛出的模糊灯光，和着热腾腾的在菜肴上打转的镬气，让人很容易就想起了什么，有熟悉的感觉，还有希望的温度。

尤其是冬夜的小炒，不管小饭馆还是大排档，都是包含着我们许多的回忆在里面。小龙虾、爆螺蛳、炒粉干……攻鼻的花椒和油盐酱醋味，在冒着青烟的铁锅里翻滚蒸腾，相爱相杀。菜未入盘，油盐香早已刺溜溜钻进鼻孔，来个先入为主。有点狡黠，有点蛮不讲理，但你却像丢了魂似的，被心甘情愿地勾引过去。什么健康、什么节食，抛到九霄云外。浓浓的镬气，治愈了我们心中透进凛凛寒风的裂缝，浓浓的镬气，你可抵挡得住?

以前住在古荡新村的时候，菜场对面有一家富阳人开的大排档，生意十分火爆。说起来他们也只卖炒粉干和炖砂锅。那粉干是细粉，与韭菜、绿豆芽、鸡蛋同炒，出锅后有奇香，粉干根根不粘连，绿豆芽脆而不生，入口层次感极分明。一招鲜，吃遍天，就这炒粉干本事，也能养活一家人。

菜肴精致化固然好，食不厌精脍不厌细，是一种热爱生活的态度，但也并不是所有菜都适合精致化，就像不是所有女人都适合精致的妆容。村女有村女的动人之处，仕女有仕女的魅力所在，看你好哪一口。如果你注重生活的天然、本真味道，找个村里姑娘做伴侣也不错，她总是会让你感到实在、安心，活得接地气。

镬气看不见，摸不着，却有一股神奇的吸引力。那种气里，有油脂的焦香、酱汁的浓香、食材的鲜香，那种气里，似乎还有人情味、家乡味，有回忆、牵挂、眷恋、归属感等说不清道不明的情愫。它把你从幻想中拉回现实，啊……原来我们胸怀大志，最后也不过是柴米油盐一壶茶，我们走遍天涯海角，也走不出一锅镬气的萦绕。

趁热吃，趁着镬气在。好好享用你碗中的美食，因为，那是生活的滋味。

2019.12.26